AF160784

Für dich, Tom,
danke, dass du meine Prinzessin geweckt hast.

„*Der Verstand ist ein Geschäftsmann und will alles berechnen, während das Herz ein Spieler ist, immer voller Hoffnung.*"
(Osho)

Danke, Schneewittchen,
dass du immer für mich da bist!

N. Schwalbe

1. Auflage 2018

Impressum

*Bibliografische Information der Deutschen Nationalbibliothek:
Die Deutsche Nationalbibliothek verzeichnet diese Publikation in der Deutschen Nationalbibliografie; detaillierte bibliografische Daten sind im Internet über http://dnb.dnb.de abrufbar.*

*TWENTYSIX – Der Self-Publishing-Verlag
Eine Kooperation zwischen der Verlagsgruppe Random House und BoD – Books on Demand*

© 2018 N. Schwalbe

*Herstellung und Verlag:
BoD – Books on Demand, Norderstedt*

ISBN: 978-3-740-74949-1

Cover: isabelle ferrara, nuebedia.de , © N. Schwalbe 2018

Alle Rechte vorbehalten.

Das vorliegende Werk ist mit all seinen Teilen urheberrechtlich geschützt und darf – auch teilweise – nur mit Genehmigung der Autorin wiedergegeben werden. Das Kopieren, die Digitalisierung, die Farbverfremdung und Ähnliches stellt eine urheberrechtlich relevante Vervielfältigung dar. Verstöße gegen den urheberrechtlichen Schutz sowie jegliche Bearbeitung der hier erwähnten schöpferischen Elemente sind nur mit ausdrücklicher vorheriger Zustimmung des Verlags und des Autors zulässig.

MIX
Papier aus verantwortungsvollen Quellen
Paper from responsible sources
FSC
www.fsc.org
FSC® C105338

Inhaltsverzeichnis

Luzifer und Aurora 1
Superman's Kryptonit 42
Amor's Irrtum 54
Was für ein Todesstoß! 66
Nenn mich Dobby, den Hauselfen 76
Anti-Verliebtsein-Pille 100
Hilfe für Prinz und Dornröschen 121
Wieso kann ich nicht lügen? 135
Tu ich's, oder nicht? 151
Nix Liebe 159
Eis geht immer 187
Eine Million Wege zu dir 212
Familienurlaub 219
Vorlesestunde 231
Umzug in die Heimat 247
Ein König kommt manchmal auch allein 258
Ein Ständchen für ein Sahneschnittchen 282

Luzifer und Aurora

🎼 Tausend Mal berührt 🎶, tausend Mal war (fast) nix passiert 🎵.

Ich stand vor Tom und schaute in seine grünen Augen, die mich plötzlich wie magisch anzogen. Ich ließ mich wie immer zur Begrüßung herzlich umarmen und hätte den Moment schockgefrieren können.
Groß und athletisch stand er mit seinen breiten Schultern dicht vor mir und lächelte mich an.
Ich erinnerte mich an unser letztes Zusammentreffen.
Er hatte schon damals so gut gerochen.
Ich betrachtete sein Haar.
Es war noch immer so voll und schwarz.
Seine Wimpern waren einfach außergewöhnlich.
(Sie drängten sich so dicht aneinander, dass nicht einmal ein Windhauch hindurch gepasst hätte.)
Seine Lippen waren wohlgeformt und luden mit jeder Bewegung zum Küssen ein.
Kurzum, er sah blendend aus.
Wie immer.
Seit fünf Jahren hatte ich einen Narren an Tom gefressen und mit jedem Mal spürte ich einen Hauch mehr Magie durch meine Adern rauschen, wenn ich ihn traf.
Auch heute war ich wieder wie verzaubert von ihm.
Dabei hatte sich meine innere Prinzessin längst schlafen gelegt. Ich hatte mit dem Thema ›Liebe‹ abgeschlossen.
Aber Toms Anblick weckte Schmetterlinge in meinem Bauch, die meinen inneren Prinzen animierten, mein

Dornröschen hinter der Dornenhecke endlich aufzuwecken.

»Milly, du bist seit zwanzig Jahren mit Paul zusammen. Da schleicht sich irgendwann ätzende Routine ein«, murrte das Teufelchen 😈 auf meiner Schulter. »Es wird Zeit, weiter zu ziehen!«
»Quatsch! Routine ist doch super, da weiß man, was man hat, aber das kannst du als Teufel ja nicht nachvollziehen, Luzifer«, widersprach das Engelchen 👸.
»Aurora, zeig mir den Menschen, der nach so vielen Jahren Wiederholungsschleife nicht gelangweilt ist! Guck dir Millys Alltag doch mal an: Aufstehen, Frühstück machen, Arbeiten gehen, Termine erledigen, Mittagessen kochen, Kinder betüddeln, Abendessen machen, Vorlesen, TV gucken, schlafen gehen. Ich könnte schon vom bloßen Aufzählen in mein Höllenfeuer spucken«, stöhnte Luzifer 😈.
»Komm, ganz so schlimm ist das doch nicht«, versuchte Aurora 👸 einzulenken. »Routine ist gut für die Seele und Menschen, die jeden Tag dasselbe tun, werden steinalt.«
»Pah«, schnaufte Luzifer 😈 verächtlich, »lieber Sex, Action und kurze Weile, und dann früh ins Gras beißen, als nix davon haben und mit hundert an Langeweile sterben. Außerdem ist es doch bei mir im Höllenfeuer auch ganz schön.«
»Das war ja klar, dass das von dir kommt, Luzifer!«, empörte sich Aurora 👸. »Hör nicht auf den, Milly! Der hat dich schon dazu überredet, deinen Job hinzuwerfen, obwohl du noch nicht einmal was Neues gefunden hattest.«
»War auch höchste Zeit! Der alten Mobbingbande würde ich ganz gewaltig mit etwas Höllenfeuer einheizen. Die hatten Milly gar nicht verdient!« 😈

Tja, was soll ich sagen?

Willkommen im verrückten Innenleben von Milly Dreizack 😜 🤪!

DAS waren meine ewigen Begleiter:
TEUFELCHEN 😈, auch LUZIFER genannt.
Und ENGELCHEN 👸, mit dem klangvollen Namen AURORA.
Sie waren nicht immer die besten Berater, aber mit irgendjemandem musste man sich ja unterhalten, wenn man ein Leben lang mit sich auskommen musste und noch dazu die Prinzessin verbuddelt hatte, die einst von der wahren Liebe geträumt hatte, bevor sie in ihren Dornröschenschlaf gefallen war.

»Vielleicht solltest du dich erst einmal vorstellen, Milly?« 👸 Aurora lächelte aufmunternd.
»Gute Idee«, stimmte Luzifer 😈 zu.

Okay, wo fange ich an?
Ich bin Milly Dreizack, verheiratet, Mutter von unzähligen Kindern und irgendwo jenseits der Dreißig. Ich bin also ein etwas gereifterer, junger Hüpfer, der sich von Amors Pfeil hatte treffen lassen. Nur leider hatte Amor mal wieder nicht meinen Göttergatten Paul anvisiert, sondern (versehentlich 😳 oder absichtlich 😬?) Tom.

»Endlich mal ein Engel mit Geschmack! Wenn ihr mich fragt, hat Amor den Richtigen getroffen!«, lobte Luzifer 😈.
»Aber Tom ist für sie unerreichbar, Luzifer. Was will unsere Milly mit einem Mann, den sie nicht haben kann?

Das riecht nach gebrochenem Herzen«, wimmerte Aurora 👸 vorahnungsvoll.

»Nee, das riecht nach Sex und Abenteuer!«, widersprach Luzifer 😈.

(Die beiden waren sich selten einig!)

Ich war also etwa gefühlte fünf Millionen Jahre mit Paul verheiratet, hatte vier - mal mehr, mal weniger - entzückende Kinder sowie ein Haus, welches uns manchmal über den Kopf zu wachsen schien.

»Das wächst euch nur über den Kopf, weil du gekündigt hast, ohne einen neuen Job gefunden zu haben«, beschwerte sich Aurora 👸.

»Da muss ich Aurora ausnahmsweise Recht geben. Andererseits ist das nur ein Haus. Ein Heim kann man sich überall einrichten. Sieh mich an! Ich habe tausend Ecken in meiner Unterwelt, die ich behause«, bemerkte Luzifer 😈.

Unsere finanzielle Lage führte natürlich zu extremen Spannungen unserer ehelichen Saurierbeziehung, die sonst nur wenig erschüttern konnte. Schließlich waren wir gut eingespielte ›*BF's*‹.

»›*BF's*‹? Was soll das denn jetzt schon wieder sein, Milly?«, platzte Luzifer 😈 heraus.

»›*Best friends*‹ natürlich«, antwortete Aurora 👸 und lächelte verträumt. Dann wurde sie wieder ernst. »Echt jetzt? Ihr seid ›*nur*‹ beste Freunde? Klingt jetzt nicht so, als wenn Amors Pfeil euch irgendwann mal getroffen hätte!«

»Hat er auch nicht«, sagte Luzifer 😈 trocken. »Das solltest du doch wissen, Aurora. Schließlich wohnst du hier!«
»Ich kann mir doch nicht alles merken, Luzifer!«, beschwerte sich Aurora 👸.

Wo war ich stehengeblieben?
Genau, Tom!
Wir haben Tom getroffen, und zwar während unseres Kurzurlaubes.
Apropos, Urlaub!
Paul hasste es, existenziell auf die Probe gestellt zu werden, während ich eher darauf vertraute, dass das Universum schon irgendwie für mich sorgen würde.
Und so entschied ich, während ich auf Antworten verschiedener Firmen wartete, trotz Joblosigkeit und Geldarmut mit der ganzen Familie in den Urlaub zu fahren.

»Urlaub nennst du das, Milly? Ich nenne das eher Häuser-Tramping. Ihr seid überall eingekehrt, wo man euch reingelassen hat. Das ist doch kein Urlaub!«, empörte sich Luzifer 😈.

(Dieser Satz hätte auch durchaus von Paul kommen können.)

»Ach was, Milly, lass dir nix einreden. Das waren richtig tolle Tage mit Freunden und Verwandten. Liebe und Freundschaft sind doch das, was zählt«, versuchte Aurora 👸 ihrem Erzfeind den Wind aus den Segeln zu nehmen.
»Du meinst, Häuser-Tramping ist der Klebstoff einer jeden Freundschaft?« Luzifer 😈 schnitt eine Grimasse. »Auf welcher Naivitätswolke schwebst du denn, Aurora?

Besuch ist wie Fisch, nach drei Tagen fängt er an zu stinken.«

»Darum hat Milly ja auch alles richtig gemacht. Sie ist nach drei Tagen einfach weitergezogen«, verteidigte Aurora 👸 meine Ehre.

Urlaub hin oder her, auf jeden Fall haben wir die Sommerferien etwas versüßt und sind in meine Heimat gefahren. Mit null Euro in der Tasche und einem Sack voller Geschenke für die Freunde, bei denen wir schlafen durften. Paul hat mich dafür gehasst, murrte ständig herum und kam tagelang nur selten aus seinem Zelt gekrochen. Wir, die Kinder und ich, haben es uns trotzdem richtig gemütlich gemacht und wir hatten eine Menge Spaß.

Den Kindern - und mir - war klar, nächstes Mal fahren wir ohne Spaßbremse, also ohne Paul.

»Genau, nächstes Mal fahren wir alleine - ohne Paul!« 😈

»Hast du nicht aufgepasst, Luzifer?«, hakte Aurora 👸 ein. »Milly ist versehentlich von Amors Pfeil getroffen worden. Was meinst du, was das für Folgen haben wird, dass sich unsere Milly nun für Tom interessiert? Glaubst du ernsthaft, dass es mit Paul noch ein weiteres Häuser-Tramping geben wird? Im Leben nicht! Ich sehe schon das Ende nahen.«

Während Paul also wie ein Obdachloser im Garten zeltete, war ich unbescheiden genug und habe die Angebote unserer Freunde angenommen und mit den Kindern im Haus geschlafen.

Ich wollte meine freundschaftlichen Bande genießen und das ist mir auch ganz gut gelungen. Um Paul eine Freude zu machen, hatte ich im Vorfeld kurzerhand zwei seiner

Freunde eine Mail geschickt und gefragt, ob sie Lust auf ein Treffen hatten.
Dass beide ewig im Urlaub waren, konnte ich ja nicht ahnen. Und so waren wir schon fast auf dem Rückweg, als von ihnen eine Antwort kam. Mario hatte keine Zeit, dafür aber Tom.

›*Seid ihr noch in der Nähe, Milly? VG, Tom.*‹

›*Ja, bis Sonntag. Melde dich einfach per WhatsApp* 😊 !‹

Wir vereinbarten ein Treffen im Eiscafé und dann endlich weihte ich Paul ein.
»Echt, du hast Mario und Tom Bescheid gesagt, dass wir kommen?«, fragte Paul total gerührt.
»Klar. Aber ich hatte von den beiden nur die Firmen-Mailadressen. Und sie waren lange im Urlaub. Mario hat keine Zeit, aber Tom kann ein Treffen einrichten«, erwiderte ich, froh, dass Paul endlich wieder bessere Laune zeigte.
Nach einem schnellen Mittagessen in der viel zu kleinen Wohnung meiner Mutter sind wir dann zum Eiscafé gefahren.

Und hier waren wir nun…

Am Ort von Amors Verbrechen und seinem ›*error in persona*‹, wie Juristen es nannten, wenn der Täter das falsche Opfer traf.

Paul, Tom, die Kinder und ich setzten uns ins Eiscafé und bestellten ein Eis. Das Eis sah nicht wirklich lecker aus, aber ich schluckte jeglichen Kommentar herunter. Ich genoss eher Toms Anblick als meinen Vanille-Sahnehaufen, bei dem das schlechte Gewissen ohnehin den ganzen Geschmack versaute.

»Das Gewissen heißt Luzifer«, bemerkte Aurora 👸.
»Und das ist auch gut so, schließlich will Milly Sex mit Tom und da muss sie in Topform sein!«, verteidigte Luzifer 😈 sich.

Während Tom also von seinem Urlaub erzählte, himmelte ich ihn an und dachte an damals… 🌀 💭

Ich weiß noch, was Paul vor neun Jahren sagte, als er mir seinen Kollegen vorstellen wollte, mit dem er sich angefreundet hatte.
»Ich fürchte mich ein wenig davor, dir Tom vorzustellen. Er sieht aus wie ein äußerst attraktiver Scheich. Es gibt kaum eine Frau, die nicht auf ihn steht.«
Meine Neugier war geweckt.

»Meine auch, Milly, das kannste wissen! Ich witterte Sex und Abenteuer!« 😈
»Luzifer, Sex ist doch nicht alles im Leben!«, warf Aurora 👸 kopfschüttelnd ein.
»Oh, ich finde schon, Süße!« 😈

Als ich Tom also traf, konnte ich überhaupt nicht nachvollziehen, wovon Paul gesprochen hatte. Klar, Tom war ein attraktiver Hüne. Mit seinen schwarzen Haaren und den strahlend grünen Augen hatte er auch wirklich etwas Abendländisches.
Aber ein Frauenheld?

MEIN Frauenheld?
Nun ja, der Funke sprang damals NICHT über.
DAS sollte sich jedoch bald ändern!
Etwa vier Jahre später tauchten Tom, Mick, Mathis und Mario bei uns auf - ich nenne sie der Einfachheit halber liebevoll unsere ›M&Ms‹. Die Jungs besuchten uns in unserem neuen Zuhause einige hunderte Kilometer von Hamburg entfernt.
Eigentlich hatte sich Tom kaum verändert, und doch haute mich sein Anblick zum allerersten Mal um.
Die Jungs zelteten bei uns im Garten, abends saßen wir am Lagerfeuer und hatten eine Menge Spaß. Als Tom dann noch schnell unter die Dusche sprang, bevor er im Zelt verschwinden wollte, fielen mir danach fast die Augen aus dem Kopf: Nur mit Handtuch um die Hüfte geschlungen betrat er den Garten.
(Eigentlich hätte er für diesen Körper - UND diesen Auftritt - einen Waffenschein benötigt!)

»Ich konnte Sex und Abenteuer quasi RIECHEN! Aber leider war Milly nicht zielstrebig genug.«
»Das hat er doch mit Absicht getan, um unsere Milly zu beeindrucken und dann links liegen zu lassen«, rümpfte Aurora die Nase.
»Du meinst, Toms Teufel war nicht hartnäckig genug, sonst hätten sie schon damals im Zelt Sex gehabt?«, hakte Luzifer nach. »Schwächling. Der kann nicht aus meiner teuflischen Familie stammen.«
»Du hast Familie? Erstaunlich. Nee, ich glaube eher, Toms Engelchen war zu stark.«

Ja, Tom war athletisch, hatte ein breites Kreuz, eine schmale Hüfte und ein Sixpack, das zum Anfassen einlud.

Seine Brust war glatt wie ein Babypopo und er hatte das coolste Parfüm, welches mir je in die Nase gekrochen war. Gott, ich hätte ihm vor die Füße sinken und ihn anflehen können, mich zu nehmen.

»Oh ja, beim Höllenfeuer, er war feurig.«😈
»Beim Zeus, er war wirklich himmlisch«, schwärmte Aurora 👸.

Kurzum, ich hätte meine (ungeliebte) Oma (väterlicherseits) verkauft, um ihn wenigstens ANFASSEN zu dürfen. (Mit Opfern musste man ja sparsam umgehen!)
Ich hätte ALLES gegeben, um mit ihm auf dem weißen Schimmel davonzureiten. Ich war wirklich kurz davor, meinen inneren Prinzen loszuschicken, die Dornenhecke zu durchbrechen, damit er mein Dornröschen wachküssen konnte. Und natürlich hätte ich ALLES riskiert, um von ihm ins Zelt eingeladen und dort vernascht zu werden. Gott, was für eine himmlische Vorstellung!

»Geile Aussicht!«😈
»Wo bleibt die Romantik?«👸
»Du schon wieder, Aurora! Von Romantik bekommt man keinen Orgasmus«, widersprach Luzifer 😈.
Aurora 👸 verdrehte die Augen. »Luzifer!«
»Ist doch wahr!«😈

Aber so groß meine Wünsche auch waren, sie zerplatzten wie eine Seifenblase, denn mehr als ein Flirt war nicht drin für mich.
Tom war mit einer schönen, blonden Polizistin verheiratet und hatte zum damaligen Zeitpunkt eine Tochter. Ich ge-

hörte vermutlich nicht einmal annähernd in sein Beuteschema, denn er ließ mich eiskalt abblitzen.

»So eiskalt war das nun auch wieder nicht. Außerdem warst du ja schließlich mit seinem Freund verheiratet und hattest drei Kinder mit Paul.« 👸
»Das ist sie leider immer noch. Aber meine Großmutter sagt immer: ›*Seinen Mann kann man verlassen, seine Kinder nicht.*‹ Selbst wenn es ihm genau so gegangen wäre wie dir, Milly, so wärest du mit DEM Anhang dann doch eine schlechte Partie für Tom gewesen«, sagte Luzifer 😈 ohne Umschweife. »Welcher Mann lässt sich schon eine Frau mit so vielen Kindern ans Bein binden? Nee, nee, das hätte nur für eine heiße Nummer gereicht. Die mir übrigens sehr recht gewesen wäre!«
»Blödsinn, Luzifer! Es gibt viele Männer, die auch Frauen mit Kindern nehmen«, widersprach Aurora 👸.
»Klar, auf deiner Naivitätswolke, Süße!« 😈

Ich träumte bereits damals von Tom, stellte mir vor, wie wir einfach durchbrannten, allen widrigen Umständen zum Trotz. Ich hatte die wildesten Phantasien, während sich mein innerer Prinz durch die Dornenhecke kämpfte. Leider blieben meine Phantasien auch solche und Dornröschen wurde nicht geweckt, denn mein Prinz brach seine Mission mittendrin ab.
Kurz darauf trennte ich mich von Paul. Ich hielt den Zwist, der sich in mir abspielte, einfach nicht mehr aus.

»Das war auch eine gute Entscheidung! Paul war damals unausstehlich!«, blubberte Luzifer 😈.
»Stimmt«, pflichtete Aurora 👸 bei. »Aber so gleichgültig Paul bis dahin Milly gegenüber immer gewirkt hatte,

plötzlich wurde er zum Löwen. Er kämpfte um sie und ein paar Monate später waren sie wieder zusammen. Total romantisch!«
»Romantisch? Du lebst wohl auf dem Mond, was?«, lachte Luzifer 😈. »Milly war pragmatisch. Es war praktischer, mit der ganzen Kinderschar nicht alleine dazustehen. Und Paul hatte sich medikamentös so einstellen lassen, dass er nicht bei jeder Abweichung vom Alltag aggressiv aus sich herausplatzte.«
»Stimmt, die Schilddrüse kann aber auch echt tückisch sein!« 👸

Meinen Kindern und meiner Familie zuliebe bemühte ich mich also, wieder mit Paul zusammenzuwachsen. Er machte es mir zum Glück leicht. War er doch die Jahre zuvor mürrisch, antriebslos und aggressiv gewesen, so wandelte er sich seit der Trennung ins genaue Gegenteil. Er schaffte es natürlich nicht ganz, frei von Ausbrüchen zu agieren, aber es war kein Vergleich zu vorher.
Meine Träume wurden weniger, ich fing an, meine Ausbruchspläne mit Tom zu vergessen. Ich vermied absichtlich alles, was mit ihm zu tun hatte und war froh, dass Paul ihn nicht mitbrachte. Mein innerer Prinz gab frustriert auf, bis…

»Es war auch besser so, dass Milly ihre Träume über Bord geworfen hat«, warf Aurora ein 👸.
»Also, mir haben die Träume gefallen«, feixte Luzifer 😈.

…bis Paul mit seinen ›M&M's‹ gemeinsam auf Reisen ging. Erst einmal, dann zweimal…

Der Gedanke, dass er die ganze Zeit mit Tom zusammensein durfte, versetzte mir jedes Mal einen kleinen Stich. Ich wäre gerne an seiner Stelle gewesen.
Als Paul mir beim letzten Mal ein Foto von Tom schickte, spürte ich, wie meine Schutzmauer, die ich mir durch anstrengendes Ausblenden meiner Gefühle so mühsam aufgebaut hatte, zusammenbrach wie ein Staubgebilde, durch das ein Tornado fegte. Mein Prinz stand voll motiviert auf und fing an, sich an der Dornenhecke zu schaffen zu machen, als gäbe es kein Morgen mehr, wenn er Dornröschen nicht wecken würde.
Ich fühlte mich, als wenn es erst gestern gewesen wäre, dass Tom bei uns gewesen war. Und plötzlich wollte ich nichts anderes, als ihn wiederzusehen. Ohne groß darüber nachzudenken, schrieb ich an Paul:

›*Schade, dass ich nicht mitkommen kann. Aber vermutlich würde ich euch nur stören. Ist ja ein Männerausflug*😁*.*‹

›*Tom würde dich mitnehmen*😍*.*‹

Ich las Pauls Nachricht dreimal, bevor ich antwortete. Damit hatte ich überhaupt nicht gerechnet.

›*Ich dachte, Tom kann mich nicht leiden*☹*.*‹

Ich wusste, das war hoch gepokert. Ganz so schlimm wird Tom vermutlich nicht empfunden haben, aber dennoch hatte er mich fünf Jahre zuvor doch recht unverblümt abblitzen lassen und bei mir das Gefühl hinterlassen, eine lästige Fliege zu sein.

»Schätzchen, er musste dich zurückweisen. Du bist die Frau seines Freundes«, versuchte Aurora 👸, mich aufzumuntern.
»Boah, Aurora, sei nicht so spießig«, grunzte Luzifer 😈.
»Was ist schon dabei. Gute Freunde teilen doch alles. Bei den Menschen bekommen gute Freunde sogar Küsschen.«
»Du denkst doch auch nur an das eine, Luzifer.« Aurora 👸 verdrehte die Augen.

Es dauerte nur wenige Sekunden, dann kam die Antwort.

›*Tom mag dich. Er findet dich sogar ziemlich heiß, wie er mir gerade nach ein bis zwei Bieren gestanden hat.* 😬‹

Was?
Waaaas?
Tom findet mich HEISS?
›*Heiß*‹ wie ›*toll*‹ oder ›*geil*‹?

»Milly, DAS ist jawohl DIE Chance zum Angriff! Beim heiligen Teufelsmist, mir kribbelt der Schwanz! Das riecht nach Sex und Abenteuer!« 😈
»Nun beruhige dich, Luzifer! Heize Milly nicht noch an! Sie ist ihrem Mann seit 20 Jahren treu. Und das kann auch so bleiben.« 👸
Luzifer 😈 gähnte. »Eben. Langweilig!«

Mir ging es gar nicht um Langeweile. Als vierfache Mutter hatte ich genug zu tun. Ich war auch keine gelangweilte Ehefrau, die nur mal eben so das Abenteuer suchte. Ich gehörte nicht zu denjenigen, die Aufregung pur brauchten, indem sie sich einen Seitensprung nach dem nächsten leisteten. Ich gehörte eher zu den Verfechtern der wahren Liebe - bevor sich mein Dornröschen schlafen gelegt hatte natürlich. (Wie lange diese Liebe dann hielt, stand natürlich auf einem anderen Blatt!)

»Ha! Genau das ist dein Fehler, Milly! Du suchst nach der ›wahren‹ Liebe, aber ein Abenteuer ist viel besser als das«, platzte Luzifer 😈 heraus.
»Quatsch! Nur wahre Liebe macht glücklich«, jauchzte Aurora 👸. »Wecke deine Prinzessin bloß wieder auf!«
»Boah, Weiber!« Luzifer 😈 verdrehte die Augen.

Ich konnte kaum fassen, was ich da las.
Paul schickte mir zusätzlich noch ein Foto von Tom.
Es war umwerfend!
ER war umwerfend!
Genauso wie die nächste Nachricht!
Die haute mich dermaßen vom Hocker, dass ich am liebsten zu den Jungs gefahren wäre, um die Verheißung wahr werden zu lassen.

›*Wenn seine Frau nicht wäre, würde er dich auch gerne vernaschen. Er überlegt schon, ob er sie fragt, ob sie etwas dagegen hat. Ich würde natürlich gerne zugucken wollen*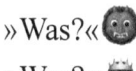.‹

Was?
Waaaas?

»Was?« 😈
»Was?« 👸

Erstens: Ich war total geflasht ⚡, dass mein heimliches Objekt der Begierde SEX MIT MIR haben wollte!
Zweitens: Ich war fassungslos, dass er allen Ernstes seine Ehefrau FRAGEN wollte, ob er fremdgehen durfte 😩.

»Entschuldigt mal! Welcher Waschlappen fragt bitte seinen Partner, ob dieser etwas gegen's Fremdpimpern hat?«, mischte sich Luzifer 😈 ein. »Wer holt sich bitte eine ERLAUBNIS? Überreicht er seiner Frau einen Zettel: ›*Bitte kreuze an: Darf ich fremdgehen. Ja*⭘ *oder Nein*⭘‹? Kommt dein Tom vom Planeten der Naiven? Ich bin fassungslos. Milly, such dir was anderes, um endlich Sex und Abenteuer zu haben! So wird das nie was! Seine Frau wird wohl kaum so doof sein und zustimmen. Er ist ein Adonis! Dann wäre sie ihn ja schneller los, als sie blinzeln könnte.«
»Oh, es gibt viele Paare, die das so handhaben, Luzifer. Wenn die Frau keinen Bock auf Sex hat, darf ihr Göttergatte mit Erlaubnis und natürlich, ohne dass Liebe im Spiel ist, fremdpimpern. Aber Toms Frau müsste wirklich verrückt sein, wenn sie ihren äußerst attraktiven Mann teilen würde«, stimmte Aurora 👸 zu. »Den würde sie doch niemals zurückkriegen!«
»Echt jetzt? So was machen Menschen? Boah, wie krank ist das denn?«😨

Drittens: Mein Mann wollte ZUGUCKEN 😳?

»Hallooooo! Dein Mann ist ein VOJEUR 👀? Hätte ich ihm übrigens gar nicht zugetraut«, sagte Luzifer 😈 vergnügt.

»Paul hat sich wirklich sehr verändert«, stimmte Aurora 👸 zu. »Vom Sexmuffel zum Sex-Anleitungsbuchleser! Und das, um die Langeweile aus deinem Ehebett zu vertreiben und dir himmlischen Sex zu bereiten, Milly. Das Angebot mit Tom macht er dir bestimmt aus tiefster Liebe. Er liebt dich und darum gönnt er dir einen Adonis im Bett. Was für ein Held!« 👸

»Quatsch, Aurora! Paul sucht nur einen Live-Porno, nix Liebe! Nun, machen wir uns nix vor, Milly«, sagte Luzifer 😈, »eure Beziehung war von Anfang an nicht besonders aufregend. Paul hatte kaum Erfahrungen mit Frauen und du hattest bereits mit deinem allerersten Freund den weltbesten Sex aller Zeiten. Du bist quasi vom Paradies in die Hölle gewandert. Das mag im echten Leben cool sein, schließlich bin ich cool. Aber was Sex anbelangt, ist das ein No-Go.«

»Das waren noch Zeiten…«, schwärmte Aurora 👸, »damals, als du mit Ralph zusammen warst«, fügte sie hinzu. »Da hat dein Dornröschen noch nicht geschlafen! Gott, es war himmlisch!«

»Da muss ich dir wohl oder übel Recht geben Aurora! Ich habe Milly nie wieder so verliebt gesehen. Ralph war aber auch ein ganzer Kerl! Ein Mann ganz nach meinem Geschmack. Sex, Sex und nochmal Sex. Der Mann wusste, wie man eine Frau glücklich machte, Milly!« Luzifer 😈 wackelte vielsagend mit den Augenbrauen.

»Sex ist doch nicht alles, Luzifer!«, widersprach Aurora 👸.

»Das kann auch nur jemand sagen, der über den Wolken schwebt und nicht einmal in die Nähe eines sexuell aufgeladenen Ortes kommt«, blubberte Luzifer 😈.

Stimmt, es hatte quasi NICHTS gegeben, was Ralph und ich NICHT ausprobiert hatten. Unser Sex war phantastisch. Mehr als das. Besser noch als ›*9 1/2 Wochen*‹. Ach, was sage ich, besser als alle Erotikfilme zusammen.

»Bei Paul war es echt harte Arbeit, damit man überhaupt am Ball blieb. Nicht einmal das Zugucken hat Spaß gemacht. Der Typ war ja in drei Sekunden fertig, wenn er überhaupt Bock zum Vögeln hatte. Ich glaube, die ersten fünfzehn Jahre sind wir überhaupt nicht auf unsere Kosten gekommen.«
»Ich fand es schlimmer, dass Paul Milly nicht geliebt hat. Es fehlte an Romantik. Und die beiden haben nicht einmal aus Liebe geheiratet«, stöhnte Aurora.
»Nicht DIE alte Leier wieder, Aurora. Paul war halt noch in seine Ex verschossen. Er war nun mal kein Abenteurer. Aber Milly hätte die Handbremse ziehen müssen, als sie es noch konnte. Wenn wenigstens der Sex bombastisch gewesen wäre! Mädel, Mädel!«Luzifer schüttelte den Kopf.
»Das war wirklich kein feiner Zug von Paul«, nickte Aurora. »Zwei Jahre lang hat er mit seiner Ex…HINTER Millys Rücken! Hinter UNSEREM Rücken!«

Ja, das waren harte Zeiten für mich gewesen, die ich schon fast vergessen hatte. Ich war schwanger, als ich Paul dabei erwischte, wie er Liebesschwüre durchs Telefon säuselte, nur leider nicht in meine Richtung. Als er nach dem Telefonat in die Küche kam und mir offenbarte, dass er nicht wüsste, ob er nicht doch ›*nur*‹ seine Ex-Freundin lieben würde, war das wie ein Schlag in den Magen. Mit der Neandertalerkeule hatte er damit quasi meinem Dornröschen eins über den Kopf gebraten und sie in den Jahrhundertschlaf befördert. Die Jahre danach waren ein einziger Kampf ohne ein Fünkchen Liebe auf beiden Seiten. Fünfzehn Jahre hatte ich das mitgemacht, bis ich die Nase voll hatte und mein Dornröschen wiederhaben wollte.

Nach der Trennung vor fünf Jahren aber bemühte sich Paul plötzlich das erste Mal um mich. Vielleicht war ich auch nur interessant, weil ich beruflich eine leitende Funktion inne hatte. Erfolg machte bekanntermaßen ja sexy. Von einer schnöden Hausfrau schienen sich Männer schneller trennen zu können.

»Ich habe dir gleich gesagt, Paul ist kein Typ zum Heiraten«, sagte Luzifer 😈.

»So kann man das auch nicht sagen. Jetzt ist er doch handzahm«, warf Aurora 👸 ein. »Außerdem musste Milly ihn heiraten, schließlich hatte er ihr ein Kind gemacht. Wie sieht das denn aus, wenn eine Frau ohne Mann dasitzt!«

Genau das war auch mein Gedanke, als Paul mir sagte, er wüsste gar nicht, ob er seine Ex-Freundin oder mich lieben würde. Zwei ganze Jahre hinterging er mich dann noch, aber ich blieb.

»Das war der Zeitpunkt, wo du ihn hättest rausschmeißen sollen. Aber stattdessen hast du dich von seinen Eltern bequatschen lassen, ihn zu HEIRATEN«, pfefferte Luzifer 😈 verärgert vor.

»Pauls Eltern haben Millys Ehre gerettet. Das ist doch ein feiner Schachzug«, widersprach Aurora 👸.

»Blödsinn! Sie haben ihre eigene Ehre gerettet, schließlich hatte ihr feiner Sohn Milly ein Kind gemacht, ohne mit ihr verheiratet gewesen zu sein. Das war purer Egoismus!«, konterte Luzifer 😈. »Sonst hätten die Leute im Ort gequatscht.«

Machen wir uns nichts vor: Ich hatte Paul auch aus purem Egoismus geheiratet, denn ich wollte nicht als Schlampe dastehen, die sich von verschiedenen Männern Kinder machen ließ. Also kam alles von einem Mann, Liebe war da Nebensache. Ich war zudem wirtschaftlich abgesichert. Und meine innere Prinzessin, die sich tief in mir nach der wahren Liebe gesehnt hatte, war ohnehin mit der Keule niedergestreckt worden. Das Thema ›Liebe‹ hatte ich also irgendwo hinter der dicken Rosenhecke von Paul begraben lassen. Mein guter Ruf war mir wichtiger.

Wo waren wir stehengeblieben?

»Tom wollte dich mal so richtig durchnageln«, erinnerte mich Luzifer 😈.
»Stimmt, aber nur mit Erlaubnis seiner Frau«, fügte Aurora 👸 hinzu.

Genau, Paul war weit weg mit seinen ›M&M's‹. Ich aber saß mit Pauls Nachrichten zuhause und konnte nur noch an zwei Dinge denken: an Tom und an Sex.

»Oh jaaaaa«, Luzifer 😈 wackelte mit den Augenbrauen, »und mir soll niemand erzählen, dass sich Frauen ihr Glück nicht selbst basteln können. Milly, Milly…du heißer Feger!«
»Also wirklich, Luzifer!« 👸
»Erzähle mir, dass du Millys Höhepunkte NICHT genießt!« Auffordernd blickte Luzifer 😈 Aurora an.

Diese 👸 schnalzte mit der Zunge. »Na guuuut…tue ich.«
Luzifer 😈 grinste nur.

Eine Woche später kam mein Göttergatte von seiner Reise nach Hause. Er war wie ausgewechselt. Er war so, wie ich ihn einst kannte: mürrisch, aggressiv und lustlos.

»Der blöde Macker hatte doch allen Ernstes den Nerv, dir zu sagen, dass er keinen Bock hatte, wieder zuhause zu sein«, empörte sich Luzifer 😈. »Dabei hatte ER dich in die Pampas verschleppt!«
»Das war wirklich sehr unromantisch«, pflichtete Aurora 👸 ihm bei.

Ja, Paul wollte gar nicht zuhause sein. Er wollte zurück auf die Reise mit seinen ›M&M's‹. Also schlug ich kurzerhand vor, selbst auf Reisen zu gehen und seine ›M&M's‹ zu besuchen. Ich organisierte unseren Kurzurlaub und schrieb Tom eine Nachricht.

»Da warst du schon!«, ermahnte mich Luzifer 😈. »Nun komm endlich zum Punkt. Du hast ihn dir nackt vorgestellt, richtig?«
»Luzifer!« 👸

Und ob ich das hatte!
Wir saßen im unromantischsten Eiscafé an der Straße und trotzdem bewunderte ich seine Brust, die sich durch sein enges Shirt SEHR deutlich abzeichnete.
Mann, war er sexy, wie er da in der Sonne saß!
Und seine tiefe, männliche Stimme war jawohl so was von ARRRRRGH!

(Vermutlich hat sie meinen Prinzen aus seiner Starre geholt! Denn der stand plötzlich mit der Machete vor der Rosenhecke.)
Eigentlich hätte ich jedes seiner Worte in mich aufsaugen müssen wie ein Schwamm. Aber ich wollte nicht hören, dass Tom der Urlaub mit seiner Frau trotz einiger Widrigkeiten gefallen hatte. Ich wollte nicht hören, dass er noch immer mit seiner Frau zusammen war. Ich kannte sie nicht, aber um ehrlich zu sein, wollte ich sie auch gar nicht kennenlernen. Schließlich wollte ich IHN haben, nicht sie.

»Milly, du sollst ja auch Tom klarmachen, nicht seine Frau!«, warf Luzifer 😈 ein.
»Aber vielleicht freundet sich Milly mit seiner Frau an und dann sieht sie Tom öfters? Das wäre doch noch viel besser. Sie könnte ihn fast täglich sehen«, schwärmte Aurora 👸.
Luzifer 😈 verdrehte die Augen. »Mensch, Aurora, wie naiv bist du bitte? Ich freunde mich doch nicht mit der Feindin an, um an den Schwanz meiner Begierde zu kommen! Wobei…vielleicht hast du Recht. Milly, du solltest SIE klarmachen, um an IHN ranzukommen. Aurora hat Recht.«
»So, wie du das jetzt auslegst, habe ich das nicht gemeint. Ich dachte eher daran, dass Milly sich mit Toms Frau anfreunden könnte und dann vergisst sie von ganz alleine, dass sie scharf auf Tom ist«, widersprach Aurora 👸.
»Boah, ich muss gleich kotzen, Aurora! Wo bleibt dein Sinn für Sex und Abenteuer?« Luzifer 😈 schnitt eine Grimasse, durch die er nicht unbedingt schöner wurde.
»Ich habe Sinn für Romantik. Und die ist jawohl nicht gegeben, wenn sich Milly in einen verheirateten Mann

verliebt, oder? Sie sollte lieber ihre Beziehung mit Paul in Schuss halten.« Aurora 👸 lächelte aufmunternd.
»Darüber lässt sich streiten. Ich finde, sie sollte Paul absägen und Tom entführen.« 😈

Ich erinnere nicht, an welchem Punkt seiner Erzählungen Tom plötzlich sein Handy zückte und ein Selfie von uns Dreien schoss. Ich war bisher davon ausgegangen, dass er eher kamerascheu war. DAS jedoch überraschte mich. Wozu machte er ein Foto, auf dem ICH zu sehen war?

»Milly, das ist doch wohl logisch! Er hat DICH fotografiert, weil er scharf auf DICH ist und wie kommt er besser zu seiner Bildvorlage? Na? Klar, indem er dich gemeinsam mit Paul fotografiert«, meldete sich Luzifer 😈 zu Wort. »Unauffälliger geht's doch gar nicht. Kluger Schachzug! Gefällt mir, der Mann!«
»Wieso? Ich finde das ist eine schöne Erinnerung von Paul und Milly«, widersprach Aurora 👸.
Luzifer 😈 lachte hämisch. »Ich glaube, du bist wirklich so blöd, Aurora! Du tust nicht mal so! Natürlich hat Tom ein Selfie von unserer hübschen Milly gemacht, damit er sich bei nächstbester Gelegenheit einen runterholen kann mit dem Foto als WV.«
»›WV‹? Was soll das nun schon wieder sein?«, fragte Aurora perplex 👸.
Luzifer 😈 grinste fies. »Das musst du schon selbst herausfinden, Süße! Auf jeden Fall schaut unser heißer Held auf das Bild von Milly, packt seinen geilen Schwanz aus und stellt sich vor, wie er sie nehmen würde. Von allen Seiten, wild und actionreich. Mann, wie vermisse ich den geilen Sex, den Milly früher hatte!« Luzifer 😈 lächelte mich besonders liebreizend an. »Apropos, Milly, du

brauchst Sex und Abenteuer! Dringend! Mach endlich was klar, Mädel!«

Voller Empörung flog Aurora 👑 auf die andere Schulter. »Boah, Luzifer, was bist du nur für ein fieser Teufel! So was macht doch so ein schöner Mann wie Tom nicht! Was du dir nur gleich wieder vorstellst! Tom hat das Foto als Andenken gemacht. Eine Erinnerung! Milly ist nur zufällig mit auf dem Bild.«

»Hahaha«, lachte Luzifer 😈. »Genau. Tom lässt das Bild entwickeln und hängt es in die Familiengalerie. Das war jawohl der Witz des Jahrtausends. Bleib du mal in deiner Traumwelt, Aurora! Ich weiß, wo der Hase lang läuft. Ich kenne die Männer! Die haben es faustdick hinter den Ohren. Was meinst du, warum so viele bei mir im Höllenfeuer landen? Bestimmt nicht, weil sie Blümchenmuster gezählt haben.«

»Was ist so verkehrt an Blümchenmustern?«, fragte Aurora 👑 beleidigt.

Abschätzend blickte Luzifer zu Aurora. »Alles.«

Zurück zum Eiscafé…

Ich hätte noch stundenlang im absolut ungemütlichen Eiscafé sitzenbleiben können, auch wenn das Eis überhaupt nicht schmeckte, aber Paul drängte ärgerlicherweise zum Aufbruch. Das wiederum passte zu seinem Urlaubs-Gesamtbild, denn die ganze Woche über hatte er nicht gerade viel Charme und Ausdauer versprüht.

Paul wollte die lange Autofahrt hinter sich bringen. Schweren Herzens verabschiedete ich mich also von Tom, genoss die zweite Umarmung innerhalb von einer Stunde und sorgte dafür, dass die Kinder heil ins Auto kamen.

Tom ging unterdessen in seiner schnittigen Lederkluft zu seinem schnittigen Motorrad.

»In a sexy way, bitte, Milly! In seiner Kluft sah dieser Kerl so was von heiß aus, dass selbst ich das mit Neid zugeben muss«, sagte Luzifer 😈 anerkennend.
»Oh ja, was für ein Mann! Wie er wohl im feinen Hochzeitsanzug aussieht?«, schwärmte Aurora 👸 mit einem Fußflip.
»Das wirst du nie erleben, wenn du Milly nicht endlich ermutigst, Tom aufzusuchen, damit er sie mal richtig rannimmt!« 😈

Fünfzig Meter und eine einspurige Straße trennten uns.
Ich sah, wie Tom zu uns blickte und noch einmal die Hand hob. Er lächelte. Fast hatte ich das Gefühl, sein Lächeln galt allein mir.

»Schätzchen, das galt allein deinen geilen Titten, die sich durch den dünnen Stoff abzeichneten«, sagte Luzifer 😈 und verdrehte die Augen. »Dass ihr Frauen immer so naiv sein müsst!«
»Luzifer! Also wirklich! Toms Lächeln galt Milly. Milly ganz persönlich. Also ihrem Gesicht. Sieh dir doch unsere Milly an. Herausgeputzt hatte sie sich. Wasserfallshirt in Altrosa, kurzer Faltenrock, wohlgeformte Beine, gut verpackte Brüste, schicke Haarfrisur, tolle Augen…« 👸
»Aurora! Du hast ja Augen im Kopf! Wahnsinn! Nur leider keinen Verstand, um die Informationen umzusetzen, die dein Auge ans Hirn weitergibt. Toms Blick galt Millys Körper. Er hat es für ein Sexabenteuer gescannt.« 😈
»Bist du fies, Luzifer!« 👸

Ich spürte, dass ich am liebsten ausgestiegen und zu Tom gelaufen wäre, damit er mich auf seiner heißen Maschine mit in den Sonnenuntergang nahm.
Aber ich konnte rein gar nichts tun.
Paul drängte und Tom hielt uns nicht auf.
Mutlos ließ mein innerer Prinz die Machete sinken, mit der er angefangen hatte, sich durch die Dornenhecke zu kämpfen, um endlich Dornröschen aufzuwecken.
Wir fuhren los in Richtung meiner zweiten Heimat.
Etwa drei Minuten später hupte es.
Ein Motorrad sauste vorbei.
Es war Tom.
Hinter ihm folgte noch ein Motorradfahrer.
»Das ist Mathis!«, rief Paul begeistert.
Tom winkte und deutete an, ihm zu folgen, statt auf die Autobahnauffahrt zu fahren.
Schon dieser männliche Wink versetzte meinen Prinzen und mich in helle Aufregung. Es war, als wenn er mich in sein Reich der Lust winkte.
Mein Prinz stand auf und kämpfte weiter.
Paul folgte den beiden und das erste Mal seit einer Woche zeichnete sich ein echtes Lächeln auf seinen Lippen ab.
»Ist das süß!«, sagte ich lächelnd. »Mathis hat sich extra Zeit genommen, um dich noch zu treffen. Und du hast im Eiscafé herumgedrängelt, dass du aufbrechen willst. Wenn du nicht gedrängelt hättest, hätte er uns noch im Eiscafé erwischt.«
»Ich habe keinen Bock auf die Autofahrt, Milly. Darum habe ich gedrängelt«, pampte Paul mich an.
Ich lächelte tapfer. »Meinst du, die Autofahrt ist kürzer, weil wir früher fahren?«
»Ich habe eben keine Lust, erst spät abends zuhause anzukommen.«

»Dich muss ich nicht verstehen, oder?« Ich blickte Paul an. »Du hast die Chance, deine Freunde zu treffen und ziehst eine quälend lange Autofahrt vor, die wir ohnehin nicht vermeiden können, nur um in ein leeres Haus zu kommen? Wenn ich die Wahl zwischen Freunden und Haus hätte, würde ich die Freunde vorziehen.«
»Tja, das unterscheidet uns eben.«
Wir hielten hinter den beiden an einer Tankstelle an und stiegen aus. Die Kinder blieben artig im Auto sitzen und vergnügten sich mit ihren Handys.
Während Paul Mathis begrüßte und mit ihm quatschte, wandte sich Tom an mich. »Und, Milly, wie läuft es beruflich?«
Boah, er wandte sich an mich!
MOI!
Tom INTERESSIERTE sich für mich!
Wahnsinn!

»Er interessierte sich für dein Höschen unter deinem kurzen, sexy Rock, Milly«, wandte Luzifer ein, »nicht für dich!«
»Nein«, schwärmte Aurora, »das war ECHTES Interesse!«
»Oh, Milly! Schmeiß dich an ihn ran! Erzähl ihm was vom Pferd oder vom rosa Einhorn! Erzähl ihm, dass du kurz davor bist, einen Oscar zu gewinnen! Den Pulitzer-Preis! Du musst ihn BEEINDRUCKEN!«, rief Luzifer aufgeregt auf meiner Schulter hüpfend.

(Mann, Luzifer machte mich ganz schön nervös, und das war ich auch ohne ihn schon!)

»Spinnst du? Milly ist arbeitslos. Quasi. Sie ist mega erfolglos. Warum soll sie ihm Lügen auftischen?«, wandte Aurora fassungslos ein.
»Boah, Engelchen, bist du doof? Milly beeindruckt doch keinen Mann, indem sie ihm von ihren Misserfolgen erzählt! Milly, leg dich ins Zeug! Männer ficken am liebsten erfolgreiche Weiber«, feuerte mich Luzifer an.

»Naja, das Jahr war ein bisschen wie eine Achterbahnfahrt…«, deutete ich wage an und erzählte irgendein wirres Zeug, an das ich mich Sekunden später vor lauter Aufregung nicht einmal mehr erinnern konnte.
Tom nickte und blickte mir gaaaanz tief in die Augen. »Ja, Paul hatte schon so was erzählt. Aber du könntest doch mal ein Buch schreiben. Das machen doch viele Journalisten.«
»Ja, gute Idee«, erwiderte ich.
Tom nickte.
Und lächelte.
Aber er lächelte kein ›du-bist-ganz-nett-Lächeln‹, nein, er lächelte ein ›*ich-finde-dich-echt-heiß-und-ich-würde-dich-gerne-flachlegen-Lächeln*‹.
Seufz!
Ich schwebte auf Wolke eintausendundsieben.
Gott, saß mein Haar noch?
Machte ich im Rock eine gute Figur?

»Alles gut, Milly, aber strecke deine Brust weiter raus, damit sich deine Nippel mehr abzeichnen durch deinen geilen Spitzen-BH«, riet Luzifer.
»Quatsch, Milly! Lächele! Das sagt mehr als tausend Nippel.«

»Naaaaa, flirtet ihr schon wieder, ihr zwei?« Mathis umarmte mich herzlich. »Hallo Milly! Ihr könnt es wohl auch nicht lassen, was?«
»Wir? Flirten? Niemals«, widersprach ich grinsend.
Mathis zwinkerte mir vergnügt zu. Tom warf mir einen heißen Blick zu.

»Vielleicht gibt es ja einen Sachbearbeiter im Universum, der Paul irgendwie kurzzeitig ausschalten kann?«, schlug Luzifer 😈 vor. »Ich meine, JETZT ist jawohl DIE Gelegenheit, um sich Tom an den Hals zu werfen. Er FLIRTET mir dir, Milly! Das musst du ausnutzen!«
»Du spinnst doch, Luzifer! Milly braucht Paul noch. Aber Tom könnte wirklich noch etwas Zeit benötigen, bis er Milly einen Heiratsantrag macht«, empörte sich Aurora 👸.
»Heiratsantrag? Bullshit! Er soll sie durchrammeln! Und wofür braucht Milly bitte Paul? Um sich anblubbern zu lassen? Der Kerl sollte lieber mal an seiner Laune arbeiten.« Auffordernd blickte Luzifer 😈 zu Aurora.
»Paul ist ein guter Ehemann. Meistens. Er kümmert sich zumindest um seine Familie, geht arbeiten und ist nett zu seinen Kindern. Meistens«, zählte Aurora 👸 auf.
Luzifer 😈 verdrehte die Augen und gähnte. »Boah, langweilig! Meistens! Wo bleiben da Sex und Abenteuer?«
»Das Leben funktioniert auch ohne Sex und Abenteuer ganz gut. Sicherheit ist doch viel wichtiger. Was will Milly mit einem One-Night-Stand?«, konterte Aurora 👸 erbost.
»Engelchen, davon verstehst du nix! Ein One-Night-Stand mit Tom wäre der Himmel auf Erden, das Höllenfeuer im Körper der Lust…« 😈

Ich unterbrach meine Berater ja nur höchst ungerne, aber JETZT war tatsächlich DER Moment, den ich ausnutzen musste. Ich hatte DIE Gelegenheit, Tom zu bewundern und auf Deibel komm raus zu flirten.

»Siehst du, sag ich doch! ›*Auf Deibel komm raus*‹ heißt jawohl, dass ich am Zug bin, Aurora!«, platzte Luzifer 😈 erneut dazwischen.
»Wenn sie flirten soll, dann musst du aber auch mal dein Mundwerk halten, Luzifer!«, beschwerte sich Aurora 👸.
»Du bist doch nur wild darauf, dass sich Tom in Milly VERLIEBT. Du denkst doch gleich, dass die Liebe des Jahrtausends aus einem kurzen Tankstellenabstecher wird«, lachte Luzifer 😈.
»Und wenn schon! Das ist eben romantisch!«, erwiderte Aurora 👸 beleidigt.

»Von mir aus könnt ihr euren Urlaub nächstes Jahr auch auf zwei Wochen ausdehnen«, hörte ich mich zu Tom und Mathis sagen. »Paul war ziemlich geknickt, dass ihr nur ein paar Tage zusammen weg wart dieses Jahr.«
»Echt? Warst du traurig, Paul?«, feixte Mathis. Liebevoll strubbelte er Paul durchs Resthaar.
»Meine Frau hätte bestimmt nichts dagegen«, sagte Tom.

»Also, wenn ihr mich fragt…«, warf Luzifer 😈 ein.
»Dich fragt aber keiner! Sei still!« 👸
»…sollte der Sachbearbeiter im Universum mal dafür sorgen, dass Toms Frau einen Lover kriegt. Dann hätte Milly wenigstens freie Bahn!« 😈

Tom lächelte mich an und ließ seine Augen gleich eine Etage tiefer wandern. Mit Wohlwollen registrierte ich diesen Blick.

»Siehst du, Milly! Ich habe dir heute morgen noch gesagt, du sollst den Spitzen-BH unter dem altrosa Wasserfallshirt tragen! Gute Wahl! GUTE WAHL! Damit kommen deine geilen Nippel gleich doppelt gut zur Geltung«, meldete sich Luzifer 😈 schon wieder zu Wort. »Da hat sich doch das jahrelange Abstrampeln mit den Kiddies an der Zitze gelohnt!«

»Still!«, sprach Aurora 👸 verärgert. »Tom hat nur versehentlich auf Millys Brüste geschaut.«

Luzifer 😈 lachte hämisch. »Träum weiter, Engelchen! Tom ist ein MANN! Du glaubst wohl auch, dass wir Männer nur in die AUGEN unseres Gegenüber schauen, was? Aber Frauen haben VIER AUGEN zur Seele. Im Kopf UND im Rumpf. Natürlich hat Tom auf Millys Brüste geschaut. Schließlich musste er abchecken, ob sie seine Kinder ernähren könnte!«

Es war das erste Mal, dass ich Aurora 👸 sprachlos erlebte. Sie öffnete ihren Mund und schloss ihn wieder.

Aus welchen Gründen auch immer Tom mich ›*inspiziert*‹ hatte, es freute mich diebisch, denn es zeigte Interesse.

»Weil du Sex mit ihm haben willst, Milly! Nenn das Kind doch gleich beim Namen!«, warf Luzifer 😈 ein.

»Natürlich will sie das, aber das ist falsch, Milly«, mahnte Aurora 👸.

»Meine Frau muss ich erst noch fragen. Ich kann nicht sagen, ob sie mich zwei Wochen auf Tour gehen lässt«, hörte ich Mathis sagen.

»Was haltet ihr denn davon, wenn wir alle gemeinsam mal einen Urlaub machen? Alle Familien in einem Haus«, schlug ich vor.

»YES, Milly! Die geile Idee hätte von mir sein können! Ich sehe, langsam färbe ich auf dich ab. Wurde aber auch echt Zeit, Mädel!«

»Romaaantisch!«

Überrascht, aber doch sehr angetan von der Idee, lächelte Mathis. »Das ist eine coole Idee, Milly! Ich wäre dabei.«
»Dann fragen wir doch zuhause mal«, sagte Tom. Lächelnd blickte er mir kurz in die Augen und ein weiteres Mal auf meine Brüste.

»Er hat schon wieder gelinst. YES!!! Der Mann gefällt mir!«, sagte Luzifer. »Auch wenn es echt nervt, dass er alles mit seinem Weib absprechen muss. Mannoman, wo sind die guten alten Zeiten, wo die Frauen noch das getan haben, was wir Männer wollten?«

Eine ganze Stunde hielten wir uns an der Tankstelle auf, bis ich zuletzt noch Fotos von den drei Männern schoss. Ich brauchte etwas mehr Futter für meine wilden Phantasien und natürlich zum romantischen Anhimmeln. Und Tom sah einfach umwerfend aus in seiner Lederkluft. Unter dem Tarnmantel des Gruppenfotos ließ sich das hervorragend durchführen.

»Milly! Die meisten deiner Phantasien sind eher schmutzig«, sagte Aurora 👸 missbilligend. »Also erzähle uns nicht, dass du die Fotos ANHIMMELST. Sie beflügeln nur deine wilden Phantasien.«
»Ja, geil, oder? Mensch, Naivchen, Milly ist eine Frau! Sie braucht das Foto, um sich so richtig geil verwöhnen zu können, aber davon verstehst du nix«, konterte Luzifer 😈 frech grinsend.
»Was? Ich dachte, aus dem Alter ist Milly langsam mal raus«, sagte Aurora 👸.
Luzifer 😈 verdrehte die Augen. »Engelchen, aus dem Alter wird Milly nie rauskommen. Es ist doch auch echt geil, an sich herumzuspielen. Machst du etwa die Augen zu, wenn sie klickt? Das darf man sich doch nicht entgehen lassen. Wir Männer LIEBEN es, dem weiblichen Geschlecht dabei zuzusehen.«
»Das ist typisch für dich. Natürlich mache ich die Augen zu!« 👸
»Spielt auf deiner Wolke denn kein Mädel an sich herum?« Luzifer 😈 zog sich die Haut unter dem linken Auge herunter. »Du lebst wohl doch nicht auf Wolke Sieben, sondern eher auf dem Mond, was? Milly hat schon seit Jahren Sex mit sich selbst und das ist auch gut so. Sonst wäre sie längst ausgetrocknet! Die ersten fünfzehn Jahre lief mit Paul jawohl fast gar nix. Erst seitdem sie zwischendurch Schluss gemacht hatte, hat sich Paul mal bemüht.«
»Luzifer!« 👸

Der Abschied nahte.
»Habt eine gute Heimfahrt«, sagte Mathis und drückte Paul an seine Brust.

Tom näherte sich mir, lächelte und nahm mich FEST in seine Arme. Ich hätte mich gerne noch enger an ihn herangedrückt, aber die Zeit war mein Feind.

Ich hatte eine ganze Stunde Tom-Aura schnuppern, ihn berühren und mit ihm reden dürfen. DAS war meine ganz persönliche TANKSTELLE gewesen.

Traumtagebuch

»Ihr wollt doch wohl noch nicht nach Hause fahren, ohne uns besucht zu haben, oder?« Tom grinste uns an.

Paul zuckte mit den Schultern. »Eigentlich doch...«

»Sag bloß, du willst eine sechsköpfige Raupe in dein Haus lassen?«, witzelte ich.

Tom lächelte breit. »Klar, warum nicht. Platz ist doch in der kleinsten Hütte. Außerdem ist meine Familie ausgeflogen. Meine Frau ist mit den Kindern bei Oma und Opa. Ich habe sturmfreie Bude.«

Ich stupste Paul an. »Na, komm schon, Paul! Du hast doch noch eine ganze Woche Urlaub. Es ist total egal, ob wir heute oder morgen fahren. Es erwartet uns niemand.«

Paul grummelte und ließ sich schließlich breitschlagen.

Also folgten wir Tom die wenigen hundert Meter ins Eigenheim. Wir parkten und nahmen das Nötigste an Klamotten mit ins Haus.

Die Kinder wurden auf zwei Zimmer aufgeteilt und Paul bot an, auf dem Sofa zu schlafen. »Du kannst Milly ja mit ins Schlafzimmer nehmen«, witzelte er.

»Sehr witzig, Paul«, knurrte ich halbherzig. »Aber vielleicht macht Tom das sogar.«

»Das war eigentlich kein Witz, Milly. Dann kannst du endlich das tun, was du schon lange tun wolltest«, sagte Paul. »Aber ich gucke zu!«

»Nun dränge Tom nicht! Ich bin sicher, er hat seine Frau nicht gefragt und ich möchte nicht wie lästiger Fisch wieder rausgeworfen werden, weil er sich bedrängt fühlt«, erwiderte ich.

Wir setzten uns draußen auf der Terrasse in die Sonne und quatschten, während sich die Kinder in den Kinderzimmern amüsierten.

Irgendwann tauchte Bella, meine zwölfjährige Tochter auf. »Mama, wir haben Hunger!«

Tom sprang auf. »Kein Problem. Ich habe Fleisch in Massen da. Grillt ihr gerne? Ich habe einen tollen Gasgrill. Auf dem kann man sogar Pizza machen.«

»Ja, von dem hat Paul schon vorgeschwärmt«, sagte ich.

»Die Pizza schmeckt richtig geil«, schwärmte Tom.

»Pizza? Lecker!«, stöhnte Valentin, unser sechzehnjähriger Sohn. »Ich mache den Teig!«

»Kannst du das?«, fragte Tom beeindruckt.

»Ja, hat mir Mama beigebracht.«

Tom warf mir einen heißen Blick zu.

Ich lächelte.

Tom ging mit Valentin ins Haus, ich folgte, während Paul den Gasgrill aus der Garage holte.

Tom gab Valentin alle Zutaten und wandte sich an mich. »Habe ich dir überhaupt schon das Haus gezeigt?«

»Nein. Aber ich nehme die Einladung zur Führung gerne an«, sagte ich grinsend.

Zuerst gingen wir nach oben, blickten in jedes Zimmer. Tom erzählte vom Hausbau und was sie für Wehwehchen hatten, bis das Haus fertig war.

Dann gingen wir in den Keller.

Kaum waren wir im Partykeller angekommen, schloss Tom die Tür und drückte mich gegen die Wand. »Weißt du, was mir herzlich egal ist?«, fragte er.

»Nein?« Aus kürzester Entfernung blickte ich ihm in die Augen. »Was denn?« Ich leckte mir über die Lippen.

Tom verfolgte meine Zunge mit den Augen. Dann beugte er sich vor und berührte meine Lippen mit seinem Mund. Sanft knabberte er an meiner Oberlippe, hangelte sich eine Lippe tiefer und vollendete den Kuss schließlich mit einem zärtlichen Zungentanz.

»Es ist mir egal, ob ich eine Erlaubnis bekomme! Du bist so heiß, ich kann es kaum erwarten, dich zu spüren.«

Ich fasste in seine Haare und krallte mich darin fest. »Dann nimm mich!«

Tom fuhr mit der Hand an meinem linken Oberschenkel entlang und schob den Rock hoch. »Geduld! Erst einmal muss ich mich langsam herantasten. Deine Haut ist so weich und zart.«

Er küsste mich erneut und versetzte mein Lustzentrum in Schwingungen. Mein Körper schüttete Hormone aus und ließ meine Vulva anschwellen. Hitze schoss mir durch den Leib, während ich lustvoll erzitterte.

Tom löste sich von meinen Lippen und widmete sich meinem Hals. Zuerst sanft, dann fordernd biss er sich tiefer, fuhr mit den Händen über mein Dekolleté, bis er meine Brüste erreichte. »Dieses Shirt ist der Hammer! Du siehst so geil darin aus! Und deine Nippel...« Hungrig blickte Tom auf meine Brüste, die sich mehr als deutlich durch den Stoff abzeichneten. Bewundernd ließ er seine Hände darübergleiten, bis er den BH erreicht hatte. »Du bist so sexy!«

Ich ließ mein Shirt über die Schulter rutschen und entblößte meinen Spitzen-BH, durch den meine Brüste deutlich hervorlugten.

»Gott, was hast du für geile Brüste! Darf ich?«

Ich schloss die Augen und stöhnte leise, als er die Seide nach unten schob, um meine Weiblichkeit freizulegen.

Hungrig stürzte er sich darauf und nahm sie immer wieder in den Mund, umschloss die kleinen Brusthöfe und saugte. Eine Schlange fuhr mir durch den ganzen Leib und hinterließ ein heißes Brennen der Lust. Mein Unterleib zog sich zusammen, als wollte er sich bereits jetzt auf einen Orgasmus vorbereiten. Ich krallte mich in Toms Haarschopf fest und stöhnte leise. »Oh Gott, jaaaa!«

Ich öffnete die Augen, blickte mich im schwach beleuchteten Raum um und entdeckte die Couch. »Sofa.«

»Was?«

»Sofa! Lass uns zum Sofa gehen oder wolltest du mich hier an der Wand nehmen?«, fragte ich leise, fast ein wenig außer Atem.

Tom fuhr mit seiner rechten Hand über meinen Oberkörper, über den Hals und landete schließlich in meinen langen, braunen Haaren. Ich öffnete leicht den Mund und legte all mein Feuer in meinen Blick.

Der Lockruf gelang, Tom beugte sich vor und küsste mich leidenschaftlich. »Ich nehme dich überall, Milly!«

»Auf dem Schreibtisch im Büro? In der Garage neben deiner Maschine? Auf deinem Autositz? Im Kino in der letzten Reihe?«, zählte ich leise stöhnend auf.

Tom lachte. »Genau. Aber zuerst hier auf dem Tresen!« Ohne Vorwarnung wirbelte er mich herum und setzte mich auf einen niedrigen Tresen, der neben der Bar als zusätzliche Getränkeoase diente. Mit beiden Händen fuhr er über meine Oberschenkel und eroberte meinen Slip. »Den brauchst du doch nicht mehr, oder?« Grinsend warf er ihn aufs Sofa.

Lustvoll blickte er auf meine rosa geschwollene Vulva und stürzte sich darauf, als hätte er noch nie etwas Köstlicheres erkundet.

»Oh Gott, Tom! Ich komme gleich, wenn du nicht aufhörst.«

»Versprochen?« Tom tauchte wieder ab und brachte mich tatsächlich mit seiner Zunge zum Höhepunkt, während er gleichzeitig zwei Finger in meiner Vagina hatte, um sie abwechselnd zu massieren und zu spreizen.

Stöhnend und zuckend aalte ich mich in meiner Ekstase. Tom stand auf und öffnete den Gürtel an seiner Hose. Er ließ seine Jeans zu Boden gleiten und streckte mir seinen Hüfte entgegen.

Lustvoll streichelte ich über seine Haut. »Warte!« Ich sprang auf und schob sein T-Shirt hoch. »Bitte ziehe es aus! Ich will deinen geilen Oberkörper sehen, wenn du mich nimmst.«

Grinsend entledigte sich Tom seines Oberteils. Hungrig strich ich über sein Sixpack bis hinauf zur Brust. Ich küsste ihn überall, leckte und biss in sein durchtrainiertes Muskelfleisch. Ich stellte mich auf Zehenspitzen und berührte seine Lippen, während sich meine Hände selbstständig machten. Ich schob seine Boxershorts von den Hüften und löste mich von ihm, um seine Manneskraft auch visuell aus nächster Nähe zu genießen.

Ehrfürchtig nahm ich seinen prallen Schwanz zwischen die Hände. »Gott, er ist so perfekt!«

Ich rutschte zu Boden und ließ meine Lippen sprechen. Vorsichtig tastete ich seine Eichel ab, leckte über seinen Schaft und verschlang sein Glied schließlich, während ich seine Vorhaut unvermittelt zurückzog. Tom warf den Kopf in den Nacken und stöhnte laut. Er umfasste meinen Kopf und zog mich näher an sich heran. »Oh Milly, ja! Oh Gott, ja!«

Ich leckte, saugte und schluckte, bis sich Tom zu Wort meldete.
»Gott, Milly, ich komme gleich!«
Ich hörte abrupt auf. »Das wollen wir doch nicht.« Grinsend richtete ich mich auf und setzte mich zurück auf den niedrigen Tresen. Ich zog ihn an seinen Händen zu mir. »Nimm mich! Jetzt!«
Ich musste ihn kein zweites Mal bitten.
Mit einem glühenden Blick packte Tom mein Gesicht für einen kurzen Kuss. Dann löste er den Griff, hob meinen Rock und suchte meine Öffnung. Meine Spalte schwoll noch mehr an, als wollte sie sein pralles Glied in sich aufsaugen und nie wieder hergeben.
Vorsichtig schob er seinen Schwanz in meine Vagina und stöhnte. »Oh Gott, Milly, endlich!« Er packte mich an der Hüfte und stieß zu.
Zuerst mit sanften, dann mit schnelleren, tieferen Stößen brachte er uns beide zum Höhepunkt. Noch während sein Glied sich ergießend in mir regte, küsste er mich leidenschaftlich.
»Heute Nacht mehr, okay?«
Ich grinste, obwohl er mich noch küsste.
Fragend löste sich Tom von mir.
Ich lächelte. »Ja. Heute Nacht mehr!«

Die Autofahrt war ein phantastische Gelegenheit, um stundenlang von Tom zu träumen. Ich genoss jede einzelne Sekunde, auch wenn ich die Tatsache hasste, sich mit jedem Meter räumlich mehr von Tom UND meiner Heimat zu trennen.

Mein innerer Prinz kämpfte sich unterdessen weiter durch die Dornenhecke, um Dornröschen bald zu wecken. Er war wild entschlossen, keine Sekunde länger als nötig auf seine Prinzessin zu verzichten.

Superman's Kryptonit

Einige Tage später saßen Paul und ich abends im Wohnzimmer und schauten TV. Nach einer Serie von DC-Comicverfilmungen war heute *Supergirl* an der Reihe. In der zweiten Staffel kam er endlich: *Superman*!
Heiß erwartet von Paul.
»Superman sieht aus wie Tom«, stellte er plötzlich fest.
»Echt?« Ich kniff die Augen zusammen und betrachtete Clark Kent, wie er mit bürgerlichem Tarnnamen hieß.
Er hatte ein recht kantiges Gesicht, schöne blaue Augen und einen ausdrucksstarken Mund. Die Brille, die er zur Tarnung trug - und durch die man seine wahre Identität natürlich ÜBERHAUPT NICHT erkannte 😒 - rundete das Bild des attraktiven Helden ab.
»Stimmt. Er hat wirklich was von Tom. Schreib ihm das doch!«, schlug ich vor.
»Nee, das ist Frauenzeugs. Schreib du ihm das!« Paul hob beide Hände zur Verteidigung.
Echt? War es unmännlich, seinem Freund zu schreiben, dass er aussah wie *Superman*?

»Worauf wartest du noch, Milly?«, mischte sich Luzifer 😈 ein. »Das ist der DER Anlass, Tom zu schreiben und ihm zu zeigen, dass du auch noch da bist.«
»Quatsch«, empörte sich Aurora 👸, »das ist viel zu aufdringlich! Tom ist verheiratet! Was soll er denn denken? Dass sich Milly ihm an den Hals schmeißt?«
»Ja, genau! Sonst weiß er ja nicht, dass er noch immer der Held ihrer feuchten Träume ist.« Luzifer 😈 schnitt Aurora eine Grimasse.

»ICH soll ihm das schreiben? Aber Tom ist DEIN Freund«, warf ich den Ball zurück, obwohl ich darauf brannte, meine Finger über die Tastatur sausen zu lassen. Ich sehnte mich nach Kontakt. Ich sehnte mich nach Tom.
Paul legte den Kopf schief. »Du findest ihn doch toll. Schreib du ihm das! Dann hast du wenigstens einen Grund, weshalb du Kontakt aufnehmen kannst.« Er streckte mir die Zunge raus und grinste frech.
Ich hätte es leugnen müssen, aber ich konnte nicht. Tom war für mich nicht einmal mehr ›*nur noch*‹ der Inbegriff von Sex, der Lusthimmel auf Erden. Er war mehr für mich. Ich bekam Herzklopfen, wenn ich nur an ihn dachte. Aber Tom war nicht bei mir. Er war weit weg. Stattdessen lächelte ich also Paul schweigend an und griff nach meinem Handy. Sollte ich ihm wirklich schreiben?

»Aber so was von!«
»Ja, das ist romantisch!«, seufzte Aurora 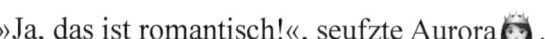.

Ich schaltete das Handy an und tippte, während sich innerlich Hitze in mir breit machte. Meine Wangen brannten. Und ich war mir nicht sicher, ob das von der Aufregung kam, weil ich mich diebisch darüber freute, einen Grund zu haben, ihm zu schreiben oder von der Scham, falls er mich zurückweisen würde.
Und dann waren sie wieder da!
Die verhassten alten Zweifel!
Er hatte mich schon einmal zurückgewiesen.
Was war, wenn er mich jetzt wieder zurückwies?

»Das wäre oberpeinlich. Darum solltest du es auch lieber lassen, Milly«, mahnte Aurora.

»Quatsch! Wer nicht wagt, der nicht gewinnt. Wenn Milly es nicht wenigstens probiert, dann wird sie nie im Bett unseres Superhelden landen«, konterte Luzifer 😈.
»Da will sie ja vielleicht auch nicht landen. Ich glaube ja eher, Milly sucht die wahre Liebe! Sie will im Herzen unseres Superhelden landen.« 👸
Abschätzend musterte mich Luzifer 😈. »Echt jetzt? Wie ätzend ist das denn? Was willst du in seinem Herz, wenn du seinen Schwanz haben kannst?«
»Luzifer!« 👸
»Ist ja schon gut!« 😈

›Hallo Tom, wir gucken gerade Supergirl. Und Paul meinte, Clark Kent sähe aus wie du. Falls Superman also mal ausfällt, weißt du ja, als was du arbeiten kannst. 😄 Viele Grüße von Paul‹

Ich legte das Handy weg und rechnete nicht mit einer Antwort. Aus der Vergangenheit wusste ich, dass Tom kein wirklicher Schreiberling war. Die Minuten danach krochen wie ein sich anschleichender Feind vorbei.

»Männer sind halt eher Menschen der Taten, nicht der Worte«, verteidigte Luzifer 😈 die männliche Ehre.
»Blödsinn! Tom wollte Milly nicht schreiben, um den Kontakt nicht zu vertiefen. Er liebt seine Frau eben und Paul ist sein Freund. Deshalb hat er Milly damals nicht zurückgeschrieben«, widersprach Aurora 👸.

Abends hatte ich das Handy wegen der Kinder auf lautlos geschaltet und sah beim Nippen am allabendlichen Tee das Display aufleuchten, und zwar innerhalb kürzester Zeit. Fast hätte ich mich verschluckt.

Wow!
Eine ANTWORT!!!
Er hatte geantwortet!!!

»Naja, das ist jawohl eher eine REAKTION als eine ANTWORT!«, widersprach Aurora.
»Sag ich doch! Männer sind halt keine Wortkünstler«, platzte Luzifer heraus.
»Aber immerhin hat er dir einen Smiley geschickt«, schwärmte Aurora, »vielleicht liebt er Milly ja doch?«
»Oberblödsinn! Tom liebt Milly nicht. Sorry, Milly! Aber irgendeiner muss dir ja die Wahrheit sagen! Tom liebt vielleicht die Vorstellung, dich im Bett mal so richtig durchzunehmen. Aber das heißt noch lange nicht, dass du seine Herzdame bist«, brüskierte sich Luzifer.
Aurora seufzte. »Du bist aber auch hart und unmenschlich, Luzifer!«
»Nee, nur ehrlich! Und wenn ich es nicht bin, lässt sich Milly wirklich das Herz brechen«, widersprach Luzifer.

Es juckte mir in den Fingern, also tippte ich eine weitere Nachricht an Tom.

›*Sollten wir also mal zusammen in den Urlaub fahren, nehmen wir besser Kryptonit mit.*‹

Jeder einigermaßen bewanderte DC-Fan wusste, ›*Kryptonit*‹ war ein fiktives, radioaktives Mineral vom Planeten Krypton. Natürlich redete ich von grünem Kryptonit, mit dem man *Superman* und seine Körperaura schwächen konnte.
Lächelnd legte ich mein Handy beiseite und war umso überraschter, als prompt wieder eine Antwort kam.

›*Du bist wohl genug Kryptonit...* 😉‹

Ich bekam Schnappatmung!!!
Beim Jupiter!!!
DAS nannte ich mal eine (flirtive) Antwort!
Das war ja wie Weihnachten und Geburtstag zusammen!
Ach, was sagte ich, das war der absolute Hammer!!!
Mein Prinz stand mitten in der Dornenhecke und tanzte Polka.

»WAS genau will er Milly bitte damit sagen?«, meldete sich Aurora 👸 zu Wort.
»Dass sie ein heißer Feger ist und er sich ihr nicht entziehen kann«, mutmaßte Luzifer 😈. Lustvoll leckte er sich über die Lippen. »Geil, Milly! Du hast ihn fast im Bett.«

OMG!!!
Ich schätze, ihm war gar nicht bewusst, wie viel diese Nachricht für mich bedeutete.
Wie auch?
Mit dieser Nachricht hatte er mein Selbstwertgefühl gerettet. Vor Jahren war ich abgeblitzt und nun kam so eine Nachricht, als wollte sie ein Pflaster auf meine Wunde kleben.

»Tom hat doch ein Herz für Milly. Er hat irgendwo ganz tief in sich verbuddelt Gefühle für sie«, schwärmte Aurora 👸.

»Ja, oh ja! Gefühle hat er! Ich schätze, sein Lustzentrum im Kopf ist voll von Gefühlen für Milly. Er will sie flachlegen. Vögeln, bis der Arzt kommt. Schön in die geile Spalte…« 👿

»Luzifer! Etwas mehr Romantik bitte!« 👸
»Nee, Aurora, davon verstehst du nix. Romantik hat im Sexabenteuer keinen Platz!« 👿

Ich blickte zu Paul.
Der war mal wieder auf dem Sofa eingeschlafen und schnarchte friedlich vor sich hin.
Ich konnte also vollkommen unbeobachtet und gefahrlos das heilige Mobilgerät an mich nehmen und eine weitere Nachricht wagen.

›Haha 🤣 dann bin ich die Waffe, die dich entkräftet? Klingt sehr verlockend 😬.‹

Ich hatte mein Handy kaum auf dem Sofa geparkt, als bereits die Antwort aufblinkte.
Gute Güte, das war mein absoluter Glückstag!!!

›😱 Über das Entkräften reden wir, wenn es soweit ist… 😁.‹

Ich war geflasht.
Überwältigt.

Ich - moi - war ihm NICHT gleichgültig.
Das war wie eine Eins in Mathe: Ein Ergebnis, mit dem ich nie im Leben gerechnet hatte. Wir schrieben noch etwas hin und her, bis es Zeit war, ins Bett zu gehen.

›*Gute Nacht! Ich gehe jetzt schlafen. Ich hab ja Stoff zum Träumen...* 😊 *VG, Tom.*‹

Stoff zum Träumen?
›*Stoff zum Träumen*‹?
Wahnsinn!
Konnte ich nun nicht sicher sein, dass er auch an mich dachte?
Mein innerer Prinz atmete auf. Endlich war Rettung in Sicht! Ich spürte, dass er es kaum abwarten konnte, sein Dornröschen wach zu küssen.

»Milly! Ganz große Nummer!« 🙈
»Gott, Milly, er träumt von dir!« Überglücklich tanzte Aurora 👸 einen Freudentanz.
»Oh ja, das tut er. Er wird dich in allen nur erdenklichen Positionen durchrammeln! Gut gemacht, Milly!« 🙈
»Milly Dreizack, du bist ein Glückskind! Endlich hat der Sachbearbeiter im Universum deine Bestellung erhört.« 👸
»Quatsch! Milly hat doch überhaupt keine Bestellung abgeschickt!« 🙈
»Hat sie wohl!« 👸
»Wobei, seit Jahren ist Milly scharf auf Tom. Ich schätze, der Sachbearbeiter im Universum ist ETWAS langsamer in der Bearbeitung der Erdlingswünsche. Vielleicht hilft

er unserer Milly nun doch endlich mal auf die Sprünge.« 😈

»Milly muss er nicht helfen. Eher Tom«, warf Aurora 👸 ein.

Ich weckte Paul und verzog mich ins Schlafzimmer.
Aber kaum lag ich im Bett, war ich wach wie ein Turnschuh.
Wie sollte ich schlafen, wenn ich an nichts anderes denken konnte, als an den Mann, der es schaffte, dass ich nur an Sex dachte, wenn ich ihn bloß ansah?

»Das ist so was von gelogen, Milly!«, beschwerte sich Aurora 👸. »Du denkst nicht nur an Sex. Du denkst auch daran, Toms Herz zu erobern!«
»Blödsinn! Sie hat puren Sex im Sinn, unsere Milly!« 😈

Traumtagebuch

Tom hielt am Waldstück an. Der Parkplatz war verwaist. Bevor er aussteigen konnte, rutschte ich auf seinen Schoß.
»Was hast du denn vor, du wilde Hummel?«, lachte Tom.
»Dich verführen!«, sagte ich grinsend.
Tom lächelte von den Augen über seinen Mund bis hinter seine Ohren. »Klingt phantastisch. Hast du dir darum einen unpraktischen Rock für unseren Waldspaziergang ausgesucht?«
»Ja. Ich dachte mir, irgendwo wird sich die Gelegenheit ergeben, deinem geilen Schwanz Aufwartungen zu machen.«
Tom funkelte mich an. »Milly! Kriegst du niemals genug von mir?«

»Nö! Wir sind doch erst zwei Jahre zusammen. Aber reden können wir gleich...« Ich beugte mich vor und küsste Tom mit aller Leidenschaft, die ich aufbringen konnte. Dabei bewegte ich bereits die Hüften, um ihm noch mehr einzuheizen.

Ich angelte nach seinem Gürtel und öffnete seine Jeans.

Tom hob die Hüften und zog sich die Hose bis zu den Knien.

»Ich rate dir, die Boxershorts auch herunterzuziehen, sonst wird sie ganz furchtbar nass«, feixte ich.

Tom grinste – und zog seinen Slip ebenfalls zu den Knien.

Ich genoss die Berührung seiner nackten Haut, die Wärme, die von ihr ausging.

»Du bist ja schon bereit«, sagte ich leise grinsend.

Tom nickte. »Aber so was von!«

Ich angelte nach seinem Prachtstück und ließ ihn in meine Vagina gleiten. »Boah, bei mir ist alles dermaßen angeschwollen, dass dein geiler Schwanz in der Enge kaum durchkommt.«

Tom packte mich an den Hüften und half nach. »Der kommt rein, keine Sorge!« Während ich auf Tom ritt, hielt er dagegen und stieß kräftig mit.

»Oh Gott«, stöhnte ich und warf den Kopf zurück.

Ich war im siebten Sexhimmel!

Ich spürte jeden Stoß, der ein wohliges Gefühl von den Tiefen meiner Vagina bis in den Bauch und hinunter in die Knie nach sich zog. Es war, als leckten tausend Zungen an meinem Körper und wollten mich antreiben.

Nach wenigen Minuten kamen wir beide zum Höhepunkt. Ich umarmte Tom, wollte ihn festhalten und nie wieder hergeben. Schließlich löste ich mich von ihm. »Ich liebe dich!«

Tom lächelte und gab mir einen Kuss.

Wir stiegen aus und wanderten Hand in Hand durch den Wald. Danach fuhren wir zu ihm. »Die Jungs kommen gleich mit ihren Familien.«

Ich nickte.

Zwei Jahre war ich nun schon zurück in meiner Heimat. Aber heute war das erste Mal, dass ich zum abendlichen Grillen mit eingeladen war. Bisher hatten wir unsere Beziehung geheimgehalten.

Nur Paul wusste Bescheid, denn von ihm hatte ich mich vor zwei Jahren getrennt. Und Toms Frau war vor wenigen Wochen ausgezogen. Sie hatte einen anderen Mann kennengelernt.

Endlich!

Ich wollte Tom für mich haben. Auch wenn ich nicht wusste, woran ich eigentlich war. Über Gefühle sprach er selten.

Die M&Ms kamen mit ihren Frauen und Tom spielte den Grillmeister.

Als alle ihr Steak - oder ihre Zucchini - auf dem Teller hatten, erhob ich mich, um aufs Örtchen zu gehen.

»Ich liebe dich, Milly!«, sagte Tom plötzlich.

»Na, endlich«, stöhnte Mathis leise. »Das wurde auch Zeit!« Er grinste.

»Was?« Leicht überrumpelt blieb ich stehen.

»Ich liebe dich! Du bist die Suppe für mein Salz, der Topf für meinen Deckel. Ich möchte abends neben dir einschlafen und morgens neben dir aufwachen. Ich möchte mehr Zeit mit dir verbringen. Ich habe es endlich geschafft, das schlechte Gewissen abzuschütteln, weil du Pauls Frau warst. Ich habe lange mit Paul geredet und er gibt uns seinen Segen. Milly, ich liebe dich!«

Ich ging um den Tisch herum und warf mich ihm in die Arme. »Ich liebe dich auch!«

»Kommt jetzt noch ein Heiratsantrag oder können wir unsere Steaks essen, bevor sie kalt werden«, murrte Mario, zwinkerte mir aber grinsend zu.

Tom und ich sahen uns an.

Tom streichelte mir übers Gesicht. »Ich weiß gar nicht, ob Milly mich nehmen würde.«

»Versuch es doch!«, witzelte ich und wackelte mit den Augenbrauen.

Tom lachte. »Würdest du mich denn heiraten wollen?«

»Ja, wenn du richtig fragst«, erwiderte ich.

Ich hatte bereits eine Hochzeit ohne Antrag hinter mir. Eine zweite ohne wollte ich nicht.

Tom ging auf die Knie und die Jungs johlten.

»Milly, du bist die aufregendste, interessanteste Frau, die ich kenne. Ich liebe deinen Heißhunger auf Sex, deine verrückten Einfälle und deinen Humor. Kein Tag mit dir ist langweilig.

Wenn du nicht bei mir bist, vergehe ich vor Sehnsucht. Darum frage ich: Willst du meine Frau werden?«
Mir waren die Tränen in die Augen gestiegen. Eilig wischte ich sie weg und nickte. »Ja, ich will.«
Ich warf mich ihm in die Arme und war der glücklichste Mensch auf diesem Erdball. Liebe war ein Geschenk des Universums. Man musste sie festhalten. Mit beiden Armen und allem, was man sonst noch so zur Verfügung hatte.

Tja, was sollte ich dazu sagen?
Als ich morgens aufwachte, war ich schweißgebadet. Ich hatte den ersten Heiratsantrag meines Lebens bekommen und das leider nur im Traum.
Trotzdem nahm mein Prinz seine Machete in die Hand und arbeitete sich unermüdlich weiter durch die dicke Dornenhecke, die ich all die Jahre meiner merkwürdig gestrickten Ehe hatte wachsen lassen.

Amor's Irrtum

»Du steckst tief in einer Krise. Warum sollte ich dich verurteilen?« Schneewittchens blaue Augen bohrten sich in meine. »Nach siebzehn Jahren mit demselben Partner haben viele Paare Probleme.«
Zerknirscht saß ich auf Schneewittchens Sofa und nippte an meinem Wasser.
»Paul ist echt ein lieber Vater und für dich als Mann etwas ganz Besonderes. Es wäre doch schade, wenn das in die Brüche geht«, fuhr meine Freundin fort.
Versuchte sie gerade, mich zu therapieren?
Oder war das die nette Art des ›Kopfzurechtrückens‹?

»Milly, sie ist eine Frau. Noch dazu deine Freundin. Natürlich versucht, sie dich vor Dummheiten zu bewahren, zumal sie nicht Bescheid weiß über die wahren Verhältnisse im Hause Dreizack«, sagte Aurora 👸.
»Dummheiten? Beim Rockzipfel meiner Großmutter, Milly muss endlich mit Tom schlafen! Sonst wird sie noch in fünfzig Jahren darüber sinnieren, ob sein Schwanz sie befriedigt hätte«, konterte Luzifer 👾.
»Du schon wieder!« 👸

Schweigend blickte ich meine Freundin an. Ich wusste nicht, was ich darauf erwidern sollte. Natürlich war jede Trennung ›schade‹, aber war es nicht viel blöder, mit einem Mann zusammenzuleben, den man nicht liebte, sondern nur ›lieb‹ hatte? Ich musste dringend aus meiner Komfortzone heraus! Ich hatte aufgehört zu leben.
Und ich wollte Tom so sehr!
Mehr als alles andere.

Nicht bei ihm sein zu können, brachte mich fast um den Verstand. Und so sehr ich mich auch anstrengte, ich kam nicht gegen dieses Gefühl an.
»Milly, es kommt nicht immer aufs Aussehen an! Der Charakter zählt. Was nützt dir ein Pilot, der absolut traumhaft aussieht, dich aber hintergeht?« Liebevoll streichelte Schneewittchen mir über den Arm.
Ich blickte sie an.
Sie war meine liebste, beste Freundin. Stets dachte sie an andere, selten an sich. Sie war immer für mich da. Wie ein Fels in der Brandung. Ich konnte ihr doch nicht vor den Kopf stoßen, indem ich ihr sagte, dass es ein Wunschdenken der Menschen war, dass man ein Leben lang zusammenblieb. Außerdem war Attraktivität ja nicht gleichbedeutend mit Untreue.

»Rede Tacheles, Milly!«, forderte Luzifer 😈 mich auf.
»Ja, sag ihr die Wahrheit! Sie ist doch deine Freundin.« 👸

Tom war kein doofer Pilot, der in jedem Hafen eine andere hatte. Ich hielt ihn nicht einmal für jemanden, der seine Partnerin betrog.
»Milly, halte durch! Bleib bei Paul! Dieser Tom will doch ohnehin nichts von dir wissen.« Schneewittchen lächelte aufmunternd.
Ich lächelte nicht.
Ich wollte nicht hören, dass Tom nichts von mir wissen wollte. Ich ahnte es bereits selbst. Ich wollte hören, dass er der schönste Mann auf diesem Erdball war, der seine Auserwählte - also mich! - auf seinen starken Armen in den Sonnenuntergang entführen würde. Ich wollte hören, dass er meinen Prinzen animierte, mein inneres Dornrös-

chen zu wecken, um mir die wahre Liebe zu schenken, die ich all die Jahre während meiner Ehe hinter der emotionalen Rosenhecke verbuddelt hatte.
»Er fragt seine Frau um Erlaubnis, wenn er fremdgehen will«, platzte ich heraus. »Und Paul meinte, er hätte darüber nachgedacht, sie zu fragen, ob er mit mir…«
Schneewittchen blickte mich an. »Milly! Das ist nicht dein Ernst, oder? Ehrlich? Willst du gestohlene Momente?«
»Ja, die würde ich haben wollen. Aber warum fragt er seine Frau?«
»Da gibt es nur zwei Möglichkeiten, weshalb Tom seine Frau um Erlaubnis bittet«, bemerkte Schneewittchen.
»Ach so? Und welche?«
»Die zwei sind im Alltag ein absolutes Dreamteam, aber sie hat keinen Bock auf ihn.«
»Verstehe ich nicht.« Ich stand auf dem Schlauch.
»Sie will keinen Sex mit ihm, aber als Partner an ihrer Seite findet sie ihn toll. Es gibt viele Frauen, die so einer Anfrage ihres Mannes zustimmen, um ihn behalten zu können. Er pimpert dann mit der anderen Frau herum, bleibt aber mit seiner Frau verheiratet«, erklärte Schneewittchen.
»Krass!«
»Warum ist das krass? Es gibt auch viele Pärchen, die in den Swingerclub gehen, damit beide Abwechslung haben oder auf ihre Kosten kommen.«
»Ich glaube, ich lebe hinterm Mond. Ich würde niemals auf die Idee kommen, mir einen anderen Sexualpartner zu suchen, um mit meinem Alltags-Ehemann zusammenzubleiben. Swingerclub mag ja noch gehen. Vielleicht.«
»Es gibt ja noch eine zweite Möglichkeit: Tom fragt seine Frau um Erlaubnis, um sie eifersüchtig zu machen. So

sieht seine Frau, dass er noch begehrt wird«, mutmaßte Schneewittchen. »Er hofft dann, dass sich seine Frau unter Druck gesetzt fühlt und einlenkt. Sie sieht, dass andere Frauen ihren Mann wollen und lässt die letzten Fünkchen an Gefühlen aufleben, um ihn zu halten. Ist ja auch bequemer, wenn man zusammenbleibt.«
»Jetzt ist es auf einmal bequemer, wenn man zusammenbleibt? Aber ich darf nicht ausbrechen?« Ich wackelte mit den Augenbrauen.
Schneewittchen lachte leise. »Genau. Das gilt für andere. DU bist meine Freundin und ich wähne dich gerne im sicheren Ehehafen.«
Ich warf den Kopf zurück und grunzte filmreif. »Mein Bauch sagt was anderes. Und mein Herz brauchst du gar nicht erst zu fragen. Das ist sowieso nicht deiner Meinung. Ich bin gerade dabei, meine innere Prinzessin nach zig Jahren des Schlafes zu wecken.«
Schneewittchen grinste und legte mir einen Arm um die Schultern. »Süße! Mach jetzt nix Unüberlegtes! Wirf nicht all die Jahre weg! Du hast doch nichts auszustehen!«
»Als wenn man die Messlatte danach anlegt, wie viel man in einer Ehe AUSZUSTEHEN hat! Wenn ich einen Mann hätte, bei dem ich leiden würde, würde ich ihn sofort verlassen«, brummte ich.
»Siehst du! Und bei Tom weißt du gar nicht, ob du nicht was auszustehen hättest. Vielleicht ist er extrem übellaunig. Oder ein Egoist im Bett. Oder er würde nur guten Sex mit dir haben, sich aber sonst nicht für dich interessieren«, zählte Schneewittchen unzählige Alternativen auf.
Ich rümpfte die Nase. »Vielleicht stimmt auch gar nix davon und er wäre der zärtlichste, wildeste, interessierteste Liebhaber aller Zeiten und der richtige Mann an meiner Seite!«

»Genau, Milly, hör nicht auf sie! Mach es! Tu es! Fahr nach Hamburg und spreize deine Beine auf seinem Schreibtisch! Bezirze Tom, verführe ihn und lass dich mal so richtig von unserem Superhelden durchrammeln!«, feuerte Luzifer 😈 mich an.

»So ein Blödsinn!«, erzürnte sich Aurora 👸. »Milly will mehr von Tom als nur schnellen Sex auf dem Schreibtisch zwischen irgendwelchen Akten. Sie will Tom jede Nacht, ein Leben lang!«

»Das ist ja noch geiler, Aurora! Jede Nacht Sex! Ich flipp aus!« Luzifer 😈 raufte sich die schwarzen Locken. »Milly, fahr los! Fahr zu Tom! Nimm ihn!«

»Nimm lieber den Kommissar mit Haarausfall und Bauch, der eure Kinder liebt, dir die Sterne vom Himmel holt und dich so unterstützt, wie Paul es tut. So jemanden zu finden ist schwieriger als irgendein Schönling«, sagte Schneewittchen.

Ich wollte gar nicht hören, dass Paul ein liebevoller Vater war. War er auch gar nicht. Er wäre gerne. Aber ständig rastete er wegen Belanglosigkeiten aus und brachte die Kinder gegen sich auf. In den ersten zehn Jahren unserer Beziehung war er sogar handgreiflich gewesen.

Max meinte neulich, Paul solle weggehen, er habe nur Mama lieb.

(Ich hätte nicht in Pauls Haut stecken wollen. Was musste das für ein Gefühl sein, wenn die eigenen Kinder, die man aus Liebe gezeugt hatte, keinen Körperkontakt wollten und auch so kein Interesse an einem hatten.)

»Paul hat die Kinder nicht aus Liebe gezeugt, Milly!«, warf Luzifer 😈 ein.

»Hat er nicht?« Aurora 👸 rümpfte die Nase.

Luzifer 😈 schüttelte den Kopf. »Nein, das solltest du als Verfechterin der wahren Liebe doch eigentlich mitgekriegt haben, Aurora! Das erste Kind hat Paul gezeugt, um seine Ex-Freundin vergessen zu können, was ihm leider zwei Jahre lang nicht gelungen ist.«

»Ja, das waren harte Zeiten für uns«, erinnerte sich Aurora 👸.

»Das zweite Kind hat er gezeugt, weil es ihm peinlich war, dass er innerhalb von zwei Sekunden abgespritzt hatte. Das hatte er vertuschen wollen. Und Milly hat nix gemerkt«, fuhrt Luzifer 😈 fort. »Das dritte Kind hat er gezeugt, weil Milly gedrängt hat, dass sie noch ein Mädel will.«

»Stimmt. Und das vierte Kind?« 👸

»Das hat Paul unserer lieben Milly gemacht, weil sie sich von ihm getrennt hatte und er seine Felle wegschwimmen sehen hat.« 😈

»Das klingt wirklich nicht nach Liebe. Wieso hatte ich das ausgeblendet?« 👸

»Weil es sich leichter leben lässt, wenn man nicht darüber nachdenkt, dass Amors Pfeil daneben gegangen ist«, erwiderte Luzifer 😈 ungewöhnlich mitfühlend.

»Ich glaube nicht, dass Tom ›nur‹ ein Schönling ist. Ich bin fest davon überzeugt, dass er Tiefgang hat«, versuchte ich meine Freundin zu überzeugen.

»Aber du weißt es nicht. Vielleicht ist er einfach nur attraktiv.«

»Ist die bescheuert, die Alte?«, rief Luzifer 😈 verzweifelt.

»Hey! Das ist Schneewittchen! Rede nicht so über Millys Freundin!«, beschwerte sich Aurora 👸.

»Okay, aber dein Schneewittchen soll dir deine Pläne doch nicht AUSREDEN! Milly! Du MUSST nach Hamburg fahren! Du MUSST zu Tom! Suche ihn auf, entschuldige dich bei ihm für deine Gefühlsduseleien und lass dich endlich vögeln!«

»Verliere kein böses Wort über Schneewittchen, du Teufel, du! Ich finde Luzifer hat Unrecht, Milly. Du solltest lieber nach Hamburg fahren und Tom um ein Essen bitten. Zeige ihm, dass du eine tolle Frau bist…dann kann er gar nicht anders, als dich zu lieben.« 👸

»Tom weiß doch längst, dass Milly eine tolle Frau ist, Aurora! Er hat doch schon angebissen.« 😈

»Quatsch! Wenn er schon angebissen hätte, dann hätte er den Haken nicht wieder losgelassen, mein Lieber! Zeig Tom, dass du die bessere Wahl bist, Milly! Zeig ihm, dass du intelligent, sexy, humorvoll und wahnsinnig charmant bist!«, redete Aurora 👸 ohne Punkt und Komma.

»Sie soll doch nicht sein Herz erobern, Aurora, sondern sein Lustzentrum«, widersprach Luzifer 😈.

Aurora 👸 schüttelte den Kopf. »Aber wenn Milly Toms Herz erobert, wird sie JEDE NACHT Sex haben!«

»Jaaaa, geil, Sex! Sex und Abenteuer!« Luzifer 😈 jauchzte.

Ich seufzte.

Hatte Schneewittchen vielleicht doch Recht? Sollte ich lieber den Spatz in der Hand, als die Taube auf dem Dach nehmen?

»Adler, Milly! Tom ist jawohl keine schnöde Taube, sondern ein geiler, attraktiver Adler!«, unterbrach Luzifer 😈

meinen Gedankengang. »Und nein, nimm nicht den Spatz! Er schnarcht. Er kriegt 'ne Glatze. Und Haare auf dem Rücken! Und er ist viel zu schnell im Bett. Sex ist intensiv und lange. Kein Schnellimbiss! Davon scheint dein Paul aber noch nix gehört zu haben.«
»Naja«, warf Aurora 👸 ein, »manchmal kann Sex schon ein Schnellimbiss sein, denn darauf hat man ja in unregelmäßigen Abständen auch Appetit.«
»Und das aus deinem Munde, Aurora! Ich bin schwer beeindruckt.« 👹

»Dein Tom sieht nur gut aus, Milly! Mehr nicht. Schlag ihn dir aus dem Kopf!« Schneewittchen drückte mir einen Kuss auf die Wange. »Er wird sich niemals für dich entscheiden!«
Wie konnte ich ihn mir aus dem Kopf schlagen, wenn er längst in meinem Herzen saß?
Tom war mehr als ›nur‹ ein Schönling für mich.
Er war mein Traummann.
Mir war zwar schmerzlich bewusst, dass er mich allerhöchstens begehrte und nicht liebte, aber das war ja vielleicht ein Zustand, an dem man arbeiten konnte.
Mein Prinz war zumindest wild entschlossen, Dornröschen zu wecken. Und diese Entschlossenheit habe ich ganze zwanzig Jahre vermisst.

»Ach, Milly«, seufzte Aurora 👸 ganz verliebt. »Tom verkörpert einfach alles: Er ist intelligent, liebenswert, treu, sexy, interessiert und athletisch…«
»Mensch, Aurora, DU sollst ihn doch nicht heiraten! Milly soll ihn sich angeln«, meckerte Luzifer 👹 genervt.
Aurora 👸 winkte ab. »Weiß ich doch. Ich feuere Milly nur an. Das war eine Motivationsrede.«

»DIE braucht unsere Milly ganz bestimmt nicht! Die solltest du lieber mal Tom verpassen! Schließlich will der unsere Milly nicht haben.«

Traumtagebuch

Einsam und verlassen saß ich am Küchentisch und starrte aus dem Fenster.
Ich hatte alles aufgegeben.
Aufgegeben für den Mann, der mein Herz erobert hatte.
Und wofür?
Hier saß ich nun: Mit einem gebrochenem Herzen in einer kleine Wohnung in meiner Heimatstadt. Die Kinder waren in der Schule und in der Uni, während Paul in unserem Haus im Weit-Weit-Wegland saß und sich dort mit einer anderen Frau amüsierte.
Ich war nicht eifersüchtig.
Ich bereute auch nicht, dass ich mich getrennt hatte, es war höchste Zeit gewesen, weiter zu ziehen.
Wenn man erst einmal den Gedanken hegte, sich zu trennen, tat man sich selbst keinen Gefallen, den Traumtänzer zu spielen und die Beziehung auf Ach und Krach aufrecht zu erhalten. Das waren verlorene Jahre und die war ich nicht bereit gewesen zu opfern. Wie oft hörte man, dass die Paare nach jahrelanger Beziehung noch um die Beziehung kämpften, wobei dieser Kampf doch eher ein Krampf war.

Ein gebrochener Krug verlor nun einmal Wasser. Das konnte auch kein Paartherapeut ändern.
Ich gönnte Paul sein Glück.
Schließlich war er der Vater meiner Kinder.
Ich hing ihm auch nicht nach.
Ich hing Tom nach.
Weder meine Trennung noch meine Annäherungsversuche waren von Erfolg gekrönt gewesen.
Ich war auf mich gestellt.
Aber was fing man an mit einem gebrochenem Herzen? Rausgehen und darauf warten, dass es von alleine heilt? Jeden Morgen aufstehen, versuchen, nicht an ihn zu denken, atmen, den Tag überstehen, abends die Kinder betüddeln, TV gucken, schlafen gehen und sich einsamer als einsam fühlen?
Gott, was waren das für Aussichten?
Es klingelte.
Ich erwartete niemanden.
Dennoch öffnete ich die Tür. »Snow! Du bist den weiten Weg gefahren, um mich zu besuchen?«
Schneewittchen fiel mir lächelnd um den Hals. »Natürlich. Du brauchst dringend einen Verbandskasten.« Sie drückte mir ein Paket in die Hand mit einem großen roten Kreuz darauf.
Ich ließ sie eintreten und ging mit ihr in die Küche. Ich legte das Paket auf den Küchentisch. »Bist du lieb, danke!«
»Dafür sind Freundinnen doch da!« Schneewittchen lächelte. »Gibt es was Neues an der Front?«

Ich schüttelte den Kopf und wischte mir eine Träne von der Wange.

»Das hatte ich befürchtet. Und was nun? Gehst du zu Paul zurück?«

»Nein, auf keinen Fall«, sagte ich unter Tränen lächelnd.

»Dann öffne das Paket!« Schneewittchen reichte mir eine Schere. Ich schnitt die Bänder durch und hob den Deckel ab.

In dem Notfallkoffer befanden sich Mullbinden mit gebrochenen Herzen, eine Flasche Arnika, eine Flasche Schnaps, jede Menge Herzpflaster, ein Strauß Liebeskraut und eine Packung Anti-Depressiva mit Gummibärchen, jede Menge Schokolade...

»Milly, bist du verrückt?«, schrie Luzifer. »Du kannst doch keine Träume in dir wecken, die dich herunterziehen! Wo bleibt dein Kampfgeist? Du sollst ihn dir ANGELN, nicht darüber trauern, dass du ihn nicht gleich beim ersten Anlauf gekriegt hast.«

»Naja, das war mindestens der zweite Anlauf!«, widersprach Aurora.

»Egal. Milly muss kämpfen. Wenn man etwas liebt, muss man dafür kämpfen, bis man es hat. Im Krieg und in der Liebe ist alles erlaubt.« Luzifer grunzte. »Also, hopp hopp, Milly! Traum auf Anfang!«

Traumtagebuch

Einsam und verlassen saß ich am Küchentisch und starrte aus dem Fenster.

Ich dachte an Tom, der sich vermutlich gerade mit seiner Frau oder sonst irgendeiner anderen Frau amüsierte und...

»Stopp, Milly! Warum denkst du darüber nach, ob Tom sich mit anderen Frauen amüsiert? Du zerfleischt dich selbst«, schimpfte Luzifer 😈 verärgert. »Da kocht mir ja gleich die Höllenfeuersuppe über!«
»Milly ist eben frustriert. Da klappt es nicht immer mit dem Träumen«, verteidigte Aurora 👸 meine Ehre.
Luzifer 😈 winkte ab. »Okay, Milly! Husch husch ins Körbchen! Für heute hast du genug Müll geträumt.«

Ausnahmsweise hörte ich auf meine beiden Berater und plumpste vollkommen ausgelaugt ins Bett. Auch mein innerer Prinz legte sich zwischen den Dornen schlafen, um Kraft zu schöpfen.

Was für ein Todesstoß!

Lange überlegte ich, ob ich Tom schreiben sollte. Ich verzehrte mich nach einem Lebenszeichen von ihm. Andererseits wusste ich, dass es falsch war.
Schließlich war mein Drang jedoch größer als meine gute Erziehung oder mein Ehrgefühl. Beides hatte Luzifer vermutlich tief in der Tonne vergraben.

»Aus gutem Grund, meine Liebe! Wenn du dich nicht zuckst, wird er sich auch nicht rühren. Männer sind herrlich bequem. Na gut, ein paar vielleicht nicht.« 👿
»Das ist ja typisch für dich! Milly verliert doch an Ansehen, wenn sie sich charakterlos verhält«, warnte Aurora 👸.
»Papperlapapp!« 👿

›Können wir uns treffen? Ich bin für ein paar Tage in Hamburg 😬. VG, Milly‹

›Du solltest bei Paul bleiben. Er ist ein ganz lieber Kerl und ich habe ihn lieb. VG, Tom.‹

Schluck.

»WAS?« Wie von der Tarantel gestochen sprang Luzifer 👿 auf und hüpfte auf meiner Schulter auf und nieder. »WAS? Spinnt der? Was ist das denn für eine Masche? ›Ich hab ihn liiiieb‹?« Luzifer raufte sich verzweifelt die Haare. »Was ist das für eine gequirlte Scheiße? Männer

haben sich gefälligst nicht ›*liiiiieb*‹ zu haben. Männer sind wild und geil. Aber NICHT ›*liiiiieb*‹.«
»Also, ich finde das niedlich.« 👸
Abfällig musterte Luzifer Aurora. »Tss!«

Herr im Himmel!
DAS war ganz und gar nicht die Antwort, die ich hatte hören wollen.
Ich meine, es war schlimm genug, seine gute Erziehung zu vergessen und böses Karma in Kauf zu nehmen, um sich einem verheirateten Familienvater an den Hals zu schmeißen.
(Und ganz nebenbei den eigenen Mann - und ebenfalls verheirateten Familienvater - abzusägen.)
ABER nun wurde ich auch noch brüsk abserviert!
Ich hätte heulen können.

»Du hast wirklich schlechtes Karma gesammelt, Milly! Dafür wirst du bei mir in der Hölle schmoren. Aber du hast dein Bestes gegeben, um Tom in deine Vulva zu ziehen!« 😈
»Luzifer! Milly will Tom nicht in ihre Was-auch-immer ziehen.« Aurora 👸 rollte mit ihren hübschen Augen.
»Was will sie dann?« Wütend stemmte Luzifer 😈 die Hände in die roten Hüften.
»Sie will sein Herz erobern!« Aurora 👸 lächelte verliebt.
»Weiber! Ihr kapiert es echt nicht, was? Einen Mann kriegst du nur übers Bett! Angel dir seinen Schwanz und du wirst irgendwo am Ende sein Herz entdecken.« 😈
»Der Mitarbeiter im Universum hatte bestimmt schon eine Liste für diejenigen angefertigt, die gekreuzigt werden sollen. Und Milly gehört unter Garantie dazu. Gott, wir

sind am Ende! Was interessiert da die Anatomie des Mannes?« 👸
»Quatsch! Milly steht nicht auf der Liste. Sie ist eine Frau«, widersprach Luzifer 😈. »Sie kann nix dafür, dass irgendein Idiot ihr Herz an ihrer Vulva festgenäht hat. Und wer auch immer einen Weg in ihre Vagina sucht, muss halt an ihrem Herzen vorbei. So ist das bei den Frauen! Darum sind sie auch so gefühlsduselig.«
»Echt jetzt?« Aurora 👸 blickte vollkommen überrascht zu Luzifer 😈. Der zuckte mit den Schultern und grinste. »Klaro!«

Gott, war es nicht schon problematisch genug, eine Ehefrau ausbooten zu müssen? Dafür sammelte ich bereits allerlei Minuspunkte auf meinem Schicksalskonto.
Aber nun musste ich auch noch gegen meinen eigenen Mann ankämpfen!
Dieser Satz ›*Ich hab ihn lieb*‹ war wie ein Todesstoß für meine Anbahnungsversuche.

»Baby, DAS ist ein Todesstoß. Vom heutigen Tage an wird er dir keine einzige Nachricht mehr *whatsappen*!« 😈
»Du sollst sie anfeuern, nicht entmutigen! Milly, mach weiter!«, ärgerte sich Aurora 👸.

Ich warf den Kopf zurück und brüllte: »Arrrrrgh!«
Gott, wie viele Männer gaben bitteschön zu, dass sie ihren platonischen Freund ›*lieb*‹ hatten?
Ich kannte niemanden.
Frustriert stellte mein Prinz die Arbeit ein.

»Ich kenne auch niemanden. Ist auch echt voll daneben!« 🐱

»Ach, ich weiß nicht. Ist doch irgendwie auch süß! Er mag seinen Freund halt. Für einen Mann ist das voll mutig, so was zuzugeben.« 👸

»Süß? Mutig? Drauf geschissen. Vom Zuckerkram bekommt man keinen Orgasmus. Wo bleiben hier Sex und Abenteuer? Was ist das für ein Waschlappen?« Verärgert grumpfte Luzifer 🐱.

Was sollte ich jetzt bloß tun?

»Aufgeben, Milly«, wisperte Aurora 👸.
»Aufgeben? Niemals!« 🐱

Traumtagebuch

Leise klopfte ich an seiner Bürotür an.
»Herein!«
»Hallo Tom!«
»Milly!« Tom stand auf und kam lächelnd auf mich zu. Er umarmte mich zur Begrüßung und bot mir einen Stuhl an.
Der Schreibtisch gegenüber war verwaist.
»Setz dich! Mein Kollege ist heute nicht da.« Tom schloss die Tür. »Jetzt bist du doch gekommen, obwohl ich dich gebeten hatte, nicht zu kommen.«
Ich schluckte. »Ich weiß. Ich konnte einfach nicht anders. Der Drang, dich aufzusuchen, war stärker. Es war, als wenn mich eine fremde Macht hierhergezogen hat.«

»Fremde Macht.« Tom grinste. Dann wurde er wieder ernst. »Kannst du dir wirklich vorstellen, für mich alles aufzugeben?«
»Wenn du eine Anleitung hast, wie ich meine Gefühle für dich in zehn Schritten los werde, dann immer her damit!«, sagte ich. Die Innenflächen meiner Hände brannten. Ich schwitzte und plötzlich schämte ich mich, dass ich nicht hatte widerstehen können. Ich erhob mich. »Okay, es war wirklich saudämlich von mir, hierher zu kommen. Entschuldige, dass ich deinen Wunsch nicht respektiert habe! Ich gehe wieder. Ich wünsche dir noch einen schönen Tag.« Ich machte auf dem Absatz kehrt. Meine Wangen glühten. Ich wollte nur eines: weg.
»Komm her!« Tom ergriff mein Handgelenk und zog mich auf seinen Schoß.
»Im Rock auf deinen Schoß? Oha!«
Tom lachte, dann wurde er wieder ernst. »Du verrückte Nudel! Ich kann dich nicht traurig sehen.« Tom umarmte mich liebevoll. »Bleib noch! Bitte! Eigentlich freue ich mich ja, dass du da bist. Ich freue mich immer, dich zu sehen. Das ist ja das Problem.«
»Für mich ist das kein Problem. Ich würde für dich alles aufgeben.« Ich blickte ihm tief in die Augen und schwieg. Dann nahm ich all meinen Mut zusammen und griff in sein festes Haar. Langsam streichelte ich mich vor bis zum Ohr, den Hals hinunter und übers Kinn. Da ich nicht den Mut hatte, ihn zu küssen, sagte ich: »Ich habe Paul verlassen. Aber meine Kinder kann ich nicht verlassen. Ich würde zumindest zwei Kinder mitbringen müssen. Die Großen sind eh fast ausgezogen.«

»Hatte ich nicht erwähnt, dass ich Kinder liebe? Ich hätte kein Problem damit, dich mit Kindern zu nehmen. Das ist gar nicht mein Problem. Es hängt ja noch weitaus mehr an unserem ›Vorhaben‹…«

»Ich warte schon so lange auf die Chance, mehr über dich zu erfahren. Ich möchte dich kennenlernen, wissen, was du gerne isst, was du für Farben magst, was du verabscheust, was du für Hobbys hast…«

»So viel willst du von mir wissen? Das klingt in der Tat nach mehr als nur einer Nacht«, feixte Tom.

»Hast du geglaubt, ich würde nur auf eine schnelle Nummer aus sein? Das war sicherlich vor ein paar Jahren so. Aber jetzt will ich mehr.« Ich blickte ihn an. Noch immer saß ich auf seinem Schoß und hielt meine Hände krampfhaft bei mir, während er seine Hände um meine Hüfte legte und mich festhielt.

»Genau davor habe ich ja Angst, Milly!«

»Du hast Angst, dass ich mehr will?«

Tom schluckte. »Nein, ich habe Angst, dass ICH mehr will.«

»Aber wenn wir beide mehr wollen, ist doch alles im Lot«, sagte ich grinsend.

Tom lächelte. »Ist es das? Es würde viele Tränen nach sich ziehen. Wir müssten uns beide von unseren Ehepartnern trennen, uns scheiden lassen, einen Betreuungsplan für die Kinder ausarbeiten, und, und, und…« Tom stöhnte.

»Das nehme ich in Kauf!«

Es folgte ein langer Blick.

»Ehrlich?«

»Ja, ehrlich. Wenn auch nur der Hauch einer Chance besteht, würde ich dich gerne kennenlernen. Ich weiß, es wären anfangs nur gestohlene Momente, aber auch das würde ich in Kauf nehmen. Wir hätten bestimmt wundervollen Sex!«

»Der Hauch einer Chance besteht…vielleicht.« Tom räusperte sich.

»Ich wusste gar nicht, dass es dich auch in nervös gibt«, feixte ich.

Tom grinste, dann wurde er wieder ernst. »Jetzt bin ich mal ehrlich: Ich habe eine wunderschöne Frau auf meinem Schoß sitzen, die mich mit ihren wunderschönen Augen ansieht. Du riechst gut, fühlst dich gut an und ich möchte eigentlich nichts anderes, als dich jetzt auf meinem Schreibtisch zu vernaschen. Jedes Mal, wenn wir uns begegnet sind, brannte so ein Feuer zwischen uns. Du bist gefährlich! Wie soll ich dir nur widerstehen?«

»Gar nicht«, sagte ich leise.

Tom lächelte. »Ich war noch nicht fertig…«

»Ich schweige!« Genüsslich fuhr ich erneut durch seine Haare.

Tom schloss für den Bruchteil einer Sekunde die Augen und genoss die Berührungen. Als er sie wieder öffnete, hätte es mich fast von seinem Schoß gehauen. Seine Augen sagten mehr als tausend Worte. »Ich kann gar nicht mehr klar denken in deiner Nähe.«

»Ich könnte dir quasi eine Waschmaschine verkaufen?«

Tom lachte. »Ja, genau. Und einen Trockner dazu.«

»Du hast so tolles Haar«, sagte ich leise. »Du bist so wahnsinnig sexy! Ich liebe es, in deine grünen Augen zu sehen. Ich will nicht auf dich verzichten!« Aus einem Impuls heraus fiel ich ihm um den Hals. Ganz fest drückte ich mich an ihn.

»Ich auch nicht, Milly!« Tom löste sich und fuhr mir mit den Fingerspitzen über die Wange. »Darum können wir uns auch nicht treffen.«

»Ich verzehre mich nach dir«, flüsterte ich leise.

»Und jetzt weißt du, warum ich ein Treffen vermeiden wollte! Wir können einander nicht widerstehen. Schon gar nicht, wenn wir alleine sind.«

»Dann soll es wohl so sein.« Ich lächelte schüchtern und versuchte aufzustehen.

Tom hielt mich fest und beugte sich vor.

Ich schloss die Augen in der Annahme, er würde mich jetzt küssen. Doch er vergrub sein Gesicht stattdessen in meinem Haar. »Gott, du bist wie eine Nymphe! Denen kann man sich auch nicht entziehen.«

Ich fing an, an seinem Ohr zu knabbern. Zärtlich leckte ich an der Außenseite entlang und arbeitete mich über die gesamte Ohrmuschel.

Leise stöhnte Tom mir ins Ohr. Wie ein Ertrinkender klammerte er sich an mir fest, während ich ihm in den seitlichen Halsstrang biss. Ich lehnte mich leicht zurück, um ihn anzusehen.

Tom erwiderte den Blick und dann war es um uns geschehen. Hungrig fielen wir übereinander her.

Ich verlor mich in unserem ersten, sehr intensiven Kuss, der meinen Schoß in Schwingungen versetzte.

Toms Hände glitten über meine Schenkel und schoben den Rock hoch.

»Wenn ich dich jetzt hier nehme, bin ich meinen Job los, wenn jemand reinkommt.«

»Hast du keinen Schlüssel?«, hauchte ich. Mir war ganz schwindelig vom Küssen.

»Doch. Aber ich mag gar nicht aufstehen. Kann ich vermutlich auch gar nicht. Meine Beine gehorchen mir nicht mehr.«

»Ist das der Schlüssel?« Ich deutete auf den Schreibtisch. Tom nickte. Ich erhob mich und flitzte zur Tür. So leise wie möglich schloss ich sie ab. Dann kam ich grinsend zurück. Ich stellte mich vor ihn und umarmte ihn. Dann ließ ich mich auf seinen Schoß gleiten, dieses Mal breitbeinig. Wir küssten uns eine gefühlte Ewigkeit, bevor Tom mich auf den Schreibtisch schob. Er öffnete seine Hose und stutzte. »Willst du das wirklich?«

»Ja. Ich will das wirklich.«

Tom ließ sich kein zweites Mal bitten. In Nullkommanichts stand er in seiner ganzen Mannespracht vor mir. Ehrfürchtig blickte ich auf sein erigiertes Glied. Ich konnte nicht widerstehen, beugte mich vor und nahm ihn in den Mund.

»Gott, er schmeckt phantastisch. So süß und zart...« Einen Augenblick genoss Tom meine Liebkosungen, dann jedoch schob er meinen Rock hoch und den Slip beiseite. »Du trägst Strapse? Wie sexy!«

»Ja, einzige Möglichkeit, den Slip schnell loszuwerden, wäre, ihn abzuschneiden. Dann müsste ich aber halbnackt Bahn fahren.«

Tom grinste. »Ich glaube, ich löse das Problem auch so.« Zärtlich küsste er mich und ertastete meinen Schoß. »Gott, bist du feucht! Darf ich?«

»Ja«, hauchte ich und lehnte mich erwartungsvoll zurück.

Tom drang in mich ein und liebte mich hingebungsvoll.

Ich genoss jede einzelne Sekunde und wollte nie wieder etwas anderes tun, als mich von ihm lieben zu lassen.

Schweißgebadet wachte ich auf.

Herr im Himmel, wieso träumte ich sogar nachts schon von Tom?

War ich noch normal?

Meinem Prinzen gefiel es. Voller Eifer hackte er weiter auf die Dornenhecke ein.

»Absolut normal, Milly-Baby!«, antwortete Luzifer.

»Naja…« 👸

»Du hast keine Ahnung, Aurora! Also hältst du dich besser da raus«, grunzte Luzifer.

Erschöpft plumpste ich zurück ins Kissen.

Nenn mich Dobby, den Hauselfen

»Milly, lenk dich ab! Versuche, an etwas anderes zu denken! In ein paar Monaten hast du Tom vergessen«, sagte Schneewittchen und reichte mir einen Muffin.
»Ehrlich gesagt, will ich ihn gar nicht vergessen. Jedes Mal, wenn wir uns sehen, ist da was zwischen uns. Es ist wie…wie Magie. Warum sollte ich das wegwerfen?«, erwiderte ich. »Oder vergessen können?«
»Weil ihr beide viel zu verlieren habt! Ihr seid beide verheiratet und habt Kinder«, sagte Schneewittchen eindringlich.
Ich schüttelte den Kopf. »Ich habe nicht das Gefühl, dass ich etwas zu verlieren habe. Die Kinder bleiben immer meine Kinder und Paul wird immer der Vater meiner Kinder sein. Ich kann doch nur gewinnen! Wann hat man im Leben schon die Chance, einen Menschen zu treffen, der das Herz höher schlagen lässt? Das ist wahre Magie. Das darf man nicht einfach ignorieren.«
»Richtig, aber momentan seid ihr noch nicht so weit.«
»Aber wenn wir uns treffen würden, dann würde es knallen. Ich weiß es. Ich spüre es.« Verzweifelt biss ich in den Kuchen, obwohl ich Gebäck eigentlich hasste.
»Genau, und deshalb geht er dir aus dem Weg. Milly«, Schneewittchen ergriff meine Hände, »ihr habt beide eine Familie. Was ist, wenn ihr euch trefft und euch ernsthaft ineinander verliebt?«, bohrte sie weiter.
»Ach, Snow, das bin ich doch schon längst«, murrte ich. »Ich bin ganz rasend, wahnsinnig, unglaublich verliebt in ihn.« Eilig wischte ich eine Träne aus meinen Augenwinkeln.

»Quatsch, bist du nicht! Vielleicht hast du dich in den Teil verliebt, den du kennst, aber das ist ja zum Glück noch nicht so viel. Tom hat sich aber noch nicht in dich verguckt. Und momentan ist er der Schlauere von euch beiden. Er vermeidet den Kontakt, damit es eben NICHT zu einer neuen Liebe, Trennungen und Problemen kommt«, versuchte Schneewittchen mich von Wolke Sieben runterzuholen.

Trotzdem sah ich mit an, wie mein Prinz 🤴 die Dornenhecke endlich durchkämmte und sich nun vor Dornröschen 👸 hinkniete, um sie zu wecken. Ich spürte plötzlich so viel Liebe in mir wie schon lange nicht mehr. Ich war tatsächlich noch am Leben und es fühlte sich großartig an. Voll motiviert beugte sich mein Prinz 🤴 vor und küsste meine innere Prinzessin wach.

Dornröschen 👸 schlug die Augen auf und schaute sich um.

»Wo bin ich?«, fragte sie 👸.

Mein Prinz 🤴 beugte sich über ihr zartes Gesicht. »Dornröschen, du bist wach!« Er küsste sie erneut und brachte sie zum Lächeln. »Wie lange habe ich geschlafen?« 👸

»Zwanzig Jahre«, entgegnete der Prinz 🤴.

»Dann wird es Zeit aufzustehen und Milly zu wahrer Liebe zu verhelfen. Endlich geht mein Traum in Erfüllung.« 👸 Sie ließ sich aufhelfen und lächelte mich an.

»Ich will nicht vernünftig sein. Das war ich schon, als ich Paul geheiratet habe! Ich will auf mein Herz und meinen Bauch hören. Und beide sagen, ich muss es wenigstens probieren.« Ich fühlte mich wie ein bockiger Teenager,

der seine Mutter davon überzeugen musste, dass es lebenswichtig war, auf diese eine Party zu gehen.
»Du willst dich also mit ihm treffen? Und dann?«, seufzte Schneewittchen.
»Sehen, ob sich etwas daraus entwickelt. Und zwar, bevor wir beide alles aufgeben. Dann sind wir quasi auf der sicheren Seite«, antwortete ich grinsend.
»Du willst alles heimlich abchecken?« Schneewittchen runzelte die Stirn. »Meinst du, das ist eine gute Idee?«
»Ja, die beste!«

»Das sehe ich aber auch so, Milly! Lass dich nicht davon abbringen«, mischte sich Luzifer 🐱 ein.
»Genau, dein Liebesglück hängt davon ab!«, gab Aurora 👸 zitternd von sich.

»Das ist aber noch keine Garantie, dass ihr zusammenkommt. Vielleicht braucht er auch nur ein bisschen Aufmunterung, weil seine Frau nicht mehr scharf auf ihn ist. Und dann bist du unsterblich verliebt und er trennt sich doch nicht von seiner Frau.« Schneewittchen streichelte meine Hand. »Ich will doch nur, dass dir niemand weh tut!«
Ich grunzte. »Du bist immer so herrlich ernüchternd, Snow! Aber egal, was du vorbringst, ich gehe das Risiko ein, dass ich mein Herz endgültig verliere und er nicht. Wenn man jemanden kennenlernt und die Chemie stimmt, weiß man nie vorher, ob es passt.« Ich warf mich aufs Sofa. »Ich weiß, dass es keine Garantie fürs Glück gibt. Selbst wenn wir zusammenkämen, kann niemand vorhersagen, wie lange es hält. Aber wenn ich nicht wenigstens versuche herauszufinden, ob Tom und ich zusammenpassen, werde ich den Rest meines Lebens darüber nachden-

ken. Das ist doch zermürbend! Und Paul wäre damit auch nicht geholfen. Ich würde alles nur halbherzig machen und mir beim Sex vorstellen, ich läge in Toms Armen.« Ich richtete mich wieder auf. »Ich kann Paul nicht einmal mehr küssen. Er fragt immer schon, was los ist. Ich suche dann stets nach einer Ausrede. Aber lange halte ich das nicht mehr durch.«

»Paul kommt mir auch schon vor wie ein Fremder. Ich kann ihn nicht einmal mehr ansehen«, gestand Aurora 👸.
»Milly muss eindeutig was ändern. Und wenn sie sich nur von Paul trennt, unabhängig von Toms Entscheidung«, sagte Luzifer 👿.
»Ja, ich befürchte, du hast Recht.« 👸

Ich blickte Schneewittchen fragend an. »Ist das fairer? Vielleicht entgeht Paul in dieser Zeit die wahre, große Liebe und ich bin schuld.«
»In Ordnung. Dann setze jetzt alles daran, dass dieser gemeinsame Familienurlaub von euch allen stattfindet und Tom dabei ist. Dann kannst du nebenbei abchecken, ob da wirklich die wahre Liebe auf euch lauert.« Schneewittchen gab mir einen Schmatzer auf die Wange. »Und bis dahin bist du brav!«

***

Die Zeit verging und meine Gefühle wurden nicht weniger. Ich lief total kopfgesteuert und verträumt durch die Gegend, wartete regelrecht auf Momente, in denen ich einfach von Tom träumen konnte.
»Du bist in letzter Zeit komisch drauf«, bemerkte Paul.
»Wundert dich das? Irgendwie läuft bei mir alles schief. Immer öfters merke ich, dass ich mit der Mentalität der

Leute hier nicht klarkomme. Ich bin ein Fischkopp«, murrte ich unglücklich, »ich gehöre nicht hierher. Ich stecke beruflich in einer Sackgasse. Wenn es wenigstens beruflich klappen würde.«

»Auf die ›*Freunde*‹, die du hattest, kannst du pfeifen, Milly! Wenn sie beim ersten Miniproblem gleich abhauen, sind sie nicht eine Träne wert. Aber du hast doch noch Schneewittchen«, versuchte Paul mich aufzumuntern.

»Ja, das stimmt. Und die gebe ich auch nicht auf.«

»Was ist sonst noch mit dir los? Du bist so weit weg von mir.«

»Ach Paul…«

Er konnte ja nicht wissen, dass ich unglücklich verliebt war. Ich musste aufgeben, konnte mich nicht länger um Tom bemühen. Er wollte mich nicht. Das hatte er klar und deutlich geschrieben.

»Aufgeben? Bist du bescheuert?« Wütend starrte mich Luzifer an. »DAS kommt jawohl so was von GAR NICHT in Frage! Jetzt erst recht! Milly, er ist das Objekt unserer Begierde. So etwas gibt man nicht auf!«

»Doch, Milly, gib auf! Tom will dich nicht. Basta. Bleib bei Paul. Da hast du den Spatz in der Hand.«

»Ich bin jawohl der bessere Berater in Sachen Liebe, meine liebe Milly. Hör doch nicht auf den braven Engel! Wusstest du nicht, dass brave Mädchen in den Himmel kommen, aber böse Mädchen überall hin? Du solltest das Buch lesen!«

»Du bist der bessere Berater in Sachen LIEBE? Dass ich nicht lache! Du bist vielleicht der bessere Berater in Sachen Sex…«

»Oh ja, das bin ich!«

»…aber nicht in Sachen Liebe. Milly hat keine Chance. Und je eher sie das einsieht, umso besser für uns alle.« 👸

»Wie kann ich dir helfen?«, fragte Paul.
Aufmunternd lächelte er mir zu.
Gar nicht?
Überlasse mir deinen Freund?
Hilf meiner Prinzessin zu ihrem Glück!
»Du brauchst einen Job, der dich ausfüllt!«
Mist, was sollte ich dazu sagen?

»Bloß nicht die Wahrheit!«, mahnte Aurora 👸.
»Na klar, sag die Wahrheit, Milly! Jetzt oder nie! Sag ihm, dass du Toms Schwanz willst, nicht seinen«, versuchte Luzifer 😈 Aurora zu übertönen.

»Ich habe aber schon alles versucht. Ich glaube eher, ich suche einen Job in Hamburg und ziehe über kurz oder lang zurück«, sagte ich halbwahrheitsgemäß.
Paul runzelte die Stirn. »Hatten wir das nicht schon hundertmal besprochen? Wir haben hier ein Haus gebaut! Das ist noch nicht einmal fertig. Außerdem dachte ich, dass wir hier alt werden und unsere Enkelkinder noch hier drinnen betüddeln.«
»Ein Haus ist doch nicht so wichtig, Paul.« Ich winkte ab.
Paul nahm Abstand. »Doch. Es ist wichtig. Für mich ist es wichtig. Das ist mein Zuhause.«
»Ein Zuhause kann ich mir überall einrichten. Freunde habe ich nicht überall. Ich gehöre hier einfach nicht hin.«
»Dann suchst du dir in Hamburg einen Job und pendelst eben«, schlug Paul vor.
»Ja, das wäre vielleicht die beste Lösung.«

»Milly! Wie kannst du nur?« Aurora 👸 schlug die Hände über dem Kopf zusammen.
»Na, endlich! Wurde auch Zeit, dass du es ausspuckst, Milly!«, applaudierte Luzifer 😈.

»Immerhin bist du ehrlich«, sagte Paul. Ächzend setzte er sich auf einen Stein. »Dann bin ich ja froh, dass mich mein Gefühl nicht täuscht. Du bist ja total durch den Wind. Ich bin auch ein paar Jahre gependelt. Dann machst du das eben jetzt. Und die Kinder bleiben hier.«
Ich grunzte. »Gott, da fühle ich mich wie eine Rabenmutter.«
Paul blickte auf. »Quatsch! Wir brauchen das Geld. Und du brauchst mal wieder Bestätigung.« Er rollte mit den Augen. Grübelnd bohrte er einen Schuh in den Sand.
»Ich denke darüber nach«, versprach ich.

***

Unsicher blickte ich auf mein Telefon.
Es war so wahnsinnig verlockend, einfach die App zu öffnen und eine Nachricht rauszuhauen.

»Warum zögerst du noch?«, rief mir Luzifer 😈 zu.
»Sie hat Angst vor Ablehnung, du Trottel!«, schimpfte Aurora 👸.

Aurora hatte Recht.
Ich hatte Schiss vor Ablehnung!
Mein Prinz und Dornröschen waren nun vereint. Ich musste verdammt vorsichtig sein mit meinen Gefühlen. Die Dornenhecke war niedergerissen. Ich hatte quasi kei-

nen Schutz mehr vor emotionalen Angriffen. Und so war die Angst umso größer.

»Angst schützt uns davor, Dummheiten zu machen«, wandte Aurora 👸 ein. »Und Tom anzubeten, ist die größte Dummheit, die mir einfallen würde.«
»Hast du schon einmal über deinen Tellerrand hinausgeschaut, Aurora? Zeig mir glückliche Paare, die bis ins hohe Alter hinein im siebten Sex- und Liebeshimmel schwelgen! Totaler Bullshit! Die Liebe ist vorbei, wenn sie vorbei ist. Basta! Fertig aus!« 💀

Wenn das Leben so einfach ›*basta, fertig aus*‹ wäre, würde ich vermutlich nicht hier sitzen.
Dann würde ich irgendwo auf einer Südseeinsel liegen, mir die Sonne auf den Bauch scheinen lassen und darauf warten, dass sich mein Geld auf der Bank trotz mieser Zinsen vermehren würde. Natürlich würde ich mir Obst mundgerecht geschnitten von irgendwelchen Göttersöhnen reichen lassen, denn man gönnte sich ja sonst nix. Diese Göttersöhne waren natürlich nicht nur dafür da, mich zu bedienen, sondern auch, um mich zu verwöhnen.
Aber ich saß auf keiner Insel.
Ich hatte auch keine Göttersöhne, die mir Früchtchen reichten. Ich hatte eher Früchtchen meiner Lenden an der Backe, die durch ihren pubertären Charme bestachen.
»Mama, du bist ›*pletschmosi*‹«, riss mich mein 16-jähriger Sohn aus meinen Gedanken. »Auch wenn du in deinem neuen Outfit mit der neuen Brille ›*schälimonisch*‹ aussiehst.«
Ich hoffte, das war ein Kompliment!
Ich riss mich von meinem Handy los und blickte auf. »Ich bin was?«

»Valentin ist schon manchmal etwas durchgeknallt, oder? Bist du sicher, dass da keine Drogen in der Muttermilch waren?«, fragte Luzifer 😈 und wedelte sich mit der roten Hand vor dem Gesicht herum.
»Quatsch! Der Junge hat den Charme seiner Mutter«, widersprach Aurora 👸.

»Das ist echt ›krällow‹, Mom! Du solltest ein bisschen mehr ›hellem‹ sein«, führte Valentin aus.
»Wie wäre es mit einem Wörterbuch für mich?«, fragte ich Grimassen schneidend.
»Nee, das wäre ›krälimonanisch‹. Geht also nicht«, lehnte Valentin ab.
War ja klar, dass er zu faul war, eines zu schreiben.
Ich glaubte ja, es war seine Art, Komplimente zu machen und Zuneigung zu zeigen, ohne sich Blöße zu geben, denn er musste ja nie definieren, was er genau meinte und niemand konnte ihm etwas ankreiden, weil es fünf Millionen Interpretationsmöglichkeiten gab. Vielleicht sollte ich seine Gabe nutzen, um Tom zu schreiben, dass er echt ›hellem‹ war? Dann lief ich zumindest keine Gefahr, von Tom zurückgewiesen zu werden, weil er gar nicht wusste, was ich genau wollte.
»Ich finde, ich bin schon total ›hellem‹«, erwiderte ich halbherzig.
Die Augenbraue meines Sohn wanderte höher. »Nee, bist du nicht. Du bist ›schälimonisch, Mämski-no-brämski‹.«
»Genau, unsere Mom, die nicht zu stoppen ist«, mischte sich Bella, meine 12-jährige Tochter, ein.
»Schön wär's. Dann fasse ich das jetzt mal als Kompliment auf, oder?«, hakte ich vorsichtshalber noch einmal nach.

Bella hob den Daumen und widmete sich ihrem Kuchen. Ich verzog mich ins Büro und starrte wieder auf das blöde Handy.
Warum meldete er sich nicht einfach mal?
Ich seufzte.
Es wäre vermutlich einfacher gewesen, ihn zu vergessen, wenn es noch Postkutschen geben würde. Dann würde ein Brief so lange dauern, dass man seine Gefühle schon fast wieder abgedampft hatte. Natürlich dürfte es auch keine Fotos geben, denn diese ließen einen auch nicht vergessen, dass da noch jemand irgendwo am anderen Ende der Welt war.
ABER wir waren leider nicht im Zeitalter der Postkutschen. Wir waren im Zeitalter der Kurznachrichten. Da reichte schon ein Smiley, um deinen Tag zu versüßen oder zu versauen.

»Nun schicke den Mist schon ab!«, befahl Luzifer 😈.

(Ich wäre dafür gewesen, der rote Kerl wäre auch einfach mal zum Lunch gegangen, um mir eine Auszeit zu gönnen. Aber der machte irgendwie nie Pause 🙄.)

»Und wenn er nicht antwortet? Oder ihr sagt, sie soll dahingehen, wo deine Verwandten wohnen?«, wandte sich Aurora 👸 an Luzifer.
»Ihr wird das Herz schon nicht gleich brechen. So ein menschliches Herz hält viel aus«, konterte Luzifer 😈.

Um ehrlich zu sein, war mein Herz bereits gebrochen. Ich hatte schon verloren. Ganz tief in mir drinnen wusste ich das.

Wenn er mich jetzt noch einmal klar und deutlich ablehnte, dann würde ich nicht nur tausend Tode sterben, ich würde ihm vor allem nie wieder in die grünen Augen sehen können.

»Es ist in Ordnung, vor Scham im Boden zu versinken«, beruhigte mich Aurora 👸. »Das ist hundertmal besser als ein gebrochenes Herz zu haben.«
»Genau. Du drehst dich einfach um und lässt dich vom nächstbesten Typen durchnageln. Such einfach nach Sex und Abenteuer! Damit vergisst man alles«, gab Luzifer 😈 unqualifiziert zum Besten.

Ich fand beides schlimm.
Ich wollte weder den Scham in der Größe eines Gebirges auf mich ziehen, noch mein wichtigstes Organ verletzen.
Drei Minuten lang starrte ich auf meine *WhatsApp*-Nachricht. Sollte ich sie wirklich wegschicken?
Würde der Himmel einstürzen?
Würde ich eine Reaktion bekommen?
Eine wütende?
Eine herzliche?

»Er wird sofort wieder an deine geilen Nippel denken, Milly! Mach's! Er soll dich doch nicht vergessen. Du würdest schön blöd aus der Wäsche gucken, wenn er dein Foto nicht mehr als WV braucht, sondern sich eine andere schicke Lady dafür anlacht. Willst du das?« Abwartend klopfte Luzifer 😈 mit seinem Schwanz auf den Boden.
»Willst du das? Los, antworte!« Luzifer 😈 wurde immer wütender. »Neeeeein! WIR wollen das NICHT! Also, schick es ab!«

»Nun beruhige dich erst einmal, Luzifer«, sagte Aurora 👸 kopfschüttelnd.

Ich atmete noch dreimal tief durch und schickte schließlich die Nachricht mit geschlossenen Augen ab.

›*Nenn mich Dobby, den Hauselfen, ich habe mir auch schon die Hände gebügelt, aber ich kann nicht anders, ich muss dich fragen: Ich bin vom 31. bis 4. in Hamburg. Gehst du am 3. mit mir Mittagessen* 🍜*, wenn ich dir verspreche, dass es das schrecklichste Mittagessen wird, das du je hattest? LG, Milly.*‹

Ob er zusagen wird?
Nervös knetete ich mein Handy.

Traumtagebuch

Wir betraten das asiatische Restaurant, dessen Charme darin bestand, dass jeder Tisch von einer Art mit Pflanzen bewachsener Trennwand für sich stand. Hier hatte man seine Ruhe und war vor neugierigen Blicken anderer Gäste geschützt.
Die Kellnerin lächelte uns freundlich entgegen und lotste uns zu einem Tisch am Ende des Restaurants. An den umliegenden Tischen saß niemand.
Wir waren allein.
»Warum glaubst du, würde es nicht beim Mittagessen bleiben? Befürchtest du, dass ein Abendessen dazukäme?«, fragte ich mit tiefer Bettstimme, während ich mich hinsetzte.
Tom schluckte. »Genau, so ungefähr.«

»Oder fürchtest du, dass ich jetzt hier unter die Tischdecke krieche und deine Hose öffnen könnte?«, provozierte ich meine Begleitung ein wenig.

Etwas veränderte sich in Toms Blick. Mit dieser Offensive hatte er offenbar nicht gerechnet.

»Ich würde sie genüsslich langsam öffnen und dir mit meinen Händen mit leichtem Druck über die Innenschenkel nach oben gleiten, bis ich dein großartiges Stück auspacken kann. Meine Zunge würde deine zarte rosa Eichel suchen, um darüber zu lecken. Mmh. Du musst natürlich unterdessen aufpassen, dass keine Kellnerin kommt, auch wenn wir hier hinter Pflanzen versteckt sitzen.«

Tom räusperte sich und lächelte dann breit. Er blickte mich an, aber ich sah bereits an seinem Blick, dass Small Talk gerade nicht mehr möglich war, weil sein Lustzentrum angesprungen war.

»Gott«, stöhnte ich leise, »ich würde dir den Slip herunterziehen und mit den Händen über den Schaft deines wachsenden Schwanzes fahren.« Ich öffnete meinen Mund so weit, dass sein erigiertes Glied hineingepasst hätte und leckte mir über die Lippen. »Meine warme, feuchte Mundhöhle würde deinen Schwanz in sich aufnehmen wie eine heiße, nasse Vagina. Zunächst langsam und nur vorne an, bis du in meinen Hals stoßen kannst. Meine Hände würden natürlich helfen. Sie würden deine empfindliche Vorhaut vor- und zurückziehen, um dein Lustzentrum im Kopf in Schwingungen zu versetzen.«

»Das schwingt schon«, sagte Tom leise. Sein geheimnisvolles Lächeln war einem verklärten, lüsternen Blick gewichen.
»Möchtest du wissen, wie es weitergeht oder soll ich mich lieber brav zurücklehnen und dir etwas über Hobbys erzählen?«, hauchte ich die Worte nur.
Tom schluckte, dann nickte er, unfähig, auch nur ein Wort zu sagen.
»Ersteres?« Ich grinste.
Tom nickte noch einmal.
»Ich habe übrigens die Kellnerin bestochen.«
»Was? Wann? Wieso?« Tom blickte sich um. Es war niemand zu sehen. Ich stand auf und umrundete den Tisch.
»Was hast du vor, Milly?«
»Nichts, was du nicht willst!«
Tom rückte automatisch mit seinem Stuhl zurück, so dass ich mich auf seinen Schoß setzen konnte. »Ich sehe, dein Kopfkino ist angesprungen! Was für ein mächtiger…Revolver in deiner Tasche. Oder ist das ein Ersatzpaar Socken?«
»Socken werden's sein«, flüsterte Tom, bevor ich mich vorbeugte und anfing, an seinen Lippen zu knabbern. Als er seinen Mund öffnete, ließ ich meine Zungenspitze in seinen Mund gleiten.
»Das Essen kommt frühestens in zehn Minuten«, stöhnte ich ihm anschließend ins Ohr. »Ich könnte also jetzt deine Hose öffnen und deinen prallen Schwanz in meine erwartungsvolle

Vulva gleiten lassen oder ich rutsche eine Etage tiefer und werde dir nach allen Regeln der Kunst einen blasen.«

Tom bekam fast Schnappatmung.

Ich küsste ihn erneut und fasste ihm an die Hose.

Tom hielt meine Hände auf. »Bist du sicher? Das würde alles verändern!«

»Ich brenne darauf, dein starkes Glied in mir zu spüren und vorher darauf herumzulutschen wie auf einem Lolli. Die Frage ist eher, ob du sicher bist.«

Tom nahm seine Hände weg und warf mir einen langen zustimmenden Blick zu.

Ich tauchte unter den Tisch und blies ihm einen, bis er – schwer beherrscht, um nicht laut zu stöhnen – in meinen Mund spritzte. Ich tauchte wieder auf und setzte mich auf seinen Schoß, als sei nichts gewesen. »Du schmeckst so nussig, dass meine heiße Spalte glatt Appetit bekommen hat.«

»Ich sehe, Dirty Talk beherrscht du perfekt, Milly.« Tom lächelte nervös.

Ich küsste ihn zaghaft und warte darauf, dass er die Führung übernahm. Ich musste auch nicht lange warten, dann tastete er mit seinen Fingerspitzen nach meiner Lotusblüte. »Gott, du trägst keinen Slip!«

»Sehr gefährlich, ich weiß. Ich glaube, mein Rock ist auch schon nass.« Ich schmunzelte. Als er jedoch kurzerhand in mich eindrang, wich mein Schmunzeln einem leisen Stöhnen.

Damit ich mich nicht zu auffällig bewegte, packte mich Tom an den Hüften und stieß selbst mehrfach lustvoll zu. Gerade rechtzeitig, bevor die Vorspeise serviert wurde, entführte er mich in den Himmel der Ekstase.

Leicht atemlos verließ ich seinen Schoß, warf die Tischdecke über seinen nackten Unterleib und setzte mich zurück auf meinen Stuhl. Dankend nahm ich die knusprige Frühlingsrolle entgegen. »Jetzt hat mein Magen aber Hunger!«

Tom lachte leise. Kaum war die Bedienung weg, zog er sich die Hose wieder an. »Nur dein Magen?«, witzelte er.

Ich grinste. »Ja. Der Rest ist vorerst gesättigt. Vorerst.«

»Raupe Nimmersatt?«

»Genau, das ist mein zweiter Vorname.«

»Wahnsinn! Ich glaube, nächste Woche habe ich auch noch einen Termin frei zum Mittagessen.«

»Klingt verlockend. Dann checke ich doch mal meinen Kalender.«

Ich blickte auf mein Handy.
Noch keine Antwort.
Wie viele Minuten waren vergangen?

»Siehst du, Milly hat schon Angst beim Versenden der Nachricht. Was soll das erst werden, wenn Tom sie hasst?«, hakte Aurora 👸 ein.

»Mädels, beruhigt euch! Tom wird Milly nicht gleich hassen. Insgeheim aalt er sich in ihren Annäherungsversuchen. Das braucht er für sein Ego. Schätze, das ist ein wenig angekratzt durch seine Frau, die ihn kaum noch ranlässt.« Luzifer 😈 verschränkte selbstbewusst die Arme.

Ich schluckte.
Hassen?
Tom könnte mich HASSEN, weil ich ihn nicht in Ruhe ließ?
OMG!!!
Und ich hatte die Nachricht abgeschickt!

»Aurora, sieh nur, was du angerichtet hast! Jetzt will Milly die Nachricht löschen!« Ungläubig schüttelte Luzifer 😈 den Kopf.
»Vielleicht kann sie sie ja noch löschen«, munterte Aurora 👸 mich auf.

Traumtagebuch
»Warum hast du mir diese Nachricht geschickt, Milly? Ich habe dir doch bereits gesagt, dass ich nichts von dir wissen will«, brüllte mich Tom am Telefon an.
Ich zuckte erschrocken zusammen.
»Bisher fand ich dich ja ganz nett, Milly, aber jetzt nervst du! Lass mich in Ruhe! Ich hasse dich!«
Mir schossen die Tränen in die Augen.
Tom hasste mich?
Schlimmer ging's nicht.
Ich schluckte, unfähig, auch nur ein Wort herauszubringen.

»Ruf mich nie wieder an! Schreib mir NIE wieder! Du bist für mich gestorben, Milly!« Wütend schmiss Tom das Telefon auf die Gabel.

Ich saß wie vom Donner gerührt an meinem Schreibtisch und wollte eigentlich nur noch eins: Von der Brücke springen.

Löschen.
Gute Idee!
Wie viel Zeit war vergangen?
Konnte ich die Nachricht überhaupt noch löschen?
Ich hackte auf den Tasten herum, aber löschen war nicht mehr möglich.
Tom war bereits online😱. Zwei blauen Häkchen tauchten auf.
Mit schreckgeweiteten Augen verfolgte ich quasi mit, wie er meine Nachricht las.
Tom ging offline.
So, das war's!
Jetzt hasste er mich!
Mein innerer Prinz zog den Kopf ein und versuchte, Dornröschen in einer Nische etwas Schutz zu geben.

»Bestimmt muss er erst einmal über deine Anfrage nachdenken, Milly, und dann muss er im Kalender nachsehen. Schließlich will er dich auch möglichst noch vernaschen«, platzte Luzifer😈 heraus. »Er wird dich schon nicht gleich hassen.«

»Oje«, jammerte Aurora👸, »vielleicht doch! Und nun hat er beschlossen, sich nie wieder bei uns zu melden. Weil er seine Frau ›lieb‹ hat und weil er Paul ›lieb‹ hat.«

»Vielleicht sollte sich Milly lieber wieder glücklich träumen, sonst werde ich noch ganz depressiv«, bemerkte Luzifer 🖤 geknickt.

Was sollte ich sagen?
Die Minuten verstrichen und es kam keine Antwort.

Traumtagebuch

Das Wochenende verging und meine Abreise nahte.
Ich saß gerade am Schreibtisch und gab mich meiner Leidenschaft hin, dem Verfassen journalistischer Texte, als es an der Haustür klingelte.
Verwundert stand ich auf und erblickte ihn bereits durch die Glastür.
Heiliger Zeus!
Du hast mir deinen Sohn geschickt!
Mit wild klopfendem Herzen öffnete ich.
Ich war mir nicht sicher, ob ich lächeln oder ängstlich den Kopf einziehen sollte.
Ich hatte schließlich alles auf eine Karte gesetzt und ihm ganz eindeutig zu verstehen gegeben, dass ich an ihm interessiert war.
»Hi!«
»Hallo!«
Ich scannte sein Gesicht, aber leider war seine Miene verschlossen wie ein Buch mit sieben Siegeln.

War er nervös, weil er mir endgültig zu verstehen geben wollte, dass er kein Interesse hatte?

Oder war er nervös, weil er vielleicht doch ein Fünkchen Interesse für mich verspürte?

Aber würde er wirklich so weit fahren, nur um mir einen Korb zu verpassen?

»Möchtest du hereinkommen?«, fragte ich mit einem fetten Kloß im Hals.

Natürlich erwartete ich kein ›Nein‹, denn Tom war mehrere hundert Kilometer gefahren, um mich zu sehen. Oder wollte er mit Paul reden? Egal. Er würde sicherlich nicht draußen abgefertigt werden wollen!

»Gerne.«

Tom trat ein und mit einem Mal kam mir der sonst einigermaßen geräumige Flur mächtig klein vor.

Ich fing an zu schwitzen.

Zu gerne hätte ich die Schuld auf meine Hormone geschoben, aber die konnten beim besten Willen nix dafür.

Verunsichert sah ich ihn an. Dann jedoch breitete er die Arme aus. »Willst du mich gar nicht begrüßen? Oder habe ich nun keine Umarmung mehr verdient.«

«Nun?«, hakte ich nach, warf mich jedoch in seine Arme, bevor er es sich anders überlegen konnte.

»Nun, da ich dir nicht geantwortet habe«, preschte Tom gleich ohne Vorwarnung vor.

»Du bist immer willkommen«, platzte ich heraus. Ich löste mich von ihm und blickte ihm provokativ in die Augen.

Ich wollte mich von ihm lösen, doch er ließ mich nicht wieder los. »Bist du alleine?«

Ich nickte.

»Jedes Mal, wenn wir uns sehen, habe ich das Gefühl, ich müsste mich dir an den Hals werfen. Es ist, als wenn mich eine fremde Macht dazu verleitet, mich dir hinzugeben. Ich will dann nur eines: In dich hineinkriechen. Milly, ich will dich so sehr, dass es weh tut. Aber eigentlich weiß ich, dass das nicht richtig ist. Wir sind beide verheiratet, haben Familie. Das wirft man nicht so einfach weg.«

»Niemand hat gesagt, dass du alles wegwerfen sollst. Es würde sich nur etwas umformieren.«

Tom lachte leise auf. »Umformieren! Netter Ausdruck. ›Komm, Schatz, heute formieren wir mal unsere Familie um. Ich nehme noch eine Frau dazu, die bringt ihre Kinder mit und vielleicht auch gleich noch ihren Mann. Wie eine tolle, große Kommune.‹ Ich weiß nicht, Milly...«

»Äh, nein, Paul würde ich nicht mitbringen wollen«, widersprach ich. »Ehrlich gesagt, reicht mir ein Mann. Okay, bei Paul ist das eher nicht der Fall. Er ist nicht wirklich ausdauernd.«

»Ist er nicht?«, Tom machte ein erstauntes Gesicht. »Und ich dachte, er sei ein Tier.«

»Ein Faultier, ja.«

»Nee, ich dachte eher an einen starken Bären, einen Hengst oder so was.«

»Nee, ich konnte nur selten einen Hengst in ihm entdecken.« Zärtlich strich ich über Toms Brust. Ich spürte, wie mir die Hitze in die Wangen schoss. Schüchtern blickte ich zu ihm auf. »Und nun?«

Tom hielt mich noch immer in der Umarmung fest. »Ich habe keine Ahnung.«

Unsicher verharrten wir in der Umarmung.

»Was ist das für Musik?«, fragte Tom. »So romantisch?«

Ich grinste. »Ich höre gerne Musik passend zu meiner Arbeit.«

»Und du arbeitest gerade romantisch?«

»Ich arbeite gerade an einer Lovestory.«

Tom bewegte sanft die Hüften.

»Du willst mit mir tanzen?«, fragte ich überrascht.

»Liebend gerne.«

Wir bewegten uns zur Musik, bis sich Tom plötzlich zu mir hinunterbeugte und mich küsste.

Aus einem zarten Kuss wurde schnell ein leidenschaftlicher. Wir landeten an der Wand. Tom fuhr mit seinen Händen an meinen Oberschenkeln entlang. »Wie praktisch, dass du fast immer einen Rock trägst.«

»Ich liebe Röcke. Sie sind so wahnsinnig praktisch, tragen sich hervorragend und im Haus ist es so warm, dass das kein Problem ist«, entgegnete ich leicht außer Atem.

Toms Hände waren überall. Mit einem Handgriff hatte er meinen Pullover hochgeschoben. »Geiler BH!«

»Danke, leite ich weiter.«

Tom grinste. Dann machte er sich über meine Brüste her. »Diese riesigen Nippel sind aber nicht normal, oder? Ich meine, deine Brusthöfe sind so klein…«

»Ich habe zehn Jahre gestillt. Das ist also quasi wie nach einem Bombenangriff. Da sieht auch nix mehr so aus wie vorher«, witzelte ich.

Tom beugte sich stöhnend vor und saugte an den Nippeln.

»Mmh, wie geil wäre es, wenn da jetzt warme, süße Milch rauskommen würde. Lecker!«

»Wenn du lange genug daran saugst, klappt es vielleicht«, lachte ich leise.

Tom grinste erneut. Er richtete sich auf und hob mich breitbeinig auf seine starken Arme. Ich fummelte unterhalb meines Pos an seiner Hose herum, bis ich sie geöffnet hatte. Mit ein paar Hüftschwüngen rutschte sie schließlich zu Boden.

Innerhalb eines weiteren Kusses hatte Tom meine Spalte gefunden und war bereits in mich eingedrungen. Während er mich immer wieder küsste, stieß er in meine erwartungsvolle Vagina. Eng und geschwollen umschloss sie den Schaft seines prallen Gliedes, saugte ihn förmlich auf.

Leidenschaft raste durch meinen ganzen Leib. Jeder Stoß löste eine erneute Welle der Begierde in mir aus, bis sich das Gefühl schließlich steigerte und in einer riesigen Explosion von

meinen Brüsten bis hinunter zu den Füßen endete. Kurz darauf kam auch Tom. Lauthals stöhnend spritzte er mir auf den Bauch. Mit einem feurigen Blick küsste er mich. »Milly, ich...«
Lächelnd streichelte ich über seinen Mund. »Du willst mehr?«
Tom grinste. »Du bist ein Nimmersatt?«
»Und ob ich das bin. Und komme nicht nochmal auf die Idee, dich bei mir beim Sex zu entschuldigen! Ich bin alt genug, um mich geehrt zu fühlen, dass du nicht lange durchgehalten hast. Schaffst du es noch einmal?«
»Wo?«
»Küchentisch? Sofa? Fußboden? Von hinten im Stehen? Im Schlafzimmer? Du hast die freie Wahl.«
»Wow, das ist jawohl mein Glückstag, was?«, feixte Tom.
»Aber so was von!«

Missmutig feuerte ich mein Handy auf den Sessel.
Blödes Ding!
Wozu hatte man es, wenn es niemand benutzte?

Anti-Verliebtsein-Pille

»Du siehst aus, als wenn dir eine Laus über die Leber gelaufen ist«, stellte Paul fest.
Seitdem ich Paul gestanden hatte, dass ich wieder zurück nach Hamburg ziehen wollte, mieden wir das Thema. Aber die Stimmung war trotzdem ziemlich angespannt.
Und ich wollte auch nicht mit Paul darüber reden und er war froh, dass ich es nicht anschnitt.
»Echt?«

»Eine Laus vielleicht nicht«, sagte Aurora 👑 stöhnend.
»Nee, eher der Absagen-Klaus. Ganz fiese hat er sich von hinten angeschlichen und Milly eins über die Rübe gezogen«, murrte Luzifer 😈.

Paul stellte sich hinter mich und massierte mir für den Bruchteil einer Sekunde die Schultern. »Du bist total verspannt.«
»Ich weiß. Deine Ausdauer im Massieren ist ja heute legendär. Das waren mindestens zwei Sekunden.«
»Ja, sorry, ich habe keine Lust. Nimm dir mal wieder eine Auszeit!«
»Auszeit wovon?« Ich versuchte, freundlich zu lächeln, aber ich glaube, meine Lippen erzählten eher das Gegenteil.
Konnte man eine Auszeit von der Sehnsucht nehmen?
Gab es eine Kur für gebrochene Herzen?
Oder einen Arzt für Verheiratete, die sich in einen anderen verliebt hatten?
Oder besser noch eine Anti-Verliebtsein-Pille?

Ich glaube, ich würde sie schlucken. Auch wenn ich dann Gefahr liefe, dass mein Dornröschen nie wieder mit mir reden würde.

»Beim Leben meiner Großmutter, das würdest du nicht!«, schrie Luzifer 😈. »Das wäre der schlimmste Fehler, den du machen könntest. Nie wieder Sex und Abenteuer! Diese Pillen haben bestimmt Nebenwirkungen.«

»Das ist doch eine tolle Idee«, meldete sich Aurora 👸 zu Wort. »Milly schluckt einfach eine Pille und alles ist wie früher.«

»Nee, bloß nicht! Gefühle sind gut und wichtig. Emotionslos kann Milly auch noch sein, wenn sie tot ist. Aber sie lebt. Und Milly sollte das Leben doch in vollen Zügen genießen«, erwiderte Luzifer 😈 seufzend.

»Ja, da gebe ich dir Recht«, pflichtete Aurora 👸 bei.

»Echt?«, fragte Luzifer 😈 fassungslos.

Aurora 👸 nickte. »Ja, aber mit ihrem Ehemann. In guten wie in schlechten Tagen. Das ist ein Bündnis, das man für sein ganzes Leben abschließt.«

Echt jetzt?
Will man wirklich ein Leben lang verpflichtet sein, einen ›Vertrag‹ einzuhalten, auch wenn sich die Gefühlslage verändert hatte? Mir wurde klar, dass ich das nicht wollte.

»Richtig so, Milly! Zweifele das Geschwafel von dem Flügelwesen da vorne ruhig an. Aurora redet nämlich totalen Schwachsinn. Was wäre das Leben, wenn wir es mit nur einer einzigen Person verbrächten?« Luzifer 😈 schnaufte und rollte dabei wild mit seinen Augen.

»Harmonie, Sicherheit und Frieden«, entgegnete Aurora 👸 träumerisch lächelnd.

»Boah, ich muss gleich kotzen!« Luzifer 😈 würgte und keuchte. »Was will Milly mit Harmonie und Sicherheit, wenn sie Abenteuer und pure Leidenschaft haben könnte?«

»Leidenschaft wird jawohl überschätzt. Wenn man ein Leben lang mit einem Partner zusammen ist, dann gibt es wichtigere Dinge als Leidenschaft. Dann zählt das Miteinander. Das ›Füreinanderdasein‹.« Aurora 👸 seufzte verliebt.

Wurde Leidenschaft wirklich ÜBERschätzt? Ich fand ja eigentlich, das gehörte zu einer guten Portion Sex dazu.

»Du arbeitest zu viel, Milly. Es ist wichtig, auch mal Pausen zu machen.« Paul lächelte mich an.

Ich lächelte zurück.

Schneewittchen hatte Recht, Paul war überwiegend wirklich ein liebenswerter Kerl. Zumindest in den letzten drei Jahren. Vielleicht war der liebenswerte Spatz hinterm Rücken doch besser als der edle Adler im Weit-Weit-Wegland.

Apropos, lieb!

Bei dem Gedanken daran, dass Tom meinen Mann als ›liebenswerten Kerl‹ beschrieb, den er ›lieb‹ hatte, hätte ich gleich noch einmal würgen können.

»Eine Auszeit kann ich mir nehmen, wenn ich tot bin«, sagte ich leise.

Paul runzelte die Stirn. »Sehr witzig, Milly! Du brauchst doch Kraftinseln, sonst brichst du irgendwann zusammen. Kein Mensch kann immer nur arbeiten.«

»Arbeit lenkt mich ab«, sagte ich und drehte mich um. Ich durchquerte den Garten und ließ mich auf eine Liege fallen. Mit dem Gesicht zur Sonne lag ich einfach nur da und genoss die Ruhe.

Mein Prinz und Dornröschen nutzten die Gelegenheit, um aus ihrem Versteck zu kommen. Dort hatten sie sich seit Tagen nicht herausgetraut.

»Mama, Mamaaaa!«

Sekunden später hatte ich einen Vierjährigen auf mir liegen, der mich mit all seiner Liebe und seinem Gewicht fast erdrückte.

»Wovon lenkt dich die Arbeit ab?«, wollte Paul wissen.

»Mama, Mama, willst du mit mir in der Sandkiste spielen?« Im nächsten Augenblick hatte ich eine kleine Hand im Gesicht sitzen.

»Max, du sollst die Mama nicht schlagen«, schimpfte Paul.

»Ich habe Mama nich' geschlagen. Ich hab Mama lieb.« Max grinste sein kleines Milchzahngebiss-Lächeln und drückte mir erneut die Luft ab.

»Mama liegt aber gerade auf einer Kraftinsel, Max. Komm mit! Wir gehen in die Sandkiste und spielen Dinosaurier«, versuchte Paul seinen Spross mitzulocken.

Doch dieser dachte gar nicht daran, mich so schnell aufzugeben. »Nee, du nicht! Dich hab ich nicht lieb! Ich will mit Mama spielen.«

Paul stöhnte.

Ich rollte mit den Augen und gab nach.

Ächzend erhob ich mich und schlurfte voll motiviert zur Sandkiste, um mich durch das verhassteste Kinderspiel aller Zeiten namens ›Sandkiste‹ zu kämpfen.

Ich konnte all die Übermütter nicht verstehen, die ganz wild darauf waren, sich mit ihren Kindern in der Sandkiste herumzutummeln.

Gab es etwas Langweiligeres als Sandburgen zu bauen, die Sekunden später von bösen Dinosauriern wieder eingerissen wurden?
Natürlich durfte man als Supermama keinen Ton darüber verlauten lassen.
»Was😳? Du sitzt nicht gerne in der Sandkiste😱? Das ist total wichtig für die Entwicklung deines Kindes😮«, heißt es dann auf dem Spielplatz.
Ich war mir sicher, meine Kinder entwickelten sich auch prächtig und altersgemäß mit einer Mutter, die nur so tat, als wenn sie Spaß in der Sandkiste hatte.
Wenn ich wenigstens was Schönes zum Träumen hätte, dann könnte ich meine Gedanken abschweifen lassen, während ich dreimal brüllte und den Dino von rechts nach links schob.
Aber heute hatte ich keine schönen Gedanken. Ich fühlte mich einfach nur miserabel. Es waren mehrere Tage vergangen und ich hatte keine Antwort bekommen.
Und ich glaube, es würde auch keine Antwort mehr kommen.

Traumtagebuch

Ich betrat die Karaoke-Kneipe und freute mich, die Jungs bereits am Tisch sitzen zu sehen.
»Hi, Milly! Wo hast du deine bessere Hälfte gelassen«, witzelte Mathis.
Ich rümpfte die Nase.
Wer auch immer sich diesen Spruch ausgedacht hatte, gehörte an den Galgen.

Wieso war der Partner die ›bessere‹ Hälfte? Das hieß ja im Umkehrschluss, dass ich die ›schlechtere‹ Hälfte war!
»Hallo Jungs, ich habe hier den USB-Stick mit dem Video von eurer Reise. Paul ist zuhause bei den Kindern. Ich darf mich für eine ganze Woche im Großstadtdschungel amüsieren«, antwortete ich grinsend.
»Eine Woche Vergnügen?«, feixte Mick.
»Nein, für Vergnügen ist Paul zuständig, wenn er mit euch in den Urlaub fährt. Ich arbeite hier.« Ich gab Mario einen Kuss auf die Wange und umarmte Mathis zur Begrüßung. Mick reichte mir die Hand und Tom zögerte. Schließlich erhob er sich, stand auf, umrundete den Tisch und nahm mich in den Arm.
Er drückte mich fest und gönnte mir beim Lösen noch ein augenzwinkerndes Lächeln.
»Hi, Milly!«
»Mmh, seht euch unsere Flirthasen an!«, witzelte Mathis. »Ihr sollt nicht immer so viel flirten, ihr zwei!«
»Neidisch?«, sagte Mario und schob mir die Karte hin.
»Nur ein bisschen. Aber mit Tom kann ich natürlich nicht mithalten«, entgegnete Mathis.
»Das kann wohl niemand von uns«, sagte Mick mit Todesmiene.
»So bedrückt, Mick? Alles gut bei dir?« Ich ließ mich neben Tom auf der gepolsterten Sitzbank nieder. Je näher am Objekt meiner Begierde, umso besser.

»Alles bestens. Der Job frisst mich etwas auf. Drei Kinder mit abzufrühstücken ist auch nicht so leicht«, antwortete Mick. Seine Augen strahlten erst, als die Bedienung die Getränke brachte.

»Wie geht es dir, Milly?«, wollte Mario wissen. Er schob sich eine widerspenstige Haarlocke hinters Ohr. »Wir haben uns ja ewig nicht gesehen.«

»Gut. Übrigens, schicke Haarfrisur«, lobte ich. »Stehen dir gut die langen Haare.«

Mario zwinkerte mir zu. »Danke, aber du sollst nicht ablenken. Alles okay im Hause Dreizack? Was macht Poseidon?«

»Der schwimmt«, grunzte Mathis.

Tom lehnte sein Bein gegen meines. Das machte es für mich unmöglich, noch geradeaus zu denken.

»Bei uns ist alles roger«, sagte ich recht unbeteiligt.

»Du klingst gelangweilt«, warf Tom ein. Er blickte zu mir hinunter und ich musste mich arg zusammen, um mich ihm nicht unvermittelt an den Hals zu werfen.

Ich zuckte mit den Schultern. »Ein bisschen vielleicht. So der übliche Kladderadatsch.«

»Dann gehe doch mal wieder schick aus mit deinem Mann.« Tom stupste mich aufmunternd mit der Schulter an.

Wollte ich Beziehungstipps von Tom haben?

Neeeeee, wollte ich nicht.

Ich hätte lieber eine Einladung zu einem Date gehabt.

Mein Telefon vibrierte.

Ich schaute nach und sah, dass ein Verehrer, der mir schon seit Wochen schrieb, fragte, ob wir uns treffen könnten.
Ich schickte ihm meinen Standort und dachte mir, das ist doch genau der richtige Zeitpunkt, um Tom ein bisschen eifersüchtig zu machen. Vielleicht sprang er dann endlich mal an.
Eine halbe Stunde später ging die Tür auf und Peter trat ein. In der Realität sah er noch besser aus als auf den Fotos, die er mir geschickt hatte.
Normalerweise stieg ich nicht auf irgendwelche Online-Anmachen ein, aber er war so niedlich gewesen, hatte mir von seiner Scheidung vor drei Jahren und seiner Tochter erzählt, die er über alles liebte, dass ich irgendwann nachgegeben hatte.
Er und seine Tochter Rosella waren echt süß!
Ich weiß noch, dass Schneewittchen mich gewarnt hatte, nicht auf irgendwelche Avancen einzugehen, die übers Netz kamen. Es waren einfach zu viele Betrüger unterwegs. Aber bei Peter hatte ich irgendwie nicht widerstehen können. Da er wusste, dass ich quasi fast mittellos war, wusste er auch, dass es bei mir nix zu holen gab.
Lächelnd erhob ich mich. »Oh, ein alter Freund! Na so was!« Ich tänzelte, so kokett wie möglich, in meinem Minirock zur Tür.
»Hi Peter!«
»Milly, my treasure! Wie schön, dass wir uns endlich sehen!« Peter umarmte mich.

»Ich sitze gerade mit ein paar Freunden meines Mannes zusammen. Ich habe ihnen gesagt, dass du ein alter Freund bist. Wäre nett, wenn du das auch so kommunizierst! Komm doch dazu!«, sagte ich mit einer einladenden Geste.

Ich bemerkte die neugierigen Blicke der Jungs, wobei mein Augenmerk nur auf Tom ruhte. Zum Glück sah Peter wirklich attraktiv aus.

»Hi, ich bin Peter!« Er reichte allen die Hand und setzte sich auf einen Stuhl, den er von einem anderen Tisch heranzog. Nach einer kurzen Begrüßung verwickelte Mario Peter, der ursprünglich aus den USA kam, in ein Gespräch über die Route 66.

»Weiß Paul, dass du dich mit anderen Männern triffst?«, fragte Tom leise in mein Ohr.

Seine Stimme und sein Atem waren fast wie eine Liebkosung.

»Natürlich. Ich habe ihm erzählt, dass ich euch heute treffe.«

Tom schnitt eine Grimasse. »Das meinte ich nicht. Ich meinte ›ihn‹!« Er deutete mit dem Kopf auf Peter, der mir neckisch zuzwinkerte.

Ich grinste.

»Nee. Von Peter weiß Paul nix. Ist aber auch nicht schlimm. Ist ja noch nix passiert.«

»Noch nix?« Tom musterte mich fragend.

Ich lächelte noch breiter. »Noch nix. Die Nacht ist ja noch jung.«

Gott, ich schmachtete ihn an.

Merkte er das denn nicht?

Ich wollte gar nicht Peter!

Ich wollte ihn, Tom!

»Finde ich nicht gut. Du solltest deinen Mann nicht betrügen«, sagte Tom leise.

Ich tätschelte sein Bein. »Keine Angst. Das mache ich nur mit Erlaubnis.« Ich wackelte mit den Augenbrauen, aber er schien den Wink mit dem ganzen Zaun nicht zu verstehen.

»Auch mit Erlaubnis solltest du dich nicht auf Peter einlassen. Der Typ sieht aus, als wenn er jede Woche eine andere abschleppt.«

»Würde dich das etwa stören?« Ich legte jegliches Feuer in meinen Blick, das ich aufbringen konnte.

Tom ging darauf ein und hielt meinem Blick stand. »Ja.«

Ich spürte, dass ich errötete.

Meine Wangen wurden so heiß, dass ich mir die Eiswürfel aus den Gläsern hätte fischen und zum Kühlen hätte einsetzen können.

»Dann würdest du gerne mit mir ausgehen?«, fragte ich so geschickt, dass niemand am Tisch Wind davon bekam.

Tom blickte in die Ferne. Dann sah er mich wieder an. »Das würde ich liebend gerne. Aber ich glaube, das ist keine gute Idee.«

»Warum nicht?«

Tom beugte sich zu mir herunter und flüsterte in mein Ohr: »Meine Frau würde das bestimmt nicht gut finden. Und Paul auch nicht.«

Ach ja, so ein Mist! Da war ja noch was!
Aber war in der Traumwelt nicht alles erlaubt?
»Was sie nicht weiß, macht sie nicht heiß«, sagte ich nur. Ich zwinkerte ihm zu und wandte mich ab.
»Milly, my treasure!« Peter ergriff meine Hand und verabreichte mir einen vor Schmalz triefenden Handkuss. Dabei ließ er mich nicht einen Augenblick aus den Augen.
Mario drehte sich diskret weg.
Tom legte den Arm um meine Schultern, drückte mich an sich und flüsterte: »Lass es lieber! Brich Paul nicht das Herz!«
Und wer fragte nach meinem Herz?
»Paul oder dir?«, fragte ich kokett.
Tom grinste.
»Beiden.«
Überrascht öffnete ich den Mund. »Dir würde das Herz brechen, wenn ich was mit Peter anfangen würde? Warum? Weil ich Paul das Herz breche? Oder weil ich nicht mit dir ausgehe?«
»Natürlich ersteres. Du weißt doch, ich habe deinen Mann liiiiieb.« Tom zwinkerte mir zu.
Boah ey, die Tour nervte dermaßen!
Es war mir sowas von egal, dass er Paul ›liiiieb‹ hatte.
Ich hätte mir die schicke Haarfrisur raufen können, so gallig machte mich dieser Satz!
Ich wollte endlich Sex mit Tom!
Warum kapierte er das nicht?

»Das ist eine Karaoke-Bar. Wer hat Lust, mit mir zu singen?«, fragte ich in die Runde, um das Gespräch nicht länger fortsetzen zu müssen.

Alle hoben abwehrend die Hände.

»Fang du an!«, sagte Mathis grinsend.

»Paul sagt immer, ich habe keine Singstimme.« Ich verdrehte die Augen.

»Milly, my treasure, let's sing!« Peter hielt mir auffordernd die Hand hin.

Ich ignorierte Toms Räuspern und warf ihm beim Aufstehen einen letzten koketten Blick zu.

»Wann springt ihr zwei endlich zusammen in die Kiste? Das Feuer zwischen euch ist ja nicht auszuhalten«, stöhnte Mathis.

Tom grinste und schwieg.

Ich ging mit Peter zum DJ und suchte mir ›Need you now‹ von Lady Antebellum aus, ein wundervolles Duett im Country-Stil.

Wir schnappten uns die Mikros und positionierten uns auf der Bühne.

Ich wusste, mein Part kam zuerst, also schmetterte ich mit allem, was ich an Stimme und Talent auch nur irgendwie hervorholen konnte: »Picture perfect memories, scattered all around the floor...«

Ich schaute zu Tom, der wie gebannt auf der Bank saß und zuhörte. Auch die übrigens Jungs saßen ganz andächtig da.

Es war mit einem Mal mucksmäuschenstill in der Bar, nur die Musik und meine Stimme waren zu hören.

Als Peters Einsatz kam, hatte ich schon den ersten Applaus geerntet.

Wir schmetterten unser Duett hin, als gäbe es kein Morgen mehr und als hätten wir nie etwas anderes getan. Ich traf jeden Ton und fühlte mich wie ein echter Star.

Beim Singen flirtete ich heftig mit Peter, der das zu genießen schien.

(Natürlich suchte ich auch immer Blickkontakt mit Tom, schließlich wollte ich ihn ja eifersüchtig machen.)

Kaum war der Song vorbei, ertönte tosender Beifall.

»Zugabe!«, kam es aus einer Ecke der Bar.

»Zugabe!«, stimmten nun auch andere ein.

»We could sing ›We've got tonight‹«, schlug Peter vor.

»Kennst du das Lied?«

Ich nickte. Wer kannte den Song mit Ronan Keaton und Jeanette nicht?!

Der DJ nahm die Bestellung entgegen und wir sangen, als wenn unser Leben davon abhing. Und ich merkte an den Reaktionen der Leute, dass es richtig gut war.

Auch nach diesem Song gab es tosenden Beifall und Pfiffe. Grinsend ging ich von der Bühne, während sich Peter noch wie ein alter Showhase verabschiedete. »Thank you guys, we'll come back later!«

Mario sprang auf und umarmte mich. »Milly! Das war richtig toll!«

»Sensationell, Milly! Ich weiß gar nicht, was Paul hat! Du hast eine tolle Stimme«, pflichtete Mathis bei.
»Danke«, sagte ich bescheiden lächelnd.
Mario drückte mir einen fetten Kuss auf die Wange. »Wahnsinn! Ich weiß gar nicht, was Paul hat. Du bist richtig gut.«
Ich zuckte mit den Schultern. »Naja, Musik ist ja Geschmacksache. Offensichtlich mag Paul meine Stimme nicht.«
»Kann ich gar nicht nachvollziehen. Du singst phantastisch«, betonte nun auch Tom. Er erhob sich und drückte mich kurz an sich. »Ich muss leider los. Mach nichts Unüberlegtes.«
Waaaaas?
Neeeeeein!
»Jetzt schon?«
»Ja! Und denk dran: Ich habe Paul lieb!« Er zwinkerte mir zu und verließ die Bar.
Sehnsüchtig blickte ich ihm nach.
Wieso schaffte ich es nicht einmal im Traum, ihn zu überzeugen?

»Boah, Milly, du bist aber echt schlecht drauf! Nicht einmal im Traum klappt es mit Tom?« Luzifer blies die Backen auf. »Dabei kannst du doch im Traum ALLES steuern.«

Mir war klar, dass das ganz und gar nicht Dornröschens Traum entsprach, aber mein Herz war verwundet.

»Luzifer, merkst du es nicht? Milly hat Herzschmerzen. Da funktioniert auch das Gehirn nicht richtig«, wandte Aurora 👸 ein.
»Echt? Mein Gehirn funktioniert immer«, sagte Luzifer 😈 nachdenklich.
»Dann setze es ein und hilf Milly!«, befahl Aurora 👸.
»Okay, ich überlege mir was!« 😈

**

Ich blickte auf mein Handy.
Wahnsinn!
Ich hatte eine Antwort!

›*Hey Milly, das kann ich Paul nicht antun! Wer weiß, ob es beim Mittagessen bliebe…* 😬 ‹

Was?
WAAAS?
DAS war doch eindeutig eine Anspielung darauf, dass er auch gerne mehr möchte, oder? Mein Lustzentrum wurde augenblicklich in Schwingungen versetzt. Mein Prinz horchte auf und Dornröschen lächelte zum ersten Mal seit Tagen.
Aber Toms Rücksichtnahme bezüglich Paul konnte ich echt nicht mehr hören.
Ich wollte das auch nicht mehr hören.
Ich wollte doch bloß eine Chance, um herauszufinden, ob wir zueinander passten, ob wir uns gut miteinander verstehen würden. Dabei redete ich noch nicht einmal von Sex. Das konnte ja erstmal zweitrangig bleiben.

»Spinnst du, Milly? Sex ist niemals zweitrangig«, beschwerte sich Luzifer 😈. »Und das weißt du auch, wenn du ehrlich bist!«
»Doch, du verstehst nur nichts von wahrer Liebe«, seufzte Aurora 👸.
»Moment mal, Mädels!« Luzifer 😈 räusperte sich. »Jetzt interpretieren wir Toms Nachricht erst einmal…«
»Ich bin gespannt«, sagte Aurora 👸 und verschränkte die Arme vor der Brust.
»Tom hat Milly zwar einen Korb gegeben, aber das aus reinem Selbstschutz. Er WEISS ganz genau, dass er in Millys Nähe schmelzen würde wie Butter. Bei meiner Großmutter, ich rieche Sex! Er würde hingebungsvoll in ihre Arme sinken, weil er mal wieder so richtig wild nach Herzenslust ficken könnte.« Luzifer 😈 geriet ins Schwärmen. »Und machen wir uns nix vor, wir alle drei wissen, dass Milly gar nicht WILL, dass es nur beim Mittagessen bliebe.«

Ich seufzte.
Luzifer hatte Recht!
Natürlich wollte ich NICHT, dass es nur beim Essen blieb. Ich wollte Sex. Heißen Sex. Ganz viel Sex.
Mein Dornröschen sehnte sich geradezu danach, dass sich ihr Traum, die wahre Liebe zu finden, erfüllen würde.
Aber wie viele Wege führten zum Herzen eines Mannes?

»Einer«, sagte Luzifer 😈 und verschränkte siegesbewusst die Arme vor der Brust.
»Ach wirklich? Und welcher?«, hakte Aurora 👸 nach.
»Über seinen Schwanz.« 😈
»Ah, jetzt kommt wieder DIE Theorie: Der Mann hat sein wichtigstes Organ irgendwo am Schwanz sitzen und wenn

die Frau sein Herz erobern will, dann muss sie den Umweg über seinen Penis nehmen.« Aurora 👸 verdrehte die Augen.
»Engelchen!«, sagte Luzifer 😈 schwer beeindruckt. »Du hast ein Sex-Wort benutzt! Dass ich das noch erleben darf!«

Leute, vielleicht könnten wir uns wieder meinem Problem widmen!?
Wo sollte ich hin mit meinem Kummer?
Ich konnte ja unmöglich zu Paul gehen und ihm mein Herz ausschütten.

»Klar, Milly, sag ihm einfach: ›*Paul, ich liebe deinen Freund! Hast du was dagegen, wenn ich meinen durchtrainierten Hintern ins Auto schwinge und zu ihm fahre, um endlich Sex mit ihm zu haben?*‹« Beeindruckt von sich selbst, klopfte sich Luzifer 😈 auf die Schulter und grinste breit.
»Du dummer Teufel, du! Milly will doch keinen reinen Sex. Sie will sich Tom ANGELN!«, brüskierte sich Aurora 👸.
»Erst Sex, dann angeln«, beharrte Luzifer 😈. »Wann kapiert ihr Mädels das endlich? Männer sind Jäger! Die wollen ihre Beute erjagen! Und das machen sie mit ihrer Waffe. Erst danach setzt das Herz ein und vielleicht auch das Hirn. Das habe ich vergessen. Mein letztes Date ist lange her.«
»DU hattest ein DATE?«, fragte Aurora 👸 vollkommen überrascht.
»Oh ja. Ich bin ein ganz heißer Typ! Und der beste Berater in Sachen Sex. Du kannst mich alles fragen! Ich weiß alles von A wie Analverkehr über F wie f…« 😈

»Okay, verstanden«, unterbrach Aurora 👑 ihn.

Was sollte ich jetzt tun?
Mit jemandem reden?
Ich könnte mit Schneewittchen reden. Aber die war ja eigentlich der Meinung, das war nur eine vorübergehende Krise, eine Art ›Ehe-Langeweile‹.
Das war es aber nicht.
Es war keine Krise und keine Langeweile. Es war…

»Schreib ein Buch und lass so richtig die Sau raus!«, empfahl Luzifer 😈 plötzlich.
»Ein Buch?« Aurora 👑 schien darüber nachzudenken, schließlich nickte sie. »Gute Idee. Ausnahmsweise. Aber schreib etwas mega Romantisches. Lass bloß nicht die Sau raus!«
»Romantik! Pah!« Luzifer 😈 schnaufte verächtlich. »Romantik! Wer will denn heute bitteschön etwas über Romantik lesen? Das ist was für Schwächlinge. Nein, nein, schreib was Aufregendes, etwas mit viiiiel Sex, mit Waffen und Kampf. Das ist geil!«
Aurora 👑 rümpfte die Nase. »Waffen, Sex und Gewalt? Ich bitte dich, wer liest denn bitte sowas?«
»Gaaaanz, gaaaanz viele Menschen lesen so etwas. Einfach, weil das geil ist. Sieh dir doch die ganzen DC-Comic-Verfilmungen an, die unsere Milly so liebt. Und sie ist nicht die einzige. Die Menschen liiiiieben es, wenn es kracht und knallt, wenn die Wesen auf dem Erdball gegeneinander kämpfen und sich anschließend die Seele aus dem Leib vögeln«, platzte Luzifer 😈 fast vor Energie.
Aurora 👑 schnalzte verächtlich mit der Zunge. »So was kann auch nur aus deiner Feder stammen, Luzifer! Milly,

du solltest deinen Herzschmerz loswerden. Das geht am besten in einem Tagebuch!«

»Nee«, lechzte Luzifer, »schreib einen Porno!«

»Luzifer! Wie unromantisch ist das denn?«, sagte Aurora naserümpfend.

»Du mit deiner blöden Romantik! Milly schreibt am besten ein Abenteuerbuch mit ganz viel Sex!«

»Nein, sie schreibt eine romantische Geschichte mit ein bisschen Sex!«

»Aber bevor Milly ein Buch schreibt, schreibt sie nochmal Tom. Reite darauf herum, Milly! Lass dich nicht abwimmeln. Er ist nicht abgeneigt. Er hat Interesse an dir. Glaube mir, ich bin ein Mann!«, beharrte Luzifer.

»Und was soll sie schreiben?«, hakte Aurora nach.

»Warte…ich lasse mir was einfallen. Milly, nimm dein Handy!«

Ich nahm mein Handy und schrieb:

›*Vielleicht stellen wir ja fest, dass wir uns gar nicht grün sind.* *Dann kann ich endlich aufhören, über dich nachzudenken.*‹

Mit klopfendem Herzen schickte ich die Nachricht ab. Es folgte auch sogleich eine Antwort.

›*Genau, wir können gar nicht miteinander. Das zeigt sich immer, wenn wir uns sehen…*‹

»YES, tschakka!« Luzifer tanzte einen Freudentanz.

»Ich wusste, dass er scharf auf dich ist! Aber so was von!«

»Oh Gott, wie romantisch ist das denn!«, sagte Aurora 👸 himmelhoch jauchzend. Sie fasste sich an ihr Herz und rollte die Augen gen Himmel. »Das ist fast schon eine Liebeserklärung.«

»Nee, Aurora, DAS ist ein Geständnis. Ein echtes Männergeständnis! Er will eindeutig Sex! Jetzt müssen wir nur noch seine Frau und Millys Mann ausschalten…« 👿

»Nee, zu brutal. Wie wäre es mit verkuppeln?« Aurora 👸 lächelte aufreizend.

Luzifer 👿 prustete los. »Du Naivchen! Die stehen überhaupt nicht aufeinander. Aber wir könnten eine Agentur beauftragen, die sich um beide kümmert. Gibt es sowas vielleicht? Eine Scheidungsagentur, die dafür sorgt, dass alle glücklich die Partner wechseln. Boah, bin ich geschäftstüchtig!«

»Vielleicht hat Toms Frau ja schon ein Auge auf jemand anderes geworfen? Paul sagt doch immer, dass sie seit den Geburten ihrer beiden Kinder keinen Bock mehr auf Sex mit ihm hat«, warf Aurora 👸 ein.

»Eindeutiges Zeichen!«, stimmte Luzifer 👿 zu.

»Wofür?« 👸

»Engelchen, wenn eine Frau keinen Bock mehr auf Sex hat, dann hat sie auch keinen Bock mehr auf ihren Typen! Schließlich sitzt ihr Herz da unten vor der Vagina. Frag Milly! Wobei nee, die ist eine Ausnahme. Die hat vier Kinder und immer Bock! Und das, obwohl sie Paul nicht einmal liebt.«

»Sie hat ihn aber lieb«, wandte Aurora 👸 ein.

»Joaaaa, aber reicht das für ein Leben? Nee, Engelchen. Das reicht nicht! Und wenn Tom Millys Herz bereits erobert hat, obwohl sie nicht einmal Sex hatten, dann sollte sie knallhart am Ball bleiben! Irgendwann hat sie ihn im Netz. Und dann gibt es ENDLICH ENDLOSEN Sex!« 😈

»Also gut. Milly«, wandte sich Aurora 👸 an mich, »fang an zu schreiben. Du schreibst dieses Buch mit allem, was in dir steckt und dann schickst du es ihm, wenn es fertig ist.«

»Dem kann ich ausnahmsweise nix hinzufügen«, sagte Luzifer 😈 und grinste erwartungsvoll.

Ich setzte mich also an meinen Computer und legte los. Ich schrieb ein Buch, und zwar mithilfe meines Prinzen und seinem Dornröschen. Ich hatte eine Mission: Ich musste Dornröschens Traum erfüllen!

Hilfe für Prinz und Dornröschen

»*Oh, how am I supposed to live without you*«, trällerte Luzifer 😈 nun schon den ganzen Tag.
»Boah, dieses Liebesgeschmachte ist selbst für mich schwer zu ertragen«, sagte Aurora 👸 und verdrehte die Augen.

Aber auch ich war in Höchstform. Seit zwei Wochen schrieb ich an dem Buch über Tom und meine Gefühle für ihn. Ich schrieb mir quasi die Seele aus dem Leib, in der Hoffnung, meine Gefühle irgendwie in den Griff kriegen zu können. Vielleicht ermöglichte mir das Buch sogar, ihn vergessen zu können.

»Milly, wie naiv bist du denn eigentlich? Schätzchen, du schreibst über Liebe, Sex und Abenteuer! Wie kann man den Protagonisten VERGESSEN, wenn man ihn täglich vor dem inneren Auge hat. Ich weiß ja sogar schon, wie Tom NACKT aussieht, obwohl ich ihn nie zu Gesicht bekommen habe«, empörte sich Luzifer 😈.
»Oh ja, Tom ist soooo himmlisch«, schwärmte Aurora 👸. »Ich liiiiiebe Millys Geschichte, sie ist sooo romantisch. Andererseits hat Luzifer natürlich Recht. Du wirst ja mit jeder Zeile verliebter. Du solltest dir ein Ende überlegen, bei dem du ihn NICHT kriegst.«
»Nun, zum Glück hat sie den Sex nicht vergessen! Nicht auszudenken, was das für ein Buch werden würde, wenn sie keine einzige Sexszene darin hätte!« Luzifer 😈 rollte mit den Augen.

Ich stieg aus dem Auto, lief zum Haus und klingelte.
»Hallo Snow! Schön, dass du Zeit hast.« Lächelnd umarmte ich meine Freundin.
»Komm herein! Ich bin schon sehr gespannt, was du mir zeigen willst«, erwiderte Schneewittchen. Sie warf ihre märchenhaft langen Haare über die Schulter und ließ mich eintreten.
Wir pflanzten uns auf ihr Sofa. Und während ich das heilige Skript herausholte, schenkte Schneewittchen mir Tee ein. Ich atmete tief durch, dann reichte ich ihr die Seiten, die gefüllt waren mit meinen Gefühlen.
»Du hast ein Buch geschrieben!« Begeistert nahm Schneewittchen das Manuskript entgegen und legte es neben sich aufs Sofa. »Und ich darf es lesen? Was für eine Ehre!«
»Du musst es SOFORT lesen! JETZT! GLEICH!«, platzte ich heraus. Ich wischte mir den Schweiß von der Stirn und strich mir eine vorwitzige Locke weg.
Schneewittchen lachte. »Jetzt?« Sie nahm den Stapel Papier in die Hand. »Ist ein bisschen viel, oder?«
»Fang schon mal an! Mein innerer Prinz und sein Dornröschen brauchen dringend Hilfe. Er hat die Dornenhecke meiner Gefühle niedergestreckt und seine Prinzessin wachgeküsst. Aber nun sitze ich hier mit einem Herzen voller Liebesgefühle.« Ich lehnte mich zurück und verschränkte die Arme vor der Brust.
»Wobei brauchen die zwei Hilfe?«
»Bei der Suche nach der wahren, erfüllenden Liebe«, erklärte ich mit ernster Miene.
»Und du willst mich beim Lesen beobachten? Gemeinsam mit deinem inneren Prinzen und Dornröschen?« Schneewittchen grinste.
Ich nickte.

»In Ordnung.« Schneewittchen fing an zu lesen. Sie las und las und las. Zwischendurch lachte sie auf, dann las sie weiter. Nach einer Stunde hielt sie inne. »Sag bloß, du bist immer noch in diesen Schönling verliebt! Milly! Dieser Tom ist nix für dich!«
»Tom ist doch kein Schönling«, widersprach ich.

»Also, nee, ist er doch. Wobei, nee, er ist eher ein Adonis. Schönling klingt so abwertend. Er hat den Körper eines Mannes, der sehr gut im Bett ist«, lechzte Luzifer 😈 und leckte sich über die Lippen.
»Er ist ein Göttersohn!«, schwärmte Aurora 👸.

»Was ist er dann?«, wollte Schneewittchen wissen. Liebevoll strich sie mir über den Arm. »Offenbar hat er dein Herz erobert, obwohl er gar nicht so viel dafür getan hat, was? Er ist bestimmt nur ein Mann, der gerne flirtet. Das braucht er für sein Ego. Komisch ist allerdings, dass seine Frau so gefühlskalt sein soll. Wobei, vielleicht ist das auch nicht komisch«, plapperte Schneewittchen wie ein Wasserfall. »Er holt sich die Bestätigung einfach woanders.« Sie streichelte über das Papier. »Der Anfang vom Buch ist wirklich phantastisch geschrieben, Milly! So viel Herzblut! Die Liebe, die zwischen den Wörtern hängt, ist kaum zu ertragen. Du wirst ihn damit erschlagen! Ich schätze, er ist ein Mensch, der gar nicht so viel Liebe braucht, wie du sie zu geben gedenkst.«
»Oh Gott, soll ich es verbrennen?«, fragte ich erschrocken.
»Niemals! Es ist, wie gesagt, toll! Aber damit ziehst du dich bis auf die Knochen aus. Und wenn du Pech hast, lesen das richtig viele Menschen.«

Ich winkte ab. »Ach was! Ich bin ein No-Name. Vielleicht lesen das zehn Leute, Frauen, denen es ähnlich geht wie mir.«
»Unterschätze das nicht! Es gibt viele Frauen, die ihr Dornröschen schlafen gelegt haben und nicht mehr mit der großen Liebe rechnen. Es gibt bestimmt auch viele Frauen, deren innerer Prinz um Hilfe schreit, weil die Frauen mit der Liebe abgeschlossen haben.«

»Milly, seit wann bin ich eigentlich dein innerer Prinz?«, platzte Luzifer 👿 heraus.
»Bist du gar nicht, Luzifer! Halt mal den Ball flach!«, versuchte Aurora 👸, dem Teufelchen den Kopf zu waschen.
»Ich dachte, ich bin Millys Sexberater! Und an dieser Stelle muss ich eindeutig sagen, dass ich mir gar nicht so sicher bin, ob Tom das alles lesen will!«
»Luzifer!« 👸
»Ist doch wahr, Aurora! Tom wird Millys Herz nicht erobern wollen, weil er sich mit Händen und Füßen dagegen sperrt. Er will ihrem inneren Prinz gar nicht helfen, wer immer dieser Kerl ist. Vielleicht duelliere ich ihn lieber, den inneren Prinzen! Ich brauche hier echt keine Konkurrenz! Du reichst mir vollkommen, Aurora!« Frustriert hockte sich Luzifer 👿 auf meine Schulter.
»Luzifer, der innere Prinz ist doch keine Konkurrenz für DICH. Er und sein Dornröschen suchen die wahre Liebe. Das ist glatte Konkurrenz für MICH!« Gedankenverloren legte Aurora 👸 Luzifer eine Hand auf die Schulter und zog sie ganz schnell wieder weg. »Mensch, bist du heiß!«
Luzifer 👿 zwinkerte ihr zu. »Sag ich doch! Ich bin ein heißer Typ. Oder wie glaubst du, überlebe ich seit Jahrtausenden das Höllenfeuer?«

»Ach Milly, willst du wirklich alles für Tom aufgeben?«, hakte Schneewittchen nach. »Willst du wirklich, dass Dornröschen bei Tom die wahre Liebe findet?«
Ich seufzte. »Nein. Dornröschen soll die wahre Liebe für mich selbst bringen. Und dann kann ich verliebt sein. Aber wie soll ich wissen, ob Tom der Richtige ist, wenn ich gar keine Chance habe, ihn näher kennenzulernen? Und ist es so falsch, wenn man seinem inneren Prinzen und Dornröschen helfen will? Ich bin zu jung, um keine Liebe mehr zu empfinden. Die letzten zwanzig Jahre bin ich emotional fast verhungert.«
»Ich befürchte, du wirst es nie wissen, weil Tom etwas schlauer ist als du! Er lässt sich nicht darauf ein. Weil er weiß, dass sonst das Chaos losbricht. Er weiß, dass es kein Zurück mehr gibt, wenn ihr euch trefft.«
»Ich will gar nicht, dass du Recht hast«, sagte ich und wischte mir schniefend eine Träne von der Wange.

»Hatte ich erwähnt, dass ich Tränen nicht ausstehen kann? Dann muss ich nämlich IMMER mitweinen«, schniefte Luzifer 😈. »Milly, hör auf zu weinen! Wir angeln schon noch das Herz deines Traummannes!«
»Ich muss auch mitweinen«, jaulte Aurora 👸.

»Mir ist es egal, was wir danach regeln müssen, weil es nichts gibt, was man nicht regeln kann! Ich weiß, dass wir perfekt zueinander passen würden. Wir würden uns blendend verstehen, verbal wie sexuell«, sagte ich weinend.
Schneewittchen nahm mich in die Arme, was mich nur noch mehr heulen ließ.
»Milly, so schwer hat es dich erwischt?« Sie blickte mich an und gab mir einen Kuss.

»Wenn Milly nicht so weinen würde, könnte ich mich auf den Kuss konzentrieren. Sex zwischen Frauen! Geil!«, warf Luzifer Rotz und Wasser heulend ein.
»Wie kannst du an Sex denken, wenn Milly weint?«, schniefte Aurora .
»Ich kann immer an Sex denken. Ich bin ein Mann.«
»Immer?«, hakte Aurora überrascht nach.
»Na gut, fast immer.«

»Ja. Es hat mich erwischt. Ich will Sex mit ihm. Ganz viel Sex. Und darum sage ich mir, das kann noch nicht alles im Leben sein, was ich habe. Zwei meiner Kinder ziehen bald aus, die nächsten folgen auch irgendwann. Ich bin mit meinem besten Freund verheiratet, den ich nicht einmal aus Liebe geheiratet habe…«, sagte ich. Ich nahm das Taschentuch, welches Schneewittchen mir hinhielt und schnäuzte mir die Nase. »Ich bin so traurig, Snow! Ich kann einfach nicht mehr aufhören, an Tom zu denken. Er ist so wahnsinnig, unglaublich, unfassbar großartig. Ich liebe seine grünen Augen! Ich liebe es, wie er mich ansieht. Ich liebe sein tolles, schwarzes Haar. Ich liebe seine männliche Stimme. Ich liebe seinen Humor. Ich liebe es, mich mit ihm zu unterhalten…das könnte ich stundenlang tun. Ich will ihn einfach nur noch verführen!«
»Und Paul?«, hakte Schneewittchen nach.
Ich schniefte erneut. »Paul ist mein bester Freund. Die ersten zwei Jahre unserer Beziehung hat er mich mit seiner Ex-Freundin hintergangen. Ich habe ihn nur geheiratet, um nicht mit Kind alleine dazustehen. Von Liebe konnte keine Rede sein. Wenn seine Eltern nicht gesagt hätten, sie bezahlen die Hochzeit, wären wir heute noch nicht verheiratet.«

»Das hast du mir noch nie erzählt!«, stellte Schneewittchen voller Empörung fest.
»Nun ja, das ist kein Kapitel, auf das ich sehr stolz bin. Ich habe meinen Mann geheiratet, damit ich unter die Haube kam und nicht als Alleinerziehende dastehe. Nicht sonderlich romantisch, oder? Die ersten fünfzehn Jahre waren übrigens alles andere als romantisch mit Paul«, erinnerte ich mich. »Er war depressiv, aggressiv und handgreiflich.«
»Echt? Krass.«
»Ja. Manchmal war ich schon drauf und dran, die Polizei zu rufen.«
»So schlimm?«
»Ja. Eigentlich hat er sich erst seit seiner medikamentösen Einstellung vor wenigen Jahren beruhigt. Er fährt nur noch selten aus der Haut. Und mich sieht er auch erst seit ein paar Jahren wirklich. Eigentlich, seitdem ich arbeite und manchmal so etwas Ähnliches wie Erfolg habe.« Ich schniefte.
»Dann willst du dich von Paul trennen?«
»Ja. Im Grunde genommen habe ich mich innerlich bereits von ihm getrennt. Als wir von unserem Urlaub zurückkamen, war er wahnsinnig ungehalten. Ich wollte nicht ›nach Hause‹ kommen, weil es sich nicht wie ›Nachhausekommen‹ anfühlte. Hier ist nicht meine Heimat. Meine Heimat ist in Hamburg.«
»Hast du mit Paul mal darüber geredet?« Schneewittchen reichte mir ein weiteres Taschentuch.

»Boah, ich kann gar nicht denken, wenn ich weinen muss. Milly! Hör endlich auf zu weinen!«, schrie Luzifer verzweifelt.

»Ich würde sie auch gerne wieder glücklich sehen«, sagte Aurora 👑.

»Ja, aber davon wollte er nichts hören. Seit letztem Sommer ist Paul unausstehlich. Ständig motzt er mich oder die Kinder an. Wir sind alle schon total genervt. Zwischendurch meinte er, er kann auch gehen. Ich wünschte, er hätte seine Drohung wahr gemacht und wäre einfach gegangen«, sagte ich leise.

Schneewittchen streichelte meinen Oberarm. »Würdest du dich auch von Paul trennen, wenn es mit Tom nicht klappt?«

»Wie meinst du das?« Erschrocken blickte ich meine Freundin an. An diese Alternative hatte ich noch gar nicht gedacht. Was war, wenn Tom mich auch nach meinem zigsten Versuch, ihn zu treffen, nicht wollte?

»Würdest du dich auch von Paul trennen, wenn Tom definitiv nicht mit dir zusammensein will?«

Nachdenklich kaute ich auf meiner Unterlippe herum. »Ja. Lieber bleibe ich ein Leben lang allein, als mir weiter etwas vorzumachen. Und weißt du, was das Schöne ist, wenn man verliebt ist?«

»Was?«

»Man kann Bäume ausreißen, nichts scheint mehr unmöglich, man ist voller kreativer Energie. Und weißt du was?«, fragte ich eher rhetorisch.

»Was?«

»Im Grunde genommen muss man genau dieses Gefühl von Liebe so umwandeln, dass es sich nicht auf einen bestimmten Menschen bezieht, sondern in erster Linie auf einen selbst, und in zweiter Linie auf all die Dinge, die man in seinem Leben vorfindet. Dann wäre man so erfüllt, dass man alles schaffen kann, was man sich vornimmt.

Und das auch noch total unabhängig von irgendwelchen Partnern. Man könnte alleine bleiben und wäre glücklich dabei. Und einen Partner hätte man nur noch für Sex.«

»Was?«, Luzifer 🦇 raufte sich die Haare. »Allein? Das riecht nach seltenem Sex!«

»Ich kann Milly verstehen«, sagte Aurora 👸. »Paul mag ja ein guter Freund sein, aber er ist extrem launisch. Wenn es nicht nach seiner Pfeife geht, schluckt er so lange, bis er platzt. Und dann wird er richtig aggressiv. Außerdem ist er total der Einzelgänger. Er ist viel zu bequem, um sich Freunde zu suchen. Was will Milly bloß mit diesem Mann? Es wird doch wohl noch mehr Männer da draußen geben, oder? Männer mit Hobbys, Interessen und Freunden. Da ist Sex doch Nebensache.«

»Sex ist niemals Nebensache«, widersprach Luzifer 🦇.

»Dann hat Milly halt für den Rest ihres Lebens mit sich selbst Sex und kauft sich Sexspielzeuge für eine Person«, brummte Aurora 👸 missmutig.

Luzifer 🦇 grinste. »Aurora! Und das aus deinem Munde! Wer hätte gedacht, dass ich den Tag noch erlebe, an dem du zugibst, dass Sex geil ist.«

Aurora 👸 lachte. »Sex ist himmlisch, nicht geil, mein Lieber! Aber Sex ist eben nicht alles. Das Herz sitzt nach deiner Theorie ja auch noch da unten.«

»Puh, da hast du dir aber was vorgenommen, Milly!«, stöhnte Schneewittchen.

»Ich denke, ich suche mir Arbeit in Hamburg und nehme die restlichen Kinder einfach mit. Und wenn sich dann ein Weg in Toms Herz ergibt, dann nutze ich ihn. Wenn nicht, hoffe ich, dass ich nicht an gebrochenem Herzen sterbe.«

»Bei meiner Großmutter, sie hat es gesagt! MILLY! Das darfst du nicht einmal DENKEN! Du stirbst nicht an gebrochenem Herzen! Du lebst natürlich weiter. Du bist so wundervoll, da wird sich notfalls noch ein anderer Prinz finden, der dich auf seinem weißen Pferd entführt«, sagte Luzifer 🙈 erschrocken.

»Luzifer, du kannst ja richtig romantisch sein«, schwärmte Aurora 👑. »Aber du hast Recht! Tom spukt schon so viele Jahre in Millys Kopf herum. Es wird Zeit, dass Milly Fakten schafft. Sie muss ihn sich endlich angeln! Oder ihn endlich vergessen.«

»Quatsch! So schnell stirbt man nicht!«, beruhigte Schneewittchen mich. »Wenn du Tom nicht kriegen kannst, dann wird der Sachbearbeiter im Universum einen anderen Mann für dich eingeplant haben. Du brauchst nur Geduld, Milly.«

»Du hast Recht! Das Leben geht immer weiter. Ich werde versuchen, die Liebe so umzuwandeln, dass mein Herz gar keine Chance hat zu brechen. Ich will mein Glück nicht von Toms Entscheidung abhängig machen. Ich bin wichtig und ich muss glücklich sein, unabhängig von irgendwelchen Leuten.«

»Braves Mädchen«, lobte Schneewittchen.

»Soll ich das Buch trotzdem an einen Verlag schicken?«, fragte ich meine Freundin.

Schneewittchen nahm das Manuskript in die Hand und streichelte über die Seiten. »Ja. Es ist Magie! Es kribbelt richtig unter meinen Fingern! Und es ist die schönste Liebeserklärung, die ich je gelesen habe.«

»Was ist, wenn Tom mich dafür hasst, dass ich über ihn geschrieben habe?«, fragte ich ängstlich.

Schneewittchen schnitt eine Grimasse. »Dann ist er ein Schmock, der dich nicht verdient hat!«
»Liest du es zuende?«
»Ja, natürlich.«
»Okay, dann warte ich. Und sobald du es fertig hast, schicke ich es an einen Verlag«, sagte ich mit aufkeimendem Optimismus.
Schneewittchen lächelte. »Nein, du schickst es jetzt sofort an einen Verlag! Und ich beeile mich mit dem Lesen, falls noch Fehler drin sind.«
»In Ordnung. Die werden ohnehin erst in fünf Jahren antworten. Die sollen ja langsamer antworten als Behörden.«

Traumtagebuch

»Dieses Buch ist einfach phantastisch. Tom, ich liebe es«, schwärmte Tina Miller. »Hast du es schon zuende gelesen?«
»Ja. Es liest sich wirklich gut.«
»Dieser Tom ist ein Glückspilz.« Tina setzte sich aufs Sofa.
»Warum?« Tom setzte sich auf die Kante des Sessels und blickte seine Frau an.
»Dieses Buch ist eine absolute Liebeserklärung! Romantischer geht's nicht! Ich wette mit dir, dass das eine wahre Geschichte ist. Da ist so viel Liebe und Herzschmerz drin, das kann nicht alles frei erfunden sein. Ich kann für Milly nur hoffen, dass dieser Tom sich für sie entscheidet.«
»Dieser Tom hat Familie.«
»Die kann er doch behalten. Die Kinder bleiben ihm. Aber würdest du so eine Liebesklärung ignorieren? Was ist, wenn das

die große Liebe seines Lebens ist und er lässt sie weiterziehen? Zack, Chance vertan!«

Tom rümpfte die Nase. »Lässt man seine große Liebe weiterziehen? Doch nur, weil man es nicht weiß, oder?«

»Ich weiß nicht. Es gab schon viele, die das aus Angst vor der eigenen Courage gemacht haben. Und sie haben es ein Leben lang bereut. Also ich würde so eine Liebeserklärung nicht im Winde verwehen lassen.« Plötzlich runzelte Tina die Stirn. »Du sag mal, schreibt Pauls Frau nicht auch? Und heißt sie nicht auch Milly?«

»Ja.« Tom fing an zu schwitzen.

Plötzlich dämmerte es Tina. Der Unterkiefer klappte ihr auf. »Hat Milly etwa dieses Buch geschrieben? Also Pauls Milly?«

Tom räusperte sich. »Ja.«

Tina saß mit einem Mal aufrecht. «Oh mein Gott!« Sie schlug sich eine Hand vor den Mund. »Tom!«

Tom sagte nichts. Stattdessen blickte er seine Frau mit ernster Miene an.

»Tom!«

»Das sagtest du bereits.«

»MILLY LIEBT DICH! DU bist TOM!« Tina traten die Tränen in die Augen. Eilig wischte sie sie sich weg. »Tom, was machst du noch hier? Fahr zu ihr! So viel Liebe und Leidenschaft habe ich nicht einmal in meinem kleinen Finger.«

Tom blinzelte die Tränen weg und schaute zur Zimmerdecke.

Tina sprang auf und umarmte ihren Mann. »Tom, wirf das nicht weg! Gott, ich habe noch nie jemanden erlebt, der seine Liebe so zum Ausdruck gebracht hat.«
»Und du? Und die Kinder?«
»Die Kinder bleiben dir. Und wir trennen uns nicht im Streit. Ich werde immer für dich da sein.«
»Das geht dir aber leicht von den Lippen.« Tom atmete tief durch.
»Wir sind schon lange zusammen. Das Feuer zwischen uns ist…irgendwie schon lange erloschen. Findest du nicht?« Aufmerksam betrachtete Tina ihren Mann.
Tom schluckte. »Doch. Aber wir sind eine Familie.«
»Dann erweitern wir unsere Familie eben! Milly und die Kinder kommen einfach dazu.« Tina grinste.
»Und du?« Tom ergriff die Hände seiner Frau.
»Ich? Ich hätte da auch jemanden, mit dem ich rasend gerne ausgehen würde.«
Überrascht blickte Tom Tina in die Augen. »Ach so? Dann kommt dir das also ganz gelegen?«
Tina lächelte und streichelte Toms Arm. »Veränderungen machen uns immer Angst. Aber seien wir doch mal ehrlich, Tom! Liebe ist so kostbar, dass man sie nicht ignorieren darf. Wir haben uns lieb. Aber reicht das für ein ganzes Leben? Niemand sagt doch, dass wir hundert Jahre zusammensein müssen. Wir hatten schöne Zeiten. Wilden Sex, zumindest in den ersten Jahren. Aber die Jahre sind lange vorbei.«

»Stimmt.«

»Worauf wartest du dann noch? Milly hat doch ziemlich eindeutig bewiesen, dass sie dich mit Haut und Haaren will. Und ich wette, sie ist eine Granate im Bett. Zumindest sind ihre Sexszenen in dem Buch der Hammer.«

Tom atmete tief durch. »Okay. Ich fahre hin!«

»Braver Hengst!«

Tom grinste. Dann riss er Tina noch einmal in seine Arme. »Ich nehme einem Freund die Frau weg.«

Tina schüttelte den Kopf und löste sich aus der Umarmung. »Nein. Du kannst ihm nichts wegnehmen, was er nicht hat! Milly ist doch emotional gesehen schon längst nicht mehr bei ihm.« Tina gab ihm einen Klaps auf den Po. »Und nun beweg deinen durchtrainierten Hintern zu Milly!«

Grinsend fuhr ich über die Autobahn nach Hause. Das war ein Traum ganz nach meinem Geschmack. Auch mein innerer Prinz und Dornröschen saßen mit einem breiten Lächeln auf ihrer Bank im Rosengarten und hielten verliebt Händchen.

»So, Milly, und nun mach endlich was klar!«, befahl Luzifer 😈.

»Hör nicht auf den, Milly! Du musst Tom um den Finger wickeln«, widersprach Aurora 👸.

Wieso kann ich nicht lügen?

»Du bist so anders, Milly. Du siehst so FRUCHTBAR aus. Ich könnte dich vernaschen.« Paul tänzelte an mich heran und ich spürte, wie sich innerlich eine Mauer in mir aufbaute. Ich wollte nicht von Paul angetanzt werden.
Ich wollte auch nicht von Paul verführt werden.
Ich wollte von Tom angetanzt UND verführt werden.
»Paul, ich muss Frühstück machen«, versuchte ich, ihn abzuwehren.
»Ist irgendwas? Du…« Paul stutzte. »Hast du einen anderen?«
Lange blickte ich ihn an. Ich schaffte es kaum, ihm in die Augen zu sehen. Ich warf alle Vorsicht über Bord und versuchte, Schneewittchens Warnungen auszublenden. Ich konnte das einfach nicht länger für mich behalten. Ich konnte einfach nicht lügen - das hatte ich noch nie gekonnt.
»Nein. Aber ich hätte, wenn ich könnte.«
»›*Du hättest, wenn du könntest*‹? Dann hast du dich verliebt?« Paul bekam große Augen. »Du wirst lachen, aber das merke ich schon die ganze Zeit über. Du siehst so zum Anbeißen aus. Du machst dich so schick…«
»Ich mache mich doch nicht schick, Paul!«, widersprach ich. Ich hatte eines meiner ältesten T-Shirts an.

»Und ob du dich schick machst, Milly!«, wandte sich Aurora 👸 gegen mich.
»Genau, deine geilen Titten kommen in dem ollen Ding richtig gut zur Geltung. Sie sehen spitz aus. Und die Spitzen vom BH sieht man sogar durch den Stoff. Da muss ja wohl jeder Mann gleich an Sex denken! Super Auswahl,

Milly. Aber vielleicht solltest du das tragen, wenn Tom in der Nähe ist«, hielt Luzifer mir einen Vortrag.

»Doch. Du siehst schick aus. Du bist perfekt geschminkt. Deine Haare sitzen perfekt. Du hast dieses ganz besondere Strahlen im Gesicht. Kenne ich ihn?«, hakte Paul nach.
Eine Million Gedanken sausten nun durch mein Hirn. Heiliger Bimbam, was sollte ich sagen?

»Sag ihm, dass du Sex mit Tom haben willst«, feuerte mich Luzifer an.
»Quatsch! Sag ihm, dass du dich in Tom verliebt hast. Oder warte! Sag ihm, er kennt ihn nicht! Lüg ihn an!«, flehte Aurora. »Sonst brichst du ihm das Herz!«
»Blödsinn, Aurora! Das Herz bricht Milly ihm sowieso. Also kann sie auch gleich Fakten schaffen«, widersprach Luzifer.

»Wir kennen ihn beide schon lange«, wand ich mich um eine Antwort.
»WIR kennen ihn beide schon lange?«, wiederholte Paul. Es arbeitete in seinem Kopf, dann blickte er mich fast ein wenig erschrocken an. »TOM. Es ist Tom! Gott, du bist in Tom verliebt?«
»Ja.«
Ich hatte Mühe, dieses dämliche Verliebtheitsgrinsen aus meinem Gesicht zu kriegen, während Paul mich fassungslos anstarrte.
»Irgendwie habe ich das schon lange geahnt.« Paul grunzte. »Und ich bin schuld.«
»Hä? Warum das denn?«, platzte ich heraus.
»Ich habe dich praktisch in seine Arme getrieben. Ich habe dir ja sogar noch Fotos von Tom geschickt.«

»Als wenn das der Grund dafür wäre«, erwiderte ich verwundert. »Ich war schon vor fünf Jahren in diesem Gefühlszustand. Oder was meinst du, weshalb ich damals Schluss gemacht hatte?«
Paul riss es fast vom Stuhl. »Du warst damals schon in ihn verliebt? Du hast DESHALB Schluss gemacht? Ich dachte, das war, weil ich mich wie ein Arschloch aufgeführt habe.«
»Ja. Das kam erschwerend hinzu.«
»Das habe ich nicht gewusst.«
»Machen wir uns nichts vor, Paul, die ersten fünfzehn Jahre unserer Beziehung waren für mich eher eine Wüste. Du warst nicht in mich verliebt. Nicht eine Sekunde! Du warst die ersten zwei Jahre sogar in deine Ex-Freundin verliebt. Und wenn unser Erstgeborener nicht schon da gewesen wäre, wären wir nicht einmal mehr zusammen. Du hast deiner Ex-Freundin in meinem Beisein gesagt, dass du mich nicht liebst und meinem Dornröschen damit das zweite Mal eine Keule über den Kopf gehauen. Darum hast du mir auch keinen Heiratsantrag gemacht«, legte ich alle Fakten auf den Tisch. »Du hast mich nur geheiratet, weil deine Eltern es so wollten.«
»Ich weiß. Ich bin halt ein Spätzünder. Dafür liebe ich dich jetzt«, sagte Paul geknickt.
»Nein, Paul, du liebst mich nicht. Du willst nur nicht alleine sein. Du behauptest dir selbst gegenüber, dass du mich jetzt liebst. Das ist auch erst seit etwa fünf Jahren der Fall. Seitdem dir Gefahr droht, dass du alleine sein könntest. Aber das ist Angst vor Einsamkeit, das ist keine Liebe. Wir sind ZWANZIG Jahre zusammen. Du hast dich die ersten Jahre ÜBERHAUPT NICHT für mich interessiert. Du hast damals meinem inneren Dornröschen eins mit der Keule übergebraten, so dass es ohnmächtig

zusammengebrochen ist. Ich habe daraufhin auf Liebe verzichtet, um nicht alleine mit den Kindern dazustehen.« Ich hatte Magenschmerzen. Und gleichzeitig hatte ich wahnsinnige Herzklopfen, wenn ich an Tom dachte. Ich war im absoluten Gefühlschaos.
Was war, wenn ich einen Fehler machte?
Was war, wenn es richtig war, sein Dornröschen schlafen zu legen, weil man mit Liebe im echten Leben überhaupt nichts anfangen konnte? Vielleicht sollte ich auch meinen inneren Prinzen in der Dornenhecke verenden lassen? Andererseits war es doch wichtig, sich selbst zu lieben. Liebe für andere Menschen kam doch dann ganz von selbst.
Was war, wenn Tom der richtige Mann für mich war und ich jetzt einfach nur mutig sein musste? Oder wenn da draußen irgendwo ein anderer Prinz auf mich wartete?
Ich hatte meinem inneren Prinzen geholfen, sich durch meine dicke Rosenhecke zu kämpfen, damit er Dornröschen wachküssen konnte. Nun war ich so erfüllt von Dornröschens Liebe, dass ich diesen Zustand nicht wieder aufgeben wollte. Zum ersten Mal seit vielen Jahren war ich wirklich glücklich. Ich war so fröhlich und humorvoll wie schon lange nicht mehr.
Ich spürte, dass ich mein Innerstes mit Dornröschen schlafen gelegt hatte. Das wollte ich nicht mehr aufgeben. Ich war gerne lustig drauf und spürte diese enorme Energie.
Jetzt musste ich ›nur noch‹ tapfer durchhalten. Ich konnte doch nicht alles wieder hinschmeißen, nur weil es bequemer war, mit Paul zusammenzubleiben.

»Darum sollst du Tom ja auch ausführen«, bemerkte Aurora 👑. »So, wie das andere auch machen, die sich füreinander interessieren. Nur mit dem Unterschied, dass ihr

Familie im Hintergrund habt. Aber das Problem lässt sich immer lösen.«
»Genau, führ Tom aus und lass dich durchrammeln! Ich rieche Sex und Abenteuer. Tom ist sooo heiß!«, sagte Luzifer 😈 fast schon verzweifelt.

»Dann stehe ich jetzt also zwischen euch«, bemerkte Paul mit bierernster Miene.
»Naja, auch. Du, seine Frau und sein fehlender Mut.«
»Ich möchte dir aber nicht im Weg stehen. Ich möchte, dass du glücklich bist«, sagte Paul.
»Das ist ein feiner Zug von dir.«
»Nun, das wäre zumindest das, was ich dir zuliebe tun kann, nachdem ich die ersten fünfzehn Jahre so doof zu dir war«, sagte Paul lächelnd. »Ich verstehe allerdings nicht, warum Tom dich nicht will. Du bist doch eine tolle Frau.«
»Danke für das Kompliment.« Ich lächelte betreten. Seufzend fuhr ich fort: »Er will dir nicht in den Rücken fallen, weil er dich als Freund schätzt und ›lieb‹ hat. Vielleicht fehlt ihm auch einfach nur der Mut.«
»Wegen mir? Ich rufe ihn an!«
Ich sprang auf und ergriff seine Hand. »Bloß nicht! Vielleicht ist das auch nur eine Ausrede von ihm, damit er mich nicht verletzen muss, weil er mich in Wahrheit total scheiße findet!«
»Mir egal. Ich bin, ehrlich gesagt, froh, dass er es ist und nicht irgendein Idiot. Tom ist ein toller Mann. Ich wünsche dir nur das Beste.« Damit drehte sich Paul um und ging.
Ich fühlte mich jämmerlich und gleichzeitig doch unendlich erleichtert, als ich ihm hinterherblickte.

Traumtagebuch

Von weitem winkte ich Tom zu. Paul folgte mir mit den Kindern. Wir begrüßten Mario und während die zwei Männer quatschten, lief ich die Straße etwas weiter hoch zu Tom.

Tom umarmte mich.

Plötzlich quietschten Reifen neben uns.

Ein weißer Lieferwagen hielt und zwei bewaffnete Männer sprangen heraus. Am helllichten Tag, direkt vor der Polizeiwache.

Bevor ich reagieren konnte, hatte mich einer der Vermummten gepackt und hinten auf die Ladefläche geworfen. Ich bekam noch mit, dass Tom gegen einen der Männer kämpfte, Paul schrie, dass Mario die Kinder in die Polizeiwache bringen sollte, dann wurde Tom ebenfalls in den Lieferwagen geworfen und landete unsanft neben mir. Ich hörte Schüsse und einen Schrei. Die zwei bewaffneten Typen sprangen ebenfalls in den Wagen und schlugen die Tür zu. Mit quietschenden Reifen fuhren wir davon.

Ängstlich drückte ich mich gegen die Wand zum Fahrerhäuschen. Tom rappelte sich auf und krabbelte zu mir. Durch eine Schiebeluke zum Fahrerhäuschen kam etwas Licht ins Dunkle.

»Was haben Sie mit uns vor?«, fragte ich mit klopfendem Herzen.

Der Mann antwortete nicht in unserer Sprache.

»Was haben Sie mit uns vor?«, fragte ich in vier verschiedenen Sprachen, bis er schließlich antwortete.

»Was hat er gesagt?«, fragte Tom leise.

»Ich soll die Schnauze halten, sonst schlagen sie dir den Kopf ab.«

Tom schluckte. Schweigend legte er mir einen Arm um die Schultern.

Ich kuschelte mich in seine Halsbeuge. Aber nicht, um mit ihm Zärtlichkeiten auszutauschen, sondern um ihn etwas zu fragen. »Hast du deine Handfesseln und deine Waffe dabei?«

»Ja.«

»Verbinde unsere Handgelenke miteinander, damit sie uns nicht trennen. Schieb mir deine Waffe in den Stiefel!«

Das Auto fuhr rasant um eine Kurve und ließ die zwei Wachposten herumwirbeln. Tom nutzte den Moment, versenkte seine Waffe in meinem Schuh und verband uns mit seinen Handfesseln.

Nach wenigen Minuten hielt das Auto und wir wurden hinausgescheucht. Die Entführer waren gallig, dass wir mit Handschellen aneinander gefesselt waren, unternahmen aber glücklicherweise keinen Versuch, um uns zu trennen.

Wir wurden in ein anderes Auto verfrachtet und zum Hafen gefahren. Dort steckte man uns in einen Container mit einem Feldbett, einer Wolldecke, Wasserflaschen und einem Karton Keksen.

Fassungslos blickte ich mich um.

»Was haben die mit uns vor?«, fragte ich Tom leise, doch der zuckte nur mit den Schultern.

Der Container wurde verschlossen und auf ein Schiff verladen.
»Die wollen uns hier wochenlang drinnen lassen, oder?« Ich deutete auf die Vorräte.
Tom stöhnte verärgert.
»Wo hast du eigentlich den Schlüssel für die Handfesseln?«, fragte ich.
»An meinem Schlüsselbund.«
»Okay«, ich blickte ihn fragend an, »und wo ist der?«
»Auf Arbeit.«
»Na super!«
»Das war deine Idee, oder? Mach mir jetzt keine Vorwürfe!«
»Sie hätten uns bestimmt getrennt. Und wer weiß, ob sie dich nicht wirklich geköpft hätten. Sei froh, dass sie uns zusammengelassen haben. Ich bin froh! Alleine würde ich jetzt eine Krise kriegen!«
Frustriert ließen wir uns auf dem schmalen Feldbett nieder. Stundenlang saßen wir im Dunkeln, bis ich es vor Hunger und Durst nicht mehr aushielt. »Ich müsste mal aufstehen und was essen und trinken.«
Tom erhob sich und bediente sich auch. »Warum haben die uns entführt?«
»Bestimmt wollten sie, dass wir endlich ein Date haben«, witzelte ich.
Fand Tom aber gar nicht witzig.
Wir setzten uns wieder auf die Pritsche.
»Wie sollen wir hier eigentlich schlafen?«

»Du auf dem Bett, ich auf dem Boden!«, antwortete Tom ungehalten.

»Nein, das hältst du keine Stunde aus, Tom! Wir quetschen uns zusammen. Ich werde dich schon nicht belästigen. Wenn dich meine bloße Anwesenheit bereits belästigt, kann ich mich nur bei dir entschuldigen.«

Tom seufzte tief. »Entschuldige, dass ich so ungehalten bin. Ich war noch nie in so einer Situation. Ich habe Angst. Ich friere und ich kann mir bessere Dinge vorstellen, die ich machen könnte, statt hier mein Dasein zu fristen.«

Ich blickte mich im schwachen Lichtschein um, der von draußen durch ein vernetztes Loch strömte. »Wir sind auf hoher See. Wir müssen ausharren.« Ich nahm einen Zettel aus meiner Tasche und machte einen Strich.

»Wofür ist der?«

»Ich zähle die Tage.«

»Oh Gott! Du meinst, wir hängen hier ewig drin fest?«, fragte Tom verzweifelt.

»Ja. Genau das befürchte ich.« Ich schluckte. »Du willst das vielleicht nicht hören, aber jetzt wäre eine gute Gelegenheit, sich gegenseitig das Herz auszuschütten. Wir können über Gott und die Welt reden. Über unsere Hobbys, Angewohnheiten, Ticks, Vorlieben, Abneigungen...«

»Du könntest auch einfach die Klappe halten.«

Ich schwieg.

Super!

Nun saß ich neben meinem Superhelden und der pampte mich nur an. Ich schloss die Augen und stellte mir vor, ich wäre irgendwo mit ihm im Paradies und er wäre entspannt.

Nach einer gefühlten Ewigkeit stupste Tom mich mit der Schulter an. »Schläfst du schon?«

»Nein, ich stelle mir gerade vor, ich wäre mit einem netten Mann entführt worden und nicht mit so einem Arschloch wie dir!«

»Entschuldige, Milly! Diese Entführung kam etwas unverhofft. Ich bin offenbar nicht ganz so stresstauglich wie du.«

»Ich versuche nur, das Beste aus der Situation zu machen. Wir werden vermutlich Tage hier sitzen«, sagte ich nachdenklich, »also ist es doch sinnvoller, sich die Zeit zu vertreiben, als Trübsal zu blasen. Es hätte schlimmer kommen können.«

»Echt? Was wäre denn bitte schlimmer, als angekettet in einem Container auf hoher See zu hocken?«, hakte Tom nach.

»Die Entführer hätten uns in ein Haus ohne Vorräte sperren können, wo sie uns regelmäßig foltern. Sie hätten uns tatsächlich die Köpfe abschneiden können. Aber so, wie ich das sehe, ist keiner von denen hier! Wir sind also einigermaßen in Sicherheit.«

»Ich bin wahnsinnig müde«, sagte Tom plötzlich.

»Okay, dann lass uns versuchen, gemeinsam auf dieser Liege zu schlafen«, schlug ich vor.

Wir legten uns gleichzeitig hin und zogen die Decke über uns. Das Schaukeln versetzte uns schnell in Tiefschlaf.

Irgendwann wachte ich fröstelnd auf.

»Ist dir kalt?«, fragte Tom leise.

»Ja, sehr«, antwortete ich.

Tom legte seine Arme um mich und drückte mich fest an sich. Er nestelte seine Nase in meine Halsgrube und war schnell wieder eingeschlafen. Ich starrte noch einen Augenblick vor mich hin, dann schlief auch ich wieder ein.

Als ich wieder erwachte, spürte ich etwas Hartes an meinem Hintern. »Wo ich dich gerade spüre, fällt mir ein, dass wir ja auch noch andere Bedürfnisse haben. Wo sollen wir eigentlich auf Toilette gehen?«

Tom grunzte. »Mist! Entschuldige, die Morgenlatte kann ich nicht abstellen. Das war keine Anmache.«

»Schade!«

Tom lachte leise. »Du gibst wohl nie auf, was?«

»Nein.« Ich räkelte mich. »Übrigens ist dort vorne ein Plumpsklo. So was hatten wir früher im Schrebergarten.«

»Super, dann wird es zwar peinlich, aber es wäre schlimmer, wenn es hier drinnen anfängt zu stinken wie in einer Klärgrube«, gab Tom zu.

Wir setzten uns abwechselnd auf die Toilette, wobei ich aus Scham tausend Tode starb.

Danach tranken wir Wasser und aßen Kekse.

»Sieh mal! Sie haben uns sogar eine Zahnbürste und Zahnpasta hingelegt. Dann wollten sie uns zumindest mit schönen Zähnen sterben lassen«, witzelte ich.

Wir teilten uns die Zahnbürste und fühlten uns gleich etwas menschlicher.

Nach ein paar Tagen fing Tom doch an zu erzählen.

Wir quatschten und quatschten und quatschten.

Der Gesprächsstoff schien uns gar nicht auszugehen.

Am dreißigsten Tag kamen wir morgens gar nicht von der Liege herunter. Keiner von uns wollte aufstehen. »Wir sollten nochmal durch den Container laufen, um uns einigermaßen fit zu halten«, schlug ich vor. Dieser Container hatte mein schönes Fitnessprogramm total zerstört. Hatte ich vor fast drei Wochen noch eine Stunde joggen können, so hielt ich es jetzt gerade mal fünf Minuten im Stehen aus. Meine mühsam aufgebauten Muskeln hatten sich ins Nirwana verabschiedet.

»Fitness könnten wir auch anders vollführen«, flüsterte Tom plötzlich mit tiefer Bettstimme.

Ich lächelte. »Von hinten?«

»Mmh«, summte Tom wohlig. »Von hinten, von vorne, seitlich. Mir ist alles recht.«

»Ich weiß nur nicht, ob die Liege nicht zusammenkracht, wenn wir uns darauf lieben.«

»Lieben?«

»Ficken«, definierte ich näher.

Tom drehte mich um und küsste mich.

»Super! Seit fast vier Wochen hängen wir in diesem Container. Am ersten Tag sah ich noch phantastisch aus, und vermutlich roch ich auch phantastisch. Nun fühle ich mich ungepflegt und wie die letzte Ratte auf Erden und du denkst an Sex«, beschwerte ich mich.

Tom lachte leise. »Entschuldige! Ich brauchte etwas Zeit zum Aufwärmen.«

Ich verdrehte die Augen. »Das habe ich irgendwo schonmal gehört.«

Tom ließ seine Finger über meine Hüfte gleiten. Ich genoss die Berührung und schloss die Augen.

»Darf ich?«

»Ja.«

Tom schob meinen Slip beiseite und nahm mich von hinten. Ich genoss jeden Stoß, auch wenn ich mich noch nie so ungeduscht gefühlt hatte.

Wir waren kaum fertig, als ein Ruck durch das Schiff ging. Wir hörten Stimmen. Quälend langsam standen wir auf und schauten nach draußen.

»Ein Hafen! Tom, wir sind am Ziel!«

»Endlich duschen!«

Die Container wurden abgeladen.

»Sollen wir auf uns aufmerksam machen?«, fragte ich geschwächt.

Tom überlegte kurz, dann nickte er. »Ja. Aber vorher gibst du mir meine Waffe.«

Ich angelte die Waffe aus meiner Tasche.

Stimmen ertönten. Dann wurde auch unser Container abgeladen. Tom rief durch das Netz nach draußen. »Hallo! Können Sie uns hören?«

Nach einigen Minuten kam jemand und öffnete den Container. Er war unbewaffnet. Ein Dolmetscher wurde geholt. Unser Vorteil war, dass Tom aussah wie ein Scheich. Man brachte uns in einen Palast, wo wir uns duschen, rasieren und kleiden durften. Auch die Handfesseln wurden entfernt. In der Zwischenzeit rief man die Polizei in Deutschland an. Ein Arzt checkte uns durch. Wir bekamen zu essen und dann brachte man uns in ein Zimmer, in dem wir warten sollten.

»Du glaubst gar nicht, wie gut die Dusche getan hat«, sagte ich erleichtert.

Tom nickte. Er winkte mich zu sich. »Du bist dünn geworden.«

Ich lachte auf. »Ich hatte etwas mehr Speck auf den Rippen, aber du hattest überhaupt nichts zuzusetzen. Du siehst aus wie ein wandelndes Skelett.«

Tom lächelte. Dann zog er mich in seine Arme und warf mich aufs Bett.

Er streichelte über meine Beine und liebkoste mein Höschen. »Du siehst aus wie eine Prinzessin aus Tausend und einer Nacht.«

»Ja, schicke Kleidung, die wir gestellt bekommen haben. Aber du siehst auch aus wie ein Prinz«, gab ich zu. »Wie kommt es, dass du gerade versuchst, mich zu verführen?«

Tom zuckte mit den Schultern. »Erleichterung. Neugier. Lust. Über vier Wochen waren wir in dem Container aneinandergekettet. Ich habe das Gefühl, dich zu kennen und doch fehlt noch etwas. Ich will mit dir schlafen, Milly!«
Statt zu antworten, zog ich ihn zu mir runter und ließ ihn kurz darauf in mich eindringen.
Eine Stunde später waren wir bei der Pressekonferenz. Wie die Tiere wurden wir vorgeführt. Alle glotzten uns an. Die beiden Entführten, die überlebt hatten. Die Presse hatte ihre helle Freude an uns.
Von einem Dolmetscher erfuhren wir, dass einer der Entführer Paul erschossen hatte.

»Milly, das ist total geschmacklos«, rümpfte Aurora 👸 die Nase.
»Ach was, das löst doch schon mal ein Problem. In Träumen ist alles erlaubt, Engelchen«, widersprach Luzifer 👿.
»Nee, nee, Milly, ändere das! Trenn dich, aber wünsche ihm nicht den Tod. Er ist der Vater deiner Kinder.« 👸

...Von einem Dolmetscher erfuhren wir, dass Paul angeschossen worden war, aber im Krankenhaus hatte gerettet werden können. Es dauerte nicht lange, dann hatte man uns so weit aufgepeppelt, dass wir reisefähig waren und nach drei weiteren Tagen flog man uns zurück nach Deutschland.

»Und wo ist die Pointe?«, fragte Luzifer enttäuscht.
»Milly, bist du ausgebrannt? Du hättest Tom doch tagein tagaus im Container und auch noch danach DURCHVÖGELN können. Was ist mit dir los? Boah, war das langweilig!«
»Luzifer! Lass sie! Milly braucht bestimmt mal eine Tüte Schlaf.«
»Das glaube ich auch.«

Müde ging ich Zähneputzen und fiel wie ein Stein ins Bett. Meine Energie war gerade am Ende. Ich brauchte dringend eine Tankstelle. Auch mein Prinz und Dornröschen lagen wie erschlagen auf dem Rosenbett.

Tu ich's, oder nicht?

Als Schneewittchen mir grünes Licht gab, war mein Buch nicht nur bei den ersten Verlagen eingetrudelt, einer hatte sich sogar gleich zurückgemeldet und wollte das Buch vermarkten. Ich hatte gar nicht glauben können, dass sich jemand dafür interessierte. Schnell unterzeichnete ich den Vertrag und damit war mein Manuskript bereits auf dem Weg in die Druckerpresse.

In den letzten Wochen hatte ich immer wieder darüber nachgedacht, was ich Tom schreiben könnte, ohne plump rüberzukommen, doch mir wollte beim besten Willen nix einfallen. Ich wollte ihm das Buch unbedingt schicken, aber kommentarlos?

»Ich habe dir gesagt, Milly, du sollst gleich mit der Tür ins Haus fallen. Schreib ihm, dass du an seinen athletischen Körper ran willst«, meldete sich Luzifer 😈 zu Wort.

»Um Gottes Willen, bloß nicht!«, schrie Aurora 👸.
»Schreib ihm was Poetisches. Etwas mit Humor.«

Luzifer 😈 verdrehte die Augen. »Poesie! Das ist jawohl so was von langweilig! Hast du schon mal einen poetischen Porno gesehen? Ich nicht, und das aus gutem Grund.«

»Ach so? Warum?« 👸

»Sex und Poesie passen einfach nicht zusammen.« 😈

»Warum nicht?«, überlegte Aurora 👸.

»Warte…*Oh du geile Titte, komm in meine Mitte, lass mich dich saugen und lecken und dann hemmungslos decken*…Wie klingt das?« Fragend schaute Luzifer 😈 das Engelchen an.

Aurora 👑 rümpfte die Nase. »Das ist das Schrecklichste, was ich je gehört habe.«
»Bingo! Und aus diesem Grund passen Sex und Poesie nicht zusammen.« 🐸

»Jetzt gibt es kein Zurück mehr, Milly«, sagte Schneewittchen am Telefon.
»Ich weiß. Das Buch ist in den nächsten Tagen überall im Buchhandel erhältlich. Aber niemand außer dir und mir weiß, dass das eine wahre Geschichte ist.«
»Hm.«
»Bist du anderer Meinung?«, fragte ich überrascht.
»Ja. Das Buch ist so intensiv, dass jeder sofort wissen wird, dass es echt ist. Das sind echte Gefühle, Milly«, sagte Schneewittchen.
»Ach was!«, winkte ich ab. »Ich habe überlegt, es Tom zu schicken. Was meinst du dazu? Tue ich's, oder nicht?«, platzte ich heraus.
»Was?« Schneewittchen verschluckte sich und hustete fürchterlich. »Dein Ernst?«, röchelte sie.
»Ja. Ich habe es ja schließlich für ihn geschrieben. Meinst du, er ist sauer, wenn er es liest?«, fragte ich fast ein wenig unsicher. Ich wollte ihn ja keinesfalls gegen mich aufbringen, sondern eher für mich interessieren.
Schneewittchen hatte sich wieder beruhigt und atmete etwas schwer. »Milly, dieses Buch ist eine Offenbarung. Es ist eine unglaubliche Liebesgeschichte. Shakespeare wäre neidisch! Wenn Tom sauer auf dich ist, weil du dieses Buch so wahnsinnig ehrlich geschrieben hast, dann ist er keine einzige Träne wert. Er sollte stolz sein, dass sich jemand so für ihn interessiert, dass ihn jemand so sehr

vergöttert. Und er sollte sich geehrt fühlen, weil er in einem Buch vorkommt. Ich tue es!«
»Du bist die Beste, danke!«
»Dann schickst du es ihm?«
»Ja. Ich überwinde meinen inneren Schweinehund!«

»Hey, wo soll der denn nun wieder sein? Ich glaube, so langsam pfeift meine Großmutter! Milly, hier ist kein Platz mehr! Ich brauche gaaaanz viiiiiiel Platz, Aurora ist noch da und du behauptest ja, hier turnt noch irgendwo ein Prinz herum, der hinter irgendeiner Dornenhecke eine Prinzessin geweckt hat. Wo soll jetzt bitte noch ein Schweinehund stecken?«, raufte sich Luzifer 😈 die Haare.
Aurora 👸 lachte leise. »Ich glaube, damit meinte sie dich!«
»Was? Niemals! Sehe ich aus wie ein Hund? Ich bin ein schöner Teufel!« 😈

Traumtagebuch

»Tom, du hast Post!« Toms Kollege reichte Tom ein Paket.
»Für mich?« Verwundert nahm er es entgegen und sah gleich den Absender. Mit hochrotem Kopf legte er es in die Schublade.
»Willst du es nicht öffnen?«
»Doch. Später.«
»Soll ich rausgehen? Heimliche Liebe?«, witzelte Toms Kollege. Tom schnitt eine Grimasse. »Quatsch!« Stöhnend nahm er das Paket wieder an sich und öffnete es. Er brachte das Buch zutage. »Milly Dreizack.« Er öffnete den Umschlag und bestaunte das Cover. »Nettes Cover.«

»Du hast ein Buch geschickt bekommen? Wow! Mir hat noch keine Frau ein solches Geschenk gemacht. Wer ist sie? Kenne ich sie?«, fragte Toms Kollege.

»Du kennst sie nicht. Es ist nur von der Frau eines ehemaligen Kollegen«, wimmelte Tom ihn ab.

»Zeig mal!« Staunend betrachtete der Kollege das Buch. »Sieht gut aus. Viel Spaß beim Lesen!«

»Ich bin auf Arbeit.«

»Ich weiß, aber du wirst jawohl die ersten Seiten mal anlesen können, oder? Pack es einfach zwischen die Akten!«

Tom nickte. Er legte das Buch zwischen eine offene Akte und schlug die erste Seite auf.

›Für dich, Tom! Bitte hasse mich nicht, weil ich einen Teil von dir liebe.‹

Staunend las Tom die Zeile immer und immer wieder durch. Wieso sollte er Milly hassen? Er las die ersten Seiten der Geschichte und grämte sich fürchterlich. Gott, was hatte Milly da nur verzapft, dachte er sich. Das lesen vielleicht Millionen von Menschen und sie schüttete einfach ihr Herz aus. Was würde Paul dazu sagen? Er würde ihn, Tom, dafür hassen, dass sich seine Frau in ihn verliebt hatte!

Tom nahm das Handy und wählte ihre Nummer. »Milly? Hier ist Tom.«

»Hi Tom! Das ist ja ein Ding, dass du mich anrufst.«

»Ich rufe dich nicht an, weil ich etwas von dir will«, fuhr er Milly brüsk an.

Milly schluckte.

»Ist das Buch schon veröffentlicht? Kannst du das wieder rückgängig machen? Hat Paul es schon gesehen?«, plapperte Tom nervös drauf los.

»Erstens: Ja, das Buch ist schon veröffentlicht. Zweitens: Ich kann alles rückgängig machen, aber ich tue es nicht. Das ist meine Liebeserklärung an dich und…«

»Genau, an mich. Aber nicht für eine Million Menschen«, unterbrach Tom Milly verärgert. »Da hätte es doch gereicht, du schickst mir den Text per Mail.«

Milly räusperte sich. »Das ist doch Blödsinn, Tom! Erstens werden das niemals so viele Leute lesen und zweitens weiß niemand, dass es meine echten Gefühle sind. Es sieht aus wie irgendeine Geschichte. Niemand wird wissen, dass es dich in Echt gibt.«

Tom holte tief Luft. »Wenn meine Frau von dem Buch Wind bekommt, habe ich eine Menge Ärger zuhause. Von Paul will ich gar nicht reden. Er wird mich hassen. Ich bin sein Freund!«

»Das tut mir leid, Tom. Paul liest keine Bücher. Auch nicht meine. Er wird gar nicht auf die Idee kommen, das Buch zu lesen. Ich dachte, ich mache dir damit eine Freude.«

»Neeeein, ganz bestimmt nicht. Ich freue mich nicht.«

»Okay. Dann gehe ich davon aus, dass wir uns nicht wiedersehen werden, oder? Oder triffst du dich jetzt mit mir?«, fragte Milly schüchtern.

»Keine Chance.«

»Nicht einmal ein kleines Mittagessen?«

»Keine Chance.«

»Okay. Dann danke ich dir für deinen Anruf. Verbrenn das Buch einfach!« Fast ein wenig wütend beendete Milly das Gespräch.

Nachdenklich saß Tom an seinem Schreibtisch und drehte das Buch von einer Seite auf die andere. Noch während er damit beschäftigt war, kam seine Frau hereinspaziert. »Hallo Tom!«

»Hallo!« Eilig klappte Tom eine Akte auf und ließ das Buch darin verschwinden. Doch Tina hatte es bemerkt. »Was versteckst du denn da vor mir?«

»Nur ein Buch. Nicht so wichtig«, winkte Tom ab.

»Nun zeig schon, sei kein Frosch!«

Widerwillig holte Tom das Buch aus der Akte und hielt es in die Höhe.

»Ha! Witzig! Das Buch hat mir gerade eine Freundin empfohlen. Sie meinte, es sei großartig und ich müsste es unbedingt lesen«, lachte Toms Frau. »Wenn du es nicht mehr liest, kann ich es ja dann ausleihen, oder?«

»Bloß nicht«, winkte Tom ab. »Es ist furchtbar. Reine Zeitverschwendung. Ich werde es meinem Kollegen schnellstmöglich wiedergeben.«

Toms Kollege nickte. »Ja, ich brauche es dringend wieder.«
»Hm. Ich werde es trotzdem lesen. Manu meinte, es sei nicht nur eine tolle Liebeserklärung, sondern es wären auch phantastische Sexszenen darin. Dann kaufe ich es mir eben.«
»Seit wann interessierst du dich für Erotikromane?«, fragte Tom perplex.
»Tue ich gar nicht. Aber wenn Manu es gelesen hat und weiterempfiehlt, muss es gut sein. Bis später also!« Tina winkte Tom zu, ohne eine Antwort abzuwarten. Stöhnend ließ Tom seinen Kopf auf den Schreibtisch sinken.
»Alles okay?«, fragte Toms Kollege.
Tom grunzte nur. »Nee.«
»Ist das Buch soo schlimm?«
»Keine Ahnung. Ich habe nur den Anfang gelesen.«
»Dann lies mehr! Vielleicht gefällt es dir ja…«
Tom verdrehte die Augen. »Okay. Aber es wird mir bestimmt nicht gefallen…«

»Milly, wie kannst du nur so etwas träumen? Was sollen dieser olle Prinz und sein doofes Prinzesschen dazu sagen?«, fragte Luzifer 👿 erschrocken.
»Vielleicht ist das gar kein Traum, sondern eine Vorhersehung«, mutmaßte Aurora 👸.
»Meinst du? Dann ist unsere Milly richtig am Arsch.« 👿

Was ist, wenn Tom wirklich wütend wird, weil ich über ihn geschrieben habe? Gott, was sollte ich bloß machen?

Abschicken und auf eine Reaktion hoffen, oder es ins Regal stellen und darauf hoffen, dass Tom niemals Kenntnis von dem Buch erlangt?

»Nun schick das Manuskript ab! Du hast so lange daran gesessen, er MUSS es lesen!«, munterte Aurora 🐱 mich auf. »Es ist deine einzige Chance, noch einmal von ihm zu hören.«
»Genau. Außerdem sind geile Sexszenen darin«, bestätigte Luzifer 🐱.

»Okay, ich bin tapfer! Aber ich schicke es erst ab, wenn ich das Buch vom Verlag bekommen habe. Das Manuskript ist zu wenig.« Ich riss mich zusammen, legte das Manuskript in einen Karton und schob diesen ins Regal.

Nix Liebe

»Wieso reduziert sich das Leben auf nur einen einzigen Gedanken, wenn man verliebt ist?«, wandte ich mich an Schneewittchen.

»Wie meinst du das?« Meine Freundin entblößte ihre Brust und legte ihre Tochter an, die erst vor kurzem das Licht der Welt erblickt hatte.

»Ich stehe morgens auf und schaue auf meinem Handy, ob eine Nachricht von Tom da ist, was natürlich nicht der Fall ist. Dann ziehe ich mich an und stelle mir vor, was er sagen würde, wenn er mich sehen würde. Ich gehe ins Bad, putze Zähne, kämme meine Haare und schminke mich. Selbst dabei achte ich darauf, gut auszusehen, weil ich ja Tom treffen könnte, der hunderte von Kilometern entfernt ist. Total bescheuert!« Ich nahm einen Schluck Tee. »Überall auf der Straße halte ich nach ihm Ausschau, obwohl er gar nicht hier sein kann. Zehnmal am Tag stelle ich mir vor, dass ich ihm begegne. Ich lande stets in seinen Armen. Mal leidenschaftlich, mal einfach nur wahnsinnig verliebt. Was soll ich nur tun? Ich bin verzweifelt.«

»Süße, es sind doch schon Monate vergangen, seitdem du ihn zuletzt gesehen hast. Noch nicht besser geworden?«

»Besser?«, rief Luzifer und schlug die Hände entsetzt über dem Kopf zusammen. »Milly lebt in ihrer Traumwelt. Es vergeht kaum ein Tag, an dem sie nicht an Tom denkt und sich in seine Arme träumt! Aber wo bleibt das echte Leben? Der echte Sex?«

Aurora verdrehte die Augen. »Luzifer! So etwas nennt man Liebe! Und dafür hat Milly schließlich Dornröschen wachküssen lassen.«

»Nee, so etwas nennt man plemplem. Milly soll endlich Nägel mit Köpfen machen. Sie sollte Tom aufsuchen und ihn so lange bezirzen, bis er nachgibt. Das nennt man ›*kämpfen*‹«, betonte Luzifer 😈 und streckte Aurora die Zunge raus. »Aber davon hast du natürlich keine Ahnung. Bei dir trudeln ja alle freiwillig ein.«

»Das ist gemein«, sagte Aurora 👸 und verschränkte wütend die Arme vor der Brust.

»Nein. Paul hat mich gefragt, was los ist.«
»Und? Hast du ihm die Wahrheit gesagt?«, fragte Schneewittchen und hielt den Atem an.
»Ja. Ich kann einfach nicht lügen. Deshalb kann ich ihn auch nicht betrügen. Ich bin einfach eine viel zu ehrliche Haut«, ich begutachtete meine Fingernägel.
»Aber mit Tom hättest du ihn betrogen, ohne es ihm zu erzählen?«
Ich lächelte. »Nein, das hätte ich nicht! Gott, ich wünschte, ich hätte nur den Hauch einer Chance, Toms Freundin zu werden! Ich würde sie ergreifen.«
»Milly, das ist total verrückt! Tom will dich nicht.«
»Danke für deine Ehrlichkeit«, grunzte ich.
»Und was hat Paul dazu gesagt?«, wollte Schneewittchen wissen.
»Zuerst hat er Witze gerissen, doch dann ist ihm das Lachen vergangen. Er hat gemerkt, dass es mir ernst ist und war ein wenig bedröpst. Schließlich meinte er, es war ihm schon die ganze Zeit klar, dass sich unsere Wege trennen würden. Ich passe einfach nicht in seine Heimat. Und er will nicht zurück nach Hamburg.«
»Ich will auch nicht, dass du nach Hamburg ziehst«, murrte Schneewittchen.

Ich streichelte das Köpfchen ihrer Tochter. »Ich komme dich ganz oft besuchen. Versprochen!«
»Und das wird nicht gebrochen! Du wirst mir sooo fehlen!« Schneewittchen umarmte mich.
»Du wirst mir auch fehlen. Aber ich muss es tun. Ich muss einfach zurück. Ich will hier nicht alt werden.«
»Dann habt ihr euch getrennt?«, fragte meine Freundin mit Dackelblick.
»Ja.«
»Und die Kinder?«
»Die waren erstaunlich tapfer. Die zwei großen ziehen eh bald aus und die beiden Kleineren nehme ich mit.«
Plötzlich piepte mein Handy.
Ich wollte eigentlich nicht draufgucken, aber dann sah ich doch Pauls Namen aufblitzen. Neugierig öffnete ich die App.

›*Ich habe Tom angeschrieben.*‹

›*Ehrlich😳? Und was hast du geschrieben?*‹

Paul leitete mir die Nachricht weiter, die er an Tom verschickt hatte.

›*Milly hat mir gerade etwas gestanden... Du kannst Dir sicherlich denken, um was es geht. Sie hat mir offen gelegt, dass sie sich in dich verliebt hat. Sie hat wohl schon länger Gefühle für dich. Jetzt ist es aber so, dass sie sich gerne mit dir treffen möchte, um herauszufinden, ob ihr "miteinander könnt". Du weißt schon, wie ich das meine. Milly erzählte mir auch, dass du aus Rücksicht vor unserer Freundschaft abgelehnt hast. Das ehrt dich wirklich sehr. Du bist mein Ritter 🙏, nützt mir aber jetzt, wo es raus ist, überhaupt nichts. Es wäre ein Zustand, der für Milly unerträglich wäre. Vielleicht für dich auch... für mich sowieso. Ich gebe dir/euch meinen Segen. 🖖 Das meine ich ehrlich so, wie ich es hier schreibe. Bin auch im Vollbesitz meiner geistigen Kräfte und bei 0,0 Promille 😉. Findet heraus, ob ihr euch öfter treffen möchtet und mehr Zeit miteinander verbringen wollt. Wenn es bei dir auch schon gefunkt hat, dann möchte ich euch nicht im Weg stehen. Freundschaft hin oder her, Liebe ist nun mal stärker.‹*

Ich war schwer beeindruckt.
Ich war quasi überwältigt von Pauls offenen Worten.

»Da ist wohl eher Paul der edle Ritter, was?«, sagte Aurora 👸 nicht weniger bewegt.
»Ich bin sprachlos. Hätte ich Paul nie zugetraut. Was machen wir jetzt, Milly?«, fragte Luzifer 😈 zum ersten Mal ratlos.

Ich war mir nicht sicher, ob ich die Antwort wirklich hören wollte, obwohl ich natürlich andererseits brannte vor Neugier.

›*Und? Hat er geantwortet* 😱 *?*‹

»*Ja. Aber ich weiß nicht, ob ich dir das zeigen darf.*‹

Ich verdrehte innerlich die Augen.

Ich wusste zwar, dass Tom sein Freund war und man auch zwischen Freunden unbedingt Geheimnisse bewahren sollte, aber war das hier nicht irgendwie lebenswichtig? Ängstlich zogen mein Prinz und Dornröschen die Köpfe ein.

»Das ist elementar, Milly! Überzeuge ihn, dass du die Antwort zu Gesicht bekommst«, drängte Aurora 👸.
»Genau. Schließlich müssen wir doch wissen, ob es etwas mit dem Sexabenteuer wird«, stimmte Luzifer 😈 zu.
»Luzifer! Wir wollen kein Abenteuer, wir wollen Romantik«, widersprach Aurora 👸.
Luzifer 😈 winkte ab. »Romantik wird überschätzt. Das ist oller Weiberkram.«

›Ich bitte dich darum, es mir zu sagen. Ich bin es leid, im Dunkeln zu tappen. Und Tom ist mir gegenüber leider nicht direkt genug.‹

Die Antwort kam und ich musste zugeben, sie gefiel mir überhaupt nicht.

›Lieber Paul, deine Frau hat sich da in was verrannt... Nix Liebe oder so. Ich mag sie, aber mehr auch nicht. Lass den Kopf nicht hängen.‹

Mir brannte das Gesicht wie Feuer.

»Daran bin ich schuld, Milly! Ich schäme mich so! Dann vergehe ich immer vor Hitze«, rief Luzifer 😈 aufgebracht. Er schlug sich die Hände vors Gesicht und jammerte.

»Das war mehr als deutlich. Milly, er will uns nicht«, flüsterte Aurora 👸 erschüttert. »Dabei war er so ein edler Prinz! So ein Bild von einem Mann. Und so humorvoll, locker und charmant. Aber du bist nur eine von vielen, mit denen er durch tiefe Blicke und nette Sprüche flirtet.« Auch Aurora 👸 schlug sich die Hände vors Gesicht.

Das hätte ich am liebsten auch getan. Ich fühlte mich furchtbar. Meine Traumwelt stürzte ein wie ein Kartenhaus. Es war, als hätte mir jemand eine heftige Ohrfeige verpasst. Dornröschen fiel augenblicklich in Ohnmacht und mein Prinz lag schluchzend daneben.
»Snow, ich bin so eine Versagerin! Was habe ich eigentlich im letzten oder in diesem Leben verbrochen, dass ich so ein schlechtes Karma ausbaden muss? Mein Name steht für Erfolglosigkeit, Unterdurchschnittlichkeit, Uninteressantheit und Hässlichkeit. Ich kann gar nicht sagen, wie oft ich mich schon aufrappeln musste. Nur um aufzustehen und wieder niedergetreten zu werden. Ich komme langsam zu der Ansicht, dass hier auf diesem Erdball kein Platz für mich ist.«
Schneewittchen reichte mir einen Schokoladenriegel. »Iss das! Schokolade ist gut für die Seele. Und sag NIE WIEDER, dass du hässlich bist oder auf dieser Erde keinen Platz hast! Dann werde ich richtig sauer. Und ich werde NIE sauer! Du bist nichts von alledem. Und wenn dieser Tom das nicht sieht, ist er ein Idiot!« Sie rückte zu mir und legte mir einen Arm um die Schultern, um mich an sich zu drücken. »Ich habe große Achtung vor deiner Lebensleistung. Du hast vier tolle Kinder fast groß gezogen, und ein wundervolles Buch geschaffen. Irgendwann kriegst du auch noch deinen Pulitzerpreis. Dein beruflicher Durchbruch kommt bestimmt. Du musst nur weiter

fest an dich glauben. Und weiter an dir arbeiten. Du bist weder hässlich, noch uninteressant. Dieser Tom ist bestimmt nichts für dich. Vielleicht würdet ihr innerhalb kürzester Zeit feststellen, dass ihr euch auf die Nerven geht. Und genau darum bringt euch der Sachbearbeiter im Universum auch nicht zusammen. Amor hat dich versehentlich getroffen. Das war ein Fehlschuss. Warte ab und er wird dir und deiner zukünftigen, zweiten Hälfte noch den Liebespfeil verpassen!«

Ich schniefte. »Ich hätte gerne selbst herausgefunden, ob wir zusammengepasst hätten. Aber Paul meinte schon, Tom flirtet mit jeder Frau so wie mit mir. Ich bin nichts Besonderes. Ich bin nur eine von vielen. Nur habe ich das nicht erkannt und mich wie etwas Besonderes gefühlt.«

»Und wenn du nochmal persönlich mit Tom redest?«, schlug Schneewittchen vor.

Ich schüttelte den Kopf. Leise rollten mir die Tränen übers Gesicht. »Nein, ich dränge mich ihm doch nicht auf! Das geht nicht. Ich kann ihm sowieso nicht mehr unter die Augen treten. Wie peinlich ist das Ganze bitte für mich! Ich habe ihm mein Herz zu Füßen gelegt und er wollte es gar nicht haben.«

»Er weiß halt nicht zu schätzen, was du für eine tolle Frau bist«, versuchte Schneewittchen mich aufzumuntern.

»Das weiß niemand außer Paul. Und er ist ein Nerd. Wieso stehen eigentlich nur die Nerds auf mich? Weißt du, was das heißt, wenn nur Nerds auf einen stehen?«

»Nee, ehrlich gesagt, weiß ich das gerade nicht.«

»Das bedeutet, dass man selbst ein Nerd ist. Man ist selbst unbedeutend, erfolglos, nicht hübsch genug, nicht gut genug…Gott, die Liste ist endlos.« Ich angelte mir ein Taschentuch aus der Tasche.

Schneewittchen lächelte und gab mir einen Kuss. »Süße, lass den Kopf nicht hängen. Tom und Paul sind nicht die einzigen Männer auf diesem Erdball. Da draußen laufen noch ganz viele tolle Männer herum. Du brauchst nur ein Goldschürfersieb, damit dir die Schlechten durchs Netz fallen und du die Goldstücke auffangen kannst.«
»Super Tipp! Fragt sich nur, wie ich an so ein Goldschürfersieb herankomme!«
»Wir werden danach suchen und bald schon wirst du eine glücklich verliebte, wunderhübsche, erfolgreiche Milly sein, das verspreche ich dir!« Schneewittchen drückte mich erneut an sich. »Und jetzt werden die Tränen getrocknet! Wenn Tom nicht sieht, was ihm mit dir entgeht, ist er nicht eine Träne wert! Hör mal, was ›die Ärzte‹ dazu sagen…« Sie schaltete ihr Handy an und spielte mir den Refrain vom Song ›Zu spät‹ vor.
»*Doch eines Tages werd' ich mich rächen, ich werd' die Herzen aller Mädchen brechen, dann bin ich ein Star, der in der Zeitung steht und dann tut es dir Leid, doch dann ist es zu spät…*« Schneewittchen grinste. »Und genau so wird es dir ergehen! Nur, dass du die Herzen der Männer brechen wirst.«
»Wenn du das sagst! Momentan fühle ich mich überhaupt nicht wie eine Herzensbrecherin! Ich habe eher das Gefühl, ich stolpere nur noch auf falschen Wegen. Oder will das Universum meine Grenzen testen?«
»Halte durch, Süße! Hinter den Wolken taucht die Sonne auf. Tu uns beiden den Gefallen und warte auf die Sonne!«
Fahrig wischte ich mir über die brennenden Wangen. »Okay, Snow! Danke!« Ich putzte mir die Nase. »Apropos, Sonne! Weißt du, was mich wirklich nervt?«
»Nein, was?« Geduldig blickte Schneewittchen mich an.

»Seitdem ich Paul reinen Wein eingeschenkt habe, geht er mehrfach die Woche zum Sport, hält Diät und ist wahnsinnig freundlich, fast schon sonnig. Er trifft sich sogar mit längst vergessenen Freunden aus Schulzeiten. Dazu ist er geradezu rührend um mein Glück besorgt. Die letzten Monate aber konnte ich reden und reden, aber er hat mich immer nur angemotzt, ist nie zum Sport gegangen und hat überhaupt nicht mehr auf sich geachtet. Freunde hat er seit Jahren nicht mehr besucht. Jetzt, wo ich nicht mehr will, gibt er sich wahnsinnige Mühe. Das ist doch echt zum Haare raufen.«
»Ich glaube, das ist ein weit verbreitetes Männerphänomen. Die Frauen können sich während der Beziehung über alles mögliche beschweren, die Typen hören gar nicht zu. Und wenn die Frauen dann die Nase voll haben und einen Schlussstrich ziehen, dann wachen sie aus ihrem Dornröschenschlaf auf und drehen sich um hundertachtzig Grad. Aber meistens haben die Frauen dann keinen Bock mehr.«
»So geht es mir auch«, gab ich zu.
Schneewittchen streichelte meinen Oberarm. »Dich zwingt doch auch keiner, deine Beziehung zu Paul wieder aufzugreifen. Es ist schwer, in einem gebrochenen Krug Wasser zu transportieren.«
»Ja, das Gefühl habe ich auch.« Wir lächelten uns an und quatschten noch eine Weile.
Ich verabschiedete mich alsbald und fuhr den langen Weg in mein Noch-Zuhause zurück.

Traumtagebuch

Es war wirklich alles andere als einfach, durch Hamburg zu wandeln und zu wissen, dass Tom hier war. Es zerriss mich innerlich, dass er mich gar nicht haben wollte, ich aber andererseits meine Gefühle nicht ausknipsen konnte.

Ich war zurechtgemacht, gestiefelt und gespornt und stand vor dem Kneipencafé, in dem mein Klassentreffen stattfinden sollte.

»Hey, Milly!« Ich wandte den Kopf.

»Tom! Was machst du denn hier? Warst du zufälligerweise gerade gar nicht in der Nähe?«

Tom lächelte nervös. »Genau. Kann ich dich kurz sprechen? Können wir ein paar Schritte gehen?«

Ich blickte auf die Kneipe. Eigentlich hatte ich alte Klassenkameraden treffen wollen. Warum sollte ich jetzt mit Tom reden? Worüber?

Trotzdem war der Drang größer, mit ihm Zeit zu verbringen. Ich blickte demonstrativ auf meine Uhr. »In Ordnung. Ich habe ja noch etwas Zeit.«

Wir entfernten uns von der Kneipe und bogen in einen Waldweg ein.

»Ich hätte dir keine falschen Hoffnungen machen sollen. Das war wirklich dumm von mir. So habe ich nicht nur meine Freundschaft zu Paul riskiert, sondern dich auch noch verletzt und eure Ehe beendet«, sagte Tom mit Grabesstimme.

Ich hielt ihn am Ärmel zurück. »Du hast unsere Ehe nicht beendet. Die können nur zwei Menschen beenden, und zwar das Paar selbst. Paul war die ersten zwölf Jahre unserer Ehe ein echter Griesgram und in letzter Zeit auch wieder ein absolut unausstehlicher Zeitgeselle, und wenn ich mir seinen Vater angucke, möchte ich gar nicht alt werden mit ihm. Ich will keinen griesgrämigen Eigenbrötler, der keine Freunde hat.«

»Und dein Herz?«

Ich blickte in Toms grüne Augen.

Wie konnte er mich so offenherzig ansehen und doch kein Interesse an mir haben? Wie hatte er sich ausgedrückt? Ich hätte mich ›verrannt‹? Boah, mir war das so was von peinlich!

»Bring mich bitte nicht zum Weinen, okay? Ich habe gleich Klassentreffen und ich will nicht als Vogelscheuche dort auftauchen.«

Tom lächelte leicht. »Du wärest die schönste Vogelscheuche des Klassentreffens.«

»Wow! Was für ein Kompliment. Ich bliebe aber trotzdem eine Vogelscheuche. Also, sei so lieb und bringe mich nicht zum Weinen. Mir ist das Ganze unendlich peinlich. Ich habe dir meine Gefühle offengelegt, weil ich geglaubt habe, dass du ähnlich empfindest, dass du Interesse an mir hast. Aber ich war nur ein weiteres Flirthäschen für dich und habe das nicht erkannt.«

Verstohlen wischte ich mir eine lästige Träne aus den Augenwinkeln. Doch die Dinger ließen sich nicht vertreiben. Noch eine Träne rollte aus meinen Augen und stürzte über mein perfektes Make-up. Eilig angelte ich nach einem Taschentuch. »Na, super! Ich werde als verheulte Vogelscheuche auf dem Klassentreffen auftauchen.«

Tom seufzte schwer. Dann zog er mich in seine Arme. Er gab mir einen sanften Kuss aufs Haar.

Ich schloss meine Augen, genoss es, mein Gesicht an seine warme, starke Brust zu drücken und weinte.

Beschützend legte Tom seine Arme um mich. »Bitte weine nicht! Ich bin nicht eine einzige Träne wert.«

Ich lachte leise auf, noch immer von kleinen Schluchzern geschüttelt. Ich löste mich von ihm. »Das hat Schneewittchen auch gesagt.«

»Schlaues Schneewittchen!«

Ich ließ den Kopf hängen. »Ich fühle mich so schrecklich! Alles scheint sich gegen mich verschworen zu haben! Beruflich wie privat geht alles in die Grütze.«

Tom zog mich erneut in seine Arme. »Das ist nur eine kleine Pechsträhne.«

Ich grunzte ungehalten. »Pechsträhne? Klein? Ich bin quasi das Glücksmariechen, das sich abstrampelt und trotzdem von Frau Holle mit Pech überschüttet wird. Und du willst mich auch nicht haben. Ich fühle mich wie eine hässliche, graue, arme Kröte.«

Tom hob mein Kinn an. »Nicht mehr weinen, sonst verschmiert dein perfektes Make-up!« Er wischte mir die Tränen von der Wange. »Du bist überhaupt nicht hässlich. Hör auf, so einen Blödsinn zu reden! Du bist eine hübsche, tolle, interessante Frau. Aber ich bin bereits verheiratet. Und das soll auch so bleiben.«

Wieder rollten mir die Tränen übers Gesicht. »Dann bin ich also zu spät?«

Tom zog mich enger an sich. »Sozusagen. Und du bist mit meinem Freund verheiratet.«

»Danke, dass du mich daran erinnerst.« Ich schniefte leise. Ich angelte nach einem weiteren Taschentuch. Kaum hatte ich mir die Nase geputzt, hob Tom mein Kinn erneut. Ich blickte ihm tief in die Augen. »Hättest du mich nicht so angucken können, bevor ich so verheult aussah?«, fragte ich.

Tom lächelte. Dann beugte er sich vor und küsste mich. Er küsste mich mit solcher Leidenschaft, dass mir ganz schwindelig wurde.

Als er sich löste, schaute ich ihn verwundert an. »Wofür war der denn?«

»Trösterkuss«, hauchte er.

»Trösterkuss? Du hast ja eine außergewöhnliche Art, Frauen zu trösten. Dann bin ich also auch eine von vielen, die du so tröstest?«

Tom wurde ernst. »Nein. Die einzige. Ich mag dich wirklich, Milly. Ich wollte dich nicht verletzen. Das tut mir sehr leid. Kannst du jetzt bitte deine Tränen trocknen?«, fügte er hinzu, als mir erneut die Tränen über die Wangen purzelten.

Tom beugte sich wieder vor und gab mir einen weiteren Kuss. Er küsste mich mit so einer Inbrunst, dass mir die Knie ganz weich wurden.

Wie, zum Henker, sollte ich ihn bitte VERGESSEN, wenn er mich SO küsste?

Wie sollte ich NICHT in ihn verliebt sein, wenn er so umwerfend war?

Tom küsste und küsste und küsste mich.

Es war, als wenn er von einer bösen Macht verzaubert worden war und nicht mehr aufhören konnte, wobei ich nicht den geringsten Versuch unternahm, ihn davon abzuhalten. Ich genoss jede Sekunde.

»Komm, wir setzen uns dort auf die Bank!«, schlug Tom gefühlte Stunden später atemlos vor.

Mittlerweile standen wir im Dunkeln, die Straßenlaterne an der Bank war ausgefallen.

Schniefend versuchte ich, meine Kontenance wiederzufinden. An der Bank angekommen, wollte ich mich aufs Holz plumpsen lassen, doch Tom zog mich kurzerhand auf seinen Schoß. Er schloss seine Arme um meine Hüfte und zwang mich, ihn anzusehen. »Milly, es tut mir wirklich sehr, sehr leid!«

»Entschuldigung angenommen, du Tröstereule!«

»Tröstereule?«, hakte Tom grinsend nach.

Ich nickte. Mit einer fahrigen Handbewegung wischte ich mir die letzten Tränen ab. »Ja, genau. Tröstereule! Du küsst mich mit so einer Leidenschaft, wie das nur Tröstereulen können. Das ist wissenschaftlich erwiesen«, laberte ich herum. Ich musste dringend mein Ich wiederfinden, wenn ich auf dieses Klassentreffen gehen wollte.

»Bist du sicher, dass ich richtig ausgebildet wurde?«

Wieder warf mir Tom diesen langen, eindringlichen Blick zu, der mir schon seit jeher die Schuhe ausgezogen hatte.

»Nein, aber um das zu beurteilen, müsste ich dich leider noch einmal küssen.« Ich zuckte mit den Schultern.

Tom ergriff meinen Hals und zog mein Gesicht zu sich. »Ich bitte darum!«

Wir knutschten wie die Teenager auf der Bank herum, bis ich sein pralles Glied an meinem heißen Schoß spürte.

»Und die Tröstereule hat extra ihre Antenne ausgefahren«, platzte ich heraus.

Tom lachte laut auf. Dann wackelte er mit den Hüften. »Die Antenne sorgt dafür, dass du mich auch im Dunkeln findest.«

Grinsend beugte ich mich vor und küsste ihn. Dann fuhr ich mit den Händen über seinen Oberkörper und öffnete schließlich seine Hose.

»Was tust du da?«

»Das gehört zum Tröstereulentest. Ich gucke, ob deine Antenne richtig funktioniert. Im Dunkeln geht das besonders gut.«

»Ich bin mir nicht sicher, ob das so eine gute Idee ist.« Tom wurde plötzlich ernst.

Ich blickte ihn an. »Du hast Recht. Entschuldige! Die Pferde sind mit der Tröstereulen-Prüfungskommission durchgegangen.«

Tom seufzte. »Ach, Milly! Du bist so verführerisch. Du bist eine der interessantesten Frauen, der ich je begegnet bin. Es fällt mir wirklich wahnsinnig schwer, dir zu widerstehen.«

»Bis jetzt hast du das doch ganz gut hingekriegt!« Ich lächelte, aber eigentlich war mir überhaupt nicht zum Lächeln zumute.

»Ja, ich bin jahrelang standhaft geblieben. Aber das war nicht immer einfach. Und eigentlich wusste ich von vornherein, dass es dazu kommen würde, wenn wir uns alleine treffen.«

»Warum hast du mich dann heute aufgesucht?«, hakte ich nach.

Tom streichelte über meinen Bauch und wanderte mit den Händen höher, bis er meine Brüste erreicht hatte. »Keine Ahnung. Ich wusste, du bist in Hamburg. Und ich konnte einfach nicht widerstehen. Ich glaube, ich wollte dich. Zufälligerweise verschwenden auch Männer gerne Gedanken an Sex.«

»Wirklich? Dann denkst du an Sex, wenn du mich siehst?«

»Ja. Wie gesagt, du bist eine attraktive Frau. Du musst dich in keinster Weise verstecken.«

»Komisch«, sagte ich schniefend, »genau das Gefühl habe ich aber seit deiner Ablehnung. Ich fühle mich so zurückgestoßen. So ungeliebt und so überhaupt nicht liebenswert oder hübsch.«

»So ein Unsinn! Milly, mach dich nicht so fertig. Du nimmst die Sache viel zu ernst«, sagte Tom. Er spielte an meinen Nippeln, ohne es zu merken.

Ich schnappte mir eine seiner Hände und schob sie unter meinen Pullover. »Wenn ich schon einen neuen BH trage, kannst du ihn wenigstens auch beurteilen. Was sagt der Fachmann?« Tom knetete meine Brüste und stöhnte leise. »Fühlt sich unglaublich gut an. Gut vernäht, feine Spitze...« Er rutschte mit einem Finger unter den Stoff. »Geile Nippel...« Unvermittelt beugte er sich vor und packte meine Brust aus. Er nahm die Brustwarzen in den Mund und saugte zärtlich daran. »Mmh, was für eine Köstlichkeit. Fast ist mir, als wenn da noch Milch herauskommt. Sie schmecken so süß!«

»Das liegt nur daran, dass ich so süß bin!«, feixte ich.

In Wirklichkeit aber war ich wahnsinnig nervös. Ich war kurz davor, mein Ziel zu erreichen, endlich Sex mit ihm zu haben und doch befand ich mich auf einem zerbrechlichen Glasseil, das jeden Moment durchkrachen konnte.

»Und die Nippel sind so übermäßig groß! Wahnsinn! Das habe ich noch nie gesehen.«

Ich lachte leise. »Nun, sie haben fast ein Jahrzehnt als Milchbar gedient. Wenn man ständig an etwas herumsaugt, ist es doch logisch, dass es sich vergrößert, oder?«

»Mmh!« Tom beugte sich erneut vor und umschloß meine Brust mit seinem Mund. Zärtlich spielte seine Zunge mit meinem Nippel.

»Wusstest du, dass die Brüste einer Frau mit ihrer Gebärmutter verbunden sind? So, wie sich die Gebärmutter nach der Geburt eines Kindes durch das Stillen zusammenzieht, so reagiert sie auch noch danach, wenn jemand daran saugt. Wenn du nicht gleich damit aufhörst, bekomme ich meinen ersten Orgasmus. Dann packe ich deinen geilen Schwanz aus und sauge ihn in mich auf!«

Tom hielt inne. »Ist das eine Drohung oder ein Versprechen?« Mehr musste er nicht sagen.

Ich öffnete seine Gürtel, seinen Hosenknopf und zog an der Jeans herum. »Wenn du deinen entzückenden Hintern kurz anheben könntest, bin ich dir auch nicht länger eine Antwort schuldig.« Ich beugte mich vor und küsste ihn, während er sich die Hose über den Hintern zog.

»Das ist Erregung öffentlichen Ärgernisses. Sie werden uns verhaften!«

»Das ist eher Erregung höchsten Grades. Und da es glücklicherweise sehr dunkel ist und sich sogar der Mond hinter den Wolken versteckt, wird es niemandem auf diesem verlassenen Waldweg auffallen, wenn ich mich jetzt auf dein pralles Glied setze«, erwiderte ich.

Tom schwieg.

Ich ertastete sein gutes Stück. »Boah, ist der gewaltig. Darf ich mal dran naschen?«

Tom stöhnte leise.

Ich glitt von seinem Schoß und nahm sein gutes Stück in den Mund. Ich erkundete seine Eichel mit meiner Zunge, leckte über den Schaft und umschloss die Schwellkörper.

Tom legte den Kopf zurück und stöhnte.

Ich war so angetörnt, dass ich anfing, sanft an der Eichel zu saugen und die Vorhaut zurückzuschieben.
»Wenn du nicht aufhörst, komme ich gleich«, warnte Tom.
Ich rutschte wieder in die Höhe. »Na, das wollen wir doch vermeiden, oder? Bist du gesund?«
»Tippitoppi. Wird alle paar Monate vom Amtsarzt gecheckt. Und du?«
»Ich auch. Siebzehn Jahre nur ein und denselben Partner, der ebenfalls vom Amtsarzt durchgecheckt wird. Sowie einige Tests während der vielen Schwangerschaften.«
Ich setzte mich zurück auf seinen Schoß, und zwar so, dass ich sein Glied gleich in mich aufnahm.
Nun stöhnten wir beide, während ich auf ihm saß und ihn ritt. Tom packte mein Gesicht und steckte mir seine Zunge in den Mund. Voller Leidenschaft küsste er mich, als er plötzlich anfing, unkontrolliert zu stöhnen. Ich spürte, wie sein Glied in mir zuckte.
»Oh Milly, jetzt hat die Tröstereule ihren Auftrag vermasselt«, stöhnte er mir leise ins Ohr.
Ich umarmte ihn wie eine Ertrinkende, grinsen musste ich trotzdem. »Aber nein. Manche Tröstereulen müssen Spezialaufträge durchführen. Wenn es nicht so dunkel wäre, würdest du sehen, dass ich ganz breit grinse. Quasi bis über beide Ohren. Alle Tränen sind versiegt. Du hast deinen Job erfolgreich abgeschlossen.«

»Und wenn ich ihn gar nicht abschließen will?«, überrumpelte mich Tom mit seiner Frage.

Ich stutzte.

Wieso wollte er mich erst nicht und jetzt doch?

»Dann muss deine Antenne eine Stunde lang auf mich warten. Ich habe mich zufälligerweise auf das Klassentreffen gefreut. Ich muss mich da unbedingt noch blicken lassen. Entweder wartest du also im Auto auf mich oder du kommst einfach mit rein.«

»Ich setze mich mit rein und trinke ein kühles Blondes.«

»Hast du überhaupt so viel Zeit?«, fragte ich.

»Meine Frau ist mit den Kindern bis morgen bei ihren Eltern.«

»Du hast sturmfreie Bude? Und du verbringst deine freie Zeit mit mir? Gott, wie himmlisch. Du könntest mich in deiner Küche auf der Arbeitsplatte vernaschen, auf dem Fußboden im Wohnzimmer, im Bad von hinten...«

Ich spürte, wie sein Glied wieder enorme Ausmaße annahm.

»Halt! Stopp!«

Mein Herz sank.

Tom legte mir einen Finger auf die Lippen. »Wenn du noch weiter redest, kann ich nirgendwo mehr hingehen, weil meine Antenne nicht mehr in die Hose passt.«

Innerlich atmete ich auf.

»Dann werde ich dich erst später weiter anheizen. Kommst du mit? Ich höre das kühle Blonde rufen!«

»Echt? Wirst du gar nicht eifersüchtig?«

Ich lachte leise und zog ihn von der Bank hoch.

Eilig zuppelte sich Tom die Hose hoch.

»Niemals. Ich gönne dir das kühle Blonde, solange du dich von der heißen Brünetten namens Milly wieder aufheizen lässt«, konterte ich.

Tom lachte leise. »Siehst du, Milly, so schlagfertig sind nur wenige Frauen. Wie kommst du nur darauf, dass du uninteressant sein könntest?«

Wir gingen die ersten Meter zum Kneipencafé Hand in Hand, dann lösten wir uns voneinander. Wir betraten den ›Wanderer‹ und atmeten erst einmal die schwere Wärme weg, die uns entgegenschlug. Es war rappelvoll, viele waren zum Abi-Revival-Treffen gekommen.

Die Zeit verging wie im Flug, so viele altbekannte Gesichter traf ich, mit denen man hier und da ein paar Worte wechselte. Doch dann kehrte ich zu Tom zurück, ängstlich, dass er seine Meinung geändert haben könnte.

»Hallo, Herr Miller, nehmen Sie mich noch mit auf Ihr Schloss?«

Tom blickte mich lange an, dann trank er sein Bier aus. »Pferd ist schon gesattelt.«

Grinsend schnappte ich mir seine Hand und zog ihn nach draußen zum Auto.

Ich hatte nicht damit gerechnet, ihn heute zu sehen.

Eigentlich hatte ich überhaupt nicht mehr damit gerechnet, ihn je wieder zu sehen. Das Gefühl der verbalen Ohrfeige hatte er mir weggeküsst, die Scham war verschwunden.

Ich freute mich diebisch über die gestohlenen Stunden, auch wenn ich hundertpro schlechtes Karma dafür sammelte.

Ach was, munterte ich mich auf, ich arbeitete gerade Karma ab, schließlich war ich jahrelang die Betrogene gewesen, obwohl ich so eine treue Seele gewesen war.

Nun war ich mal dran.

Wir betraten sein Haus und bevor ich meine Stiefel ausziehen konnte, lag ich auch schon auf der Arbeitsplatte in der Küche. Tom schaltete sanftes Licht ein und hob meinen Rock hoch. »Strapse! Geil!« Er tauchte ab, bevor ich protestieren konnte und kam nach meinem ersten Höhepunkt kurz darauf wieder hoch. Er öffnete seine Hose und spielte mit seinem Schwanz an meiner feuchten Spalte herum.

»Willst du gar nicht reinkommen?«

Tom wackelte mit den Augenbrauen. »Doch. Ich hatte nur auf die Einladung gewartet.«

»Die Postkutsche hat sich verzögert«, witzelte ich.

»Du hättest 'ne Mail schicken sollen. Das geht erheblich schneller«, konterte Tom und steckte sein Glied auch schon in meine mehr als bereite Vagina. Bereits beim Hineingleiten stöhnte er laut. Seine tiefe, männliche Stimme vibrierte in meiner Ohrmuschel und löste wahre Luststrõme in meinem Lustzentrum aus. Sofort war mein Körper auf dem Weg in den neunten Sexhimmel und ich glaube, es gab in dieser Nacht nicht einen Ort, den wir nicht aufsuchten, um uns die Seele aus dem Leib zu vögeln.

Am nächsten Morgen zog ich ihn mit unter die Dusche und blies ihm einen, bevor ich mich abduschte und kokett in meine Kleidung zurückstieg. »Ich habe leider keine Wechselsachen dabei«, sagte ich leicht beschämt.

»Du konntest ja auch nicht wissen, dass ich dich überraschen würde. Aber um ehrlich zu sein, hätte ich gestern auch noch jeden für bescheuert erklärt, wenn er mir gesagt hätte, dass ich mit dir Sex haben würde.« Tom setzte einen Kaffee auf.

»Trinkst du auch einen oder willst du Tee?«

»Tee, bitte.«

»Ich glaube, ich habe kein Auge zugetan. Aber es war trotzdem die geilste Nacht, die ich je erlebt habe«, sagte ich lächelnd.

Tom hielt mir ein Wasserglas entgegen. »Darauf trinken wir!«

Ich stieß mit an.

Plötzlich ging in der Tür ein Schlüssel.

Verwundert blickte Tom auf die Wanduhr. »Tina, bist du das?«

»Ja, nicht erschrecken. Wir sind etwas früher nach Hause gefahren. Deine Tochter hat leider vergessen, dass sie noch ein Referat für die Schule machen muss.« Ächzend tauchte Toms Frau im Türrahmen auf.

Ich wusste für den ersten Moment nicht, was ich sagen sollte, doch ich lächelte ihr tapfer entgegen.

DAS war also der Grund, weshalb ich keine Chance bei meinem Traummann hatte!

Sie war hübsch.

Aber sehr unterkühlt.

»Hi!«

Ich ließ mich vom Barhocker gleiten und hielt ihr die Hand entgegen, die vorhin noch ihrem Mann einen runtergeholt hatte. Innerlich schickte ich fünf Stoßgebete ab, dass sie nicht in meinen Kopf gucken konnte. »Hi, ich bin Milly. Pauls Frau.«

Tina lächelte überrascht. »Ah, lernen wir uns auch mal kennen. Ich bin Tina.«

»Ich störe nicht länger. Ich wollte sowieso gehen. Ich bin dann mal weg. Danke für den Tee, Tom!« Eilig flitzte ich in den Flur und zog meine Stiefel an. Da ich, außer meiner Jacke, nichts weiter mithatte, war ich auch schon draußen, bevor jemand reagieren konnte.

»Äh, wie will Milly denn nach Hause kommen? Ist sie mit dem Auto da?«

»Sie muss in die Stadt. Ich nehme das Motorrad und hole sie ein«, sagte Tom und flitzte hinter mir her.

»Quatsch! Nimm das Auto! Sie trägt einen Rock. Das ist viel zu gefährlich fürs Bike!«, rief Tina ihrem Mann hinterher.

Tom warf sich in den Wagen und fuhr mir hinterher.

Weit war ich ja nicht gekommen.

»Steige bitte ein! Ich fahre dich nach Hamburg rein.«

Ich zögerte, folgte dann aber der Einladung.

»Verzeihung, ich wollte nicht so Knall auf Fall davonlaufen, aber ich wollte dich nicht in Schwierigkeiten bringen. Schließlich hatten wir die ganze Nacht über heißen Sex«, sagte ich lächelnd. »Und ich kann mein Grinsen kaum verbergen.«
Tom nickte.
Er machte ein bierernstes Gesicht. »Das ist sehr aufmerksam von dir. Aber ich möchte dich auch nicht kilometerweise laufen lassen. Da bist du ja Tage unterwegs. Und heute ist Sonntag. Da fährt hier draußen gar nix an Bussen.«
Eine Weile fuhren wir schweigend über die Autobahn, bis wir Hamburg erreichten. Ich lotste ihn zu der Adresse, wo ich übernachtete und er parkte kurz darauf den Wagen.
»Danke für den Ritt«, sagte ich gedankenlos.
»Für den danke ich auch. Er war heiß«, erwiderte Tom mit wackelnden Augenbrauen.
Ich klopfte ihm gegen den Oberarm. »Den hatte ich gar nicht gemeint.«
Tom wandte sich mir zu. »Ich glaube, als Tröstereule habe ich vollkommen versagt, oder?«
»Macht nix«, sagte ich aufmunternd. »Diese Nacht war das größte Geschenk, das du mir machen konntest. Du hast mein Selbstwertgefühl gerettet. Nun stehe ich ewig in deiner Schuld.«
Tom winkte ab. »Halb so wild. Ich war es schließlich auch, der dich auf Irrwege geführt hat.«
Ich beugte mich vor und blickte ihm dabei tief in die Augen. »Dann stehle ich mir jetzt mal den letzten Kuss. Ein Tröster-

kuss von der Ex-Tröstereule, die ihren Job wirklich gut gemacht hat, wie ich finde.«

Tom kam mir entgegen und erwiderte meinen Kuss. »Freunde?«

Ich rümpfte die Nase. »Du willst mein Freund sein?«

»Immer. Allerdings anders als du das jetzt meinst.«

»Dann bleibt es bei der einen Nacht?«

»Ja.«

Ich nickte und versuchte, dem aufkommenden Trauerkloß keine Chance zu geben. »Dann gehe ich jetzt tapfer nach Hause.«

»Mach's gut, Milly! Du bist unvergesslich!«

»Das hoffe ich doch.«

»Was sind Träume doch nützliche Begleiter, um sein Selbstwertgefühl zu retten! Milly, der Traum war toll. Jetzt hast du dein Gesicht gerettet, Tom vernascht und dich trotzdem von ihm verabschiedet«, lobte Aurora 👸.

»Das hätte der Trottel auch in Echt haben können«, murrte Luzifer 😈 missgelaunt. »Sex, Abenteuer, kein gebrochenes Herz und ein kurzes Tschüss!«

»Wenn das Leben in Echt so einfach wäre, bräuchte Milly uns nicht mehr«, bemerkte Aurora 👸.

Erschrocken schlug sich Luzifer 😈 die Hand vor den Mund. »Bei meiner Großmutter, das wäre ja furchtbar!«

»Es ist gar nicht wichtig, ob Milly mit Tom zusammenkommt oder nicht«, mischte sich nun mein Prinz 🤴 ein.

»Durch Tom bin ich endlich aufgewacht und habe mein Dornröschen befreit. Ich fühle mich so beschwingt wie schon lange nicht mehr. Ich habe das Gefühl, alles zu schaffen. Und genau das Gefühl werden wir versuchen, Milly zu erhalten. Sie soll in die Welt hinausgehen und Bäume ausreißen.«

»Das ist wahre Liebe, Milly!«, lobte Aurora 👸.

»Pah, wahre Liebe! Wer braucht die schon?«, grunzte Luzifer 😈.

»Milly braucht sie. Und die anderen Menschen da draußen auch. Die meisten haben das nur noch nicht erkannt. Sie machen ihr persönliches Glück von anderen Menschen abhängig, aber das ist falsch. Milly hat es endlich geschnallt! Glück kommt von innen. Und nur Milly allein kann dafür sorgen, dass es so bleibt. Milly, ich bin so stolz auf dich!« Aurora 👸 blinzelte mir strahlend zu.

»Ich möchte zu der Sache mit Tom noch etwas ergänzen«, meldete sich mein innerer Prinz 🤴 erneut.

»Schieß los«, forderte Luzifer 😈 den Prinzen ungeduldig auf.

»Ich bin auch schon ganz gespannt«, sagte auch Aurora 👸.

»Milly hat sich in gar nichts ›verrannt‹, wie Tom sich ausdrückte«, begann mein Prinz 🤴 und brachte Aurora zum Seufzen. »Das innere Empfinden ist so innerlich, dass niemand auf dieser Welt es messen oder nachweisen kann. Auch Tom nicht. Wenn Milly Schmetterlinge im Bauch hat, wenn sie an ihn denkt oder ihn sieht, dann ist das ein Ausdruck von Liebe. Dann ist das eben so. Ob es Tom nun gefällt oder nicht.«

»Genau, es ist ein Ausdruck von wahrer Liebe«, mischte sich mein Dornröschen 👸 zum allerersten Mal ein.

»Ja«, bestätigte mein Prinz 🤴. »Man kann es niemandem vorzeigen, aber es existiert. Es ist falsch von Tom zu sagen, Milly hätte sich ›verrannt‹. Milly ist glücklich und dieses Gefühl darfst du dir von niemandem nehmen lassen, Milly!«, sagte der Prinz 👑. »Liebe lässt sich weder messen noch wegzaubern.«

»Dem kann ich ausnahmsweise nichts hinzufügen«, murmelte Luzifer 😈 ergriffen.

»Ich auch nicht«, sagte Aurora 👸 seufzend.

Eis geht immer

Ich schnappte mir meine Handtasche und machte mich auf den Weg. Ich war für sechs Monate in meiner Heimat, um dort bei einer Zeitschrift zu arbeiten.
Ich hatte noch ein paar Stunden Zeit, bis ich zur Arbeit musste und wollte unbedingt noch seinen Weg kreuzen. Bisher hatte Tom mich am Telefon immer charmant abgeblockt, aber ich war es leid, einen Korb zu bekommen.
Sobald das Buch fertig sein würde, wollte ich es ihm schicken. Es stellte sich nur die Frage, wohin ich es schicken sollte.
Zu ihm nach Hause, wo ich Gefahr lief, aufzufliegen? Oder doch lieber in sein Büro, wo er das Buch heimlich lesen konnte?

Traumtagebuch

»Hallo, du musst Milly sein!« Eine hübsche, blonde Frau lächelte mich an.
Mir schlug das Herz bis zum Hals. Ich hatte nicht damit gerechnet, dass Toms Frau mitkommen würde, denn bisher hatte sie Toms Freunde, also uns, immer gemieden.
In ihren Händen sah ich mein Buch.
Ich schluckte.
Sie hatte es bestimmt gelesen!
Heiliger Bimbam, was hatte sie vor?
Tina beugte sich vor und flüsterte: »Können wir mal ein ernstes Wörtchen miteinander reden?«
Mir blieb fast das Herz stehen. Angst machte sich in mir breit.

Unsicher blickte ich zu Tom. Dieser lächelte, als wenn es vollkommen normal war, wenn die eigene Ehefrau die Verehrerin ihres Mannes zur Schlachtbank führen wollte.

Tom beugte sich vor und umarmte mich. Dabei schaute er mir im Vorbeirauschen unserer Köpfe gaaaanz tief in die Augen.

»Hallo Milly! Wie geht es dir?«

Tina blickte sich um. Dann fand sie Paul. »Paul, Tom und ich müssen mal mit deiner Frau reden. Kannst du mal für eine halbe Stunde auf die Kinder aufpassen?«

Paul hob den Arm. »Geht klar!«

Die Kinder schlüpften an mir vorbei, während wir in eines der Schlafzimmer gingen.

Was blühte mir jetzt?

Würde sie gleich ihr Messer zücken und meinem Leben ein Ende setzen?

Ich glaube, mir stand die Furcht dermaßen ins Gesicht geschrieben, dass Tina lachen musste, als sie die Tür hinter uns abschloss.

Ängstlich beobachtete ich, wo sie den Schlüssel hintat. Dann sah ich mich im Zimmer um.

Hatte ich Fluchtmöglichkeiten?

»Okay«, sagte ich und atmete schwer. »Auf welche Weise wollt ihr mich umbringen?« Ich lächelte gequält.

Tina stemmte die Hände in die Hüften, blickte mich ernst an und musterte mich von oben bis unten, während Tom hinter vorgehaltener Hand schmunzelte. Dann schnalzte sie mit der

Zunge. Langsam kam sie auf mich zu. Ich wich zurück, bis ich die Wand in meinem Rücken spürte.

»Du hast Angst vor mir?«, fragte Tina leise.

»Wundert dich das?«, quietschte ich eine Oktave zu hoch.

Tina lächelte. Dann hob sie das Buch. »Du hast ein Buch über Tom geschrieben und wenn ich es nicht besser wüsste, würde ich sagen, ihr hattet in Wirklichkeit Sex.«

Ich schluckte. »Nein, hatten wir nicht. Das ist alles meiner Phantasie entsprungen.«

»Sicher?« Tina kam mir bedrohlich nahe.

Meine Augen wanderten zu Tom. Er stand nur etwa zwei Meter von mir entfernt. Würde er eingreifen, wenn sie das Messer zückte?

Meine Augen glitten zu seiner Frau zurück.

Sie kam noch näher, bis sie meinen ganz persönlichen Schutzkreis durchbrach. »Milly, Milly, hast du wirklich geglaubt, dass du meinen Mann kriegst? Dass ich ihn dir freiwillig überlasse?«

Ich sagte nichts.

Ich war stocksteif vor Angst und war überhaupt nicht in der Lage, noch einen klaren Gedanken zu fassen. Also schüttelte ich nur den Kopf.

Tina lehnte beide Hände links und rechts von meinem Kopf gegen die Wand. Ich spürte ihren Atem, als sie sprach: »Du kannst meinen Mann nicht bekommen. Wusstest du nicht, dass ich Polizistin bin? An mir kommst du nicht vorbei!«

Das war mir längst klar.

Mein Gesicht sprach sicherlich Bände, ich war total überrumpelt. Die Angst lähmte mich bis ins Mark.

»Meinen Mann kannst du nicht haben, aber ich leihe ihn dir aus. Unter einer Bedingung...«

Ich schluckte vollkommen überrascht. Meine Stimmbänder waren vermutlich auf die Größe einer Erbse geschrumpft. Ich war unfähig, auch nur einen Ton herauszukriegen.

Wieder beugte sich Tina vor. Sie blickte mir in die Augen und berührte beim Sprechen fast meine Lippen. »Es bleibt bei diesem einen Mal und danach wirst du ihn nie wiedersehen.«

Mir schlug das Herz bis zum Hals.

Und mein Lustzentrum war vor lauter Angst lahmgelegt. Trotzdem nickte ich vorsichtshalber.

Tina lächelte schief, dann winkte sie Tom herbei. »Du darfst, mein Schatz!«

Tom näherte sich mir und verursachte mir weiche Knie. Gleichzeitig saß mir die Angst im Nacken, weil Tina neben ihm stand wie ein Wachhund. Tom beugte sich vor und küsste mich unverhofft. Erst zärtlich, dass immer leidenschaftlicher. Gleichzeitig ließ er seine Hände abwärts wandern. Er küsste mich und warf mich schließlich schwungvoll aufs Bett. Kaum lag ich auf der Matratze, warf sich Tom über mich. Wie eine ausgehungerte Katze leckte er über meinen Körper und legte meine Vulva mit einer gekonnten Handbewegung frei, indem er meinen Rock hochschob.

Tina lächelte breit. »Dann lasse ich euch zwei jetzt mal allein.« Sie schloss die Tür hinter sich und ich atmete auf. Kurz darauf brachte mich Toms Zunge zum ersten Höhepunkt. Tom zog sich die Hose aus und drang in mich ein. Noch während er in schnellen Bewegungen dem Höhepunkt entgegenstieß, hatte ich weitere Orgasmen.

Danach drehte Tom mich auf den Bauch, warf sich auf mich und biss sich über meinen Rücken, die Beine hinunter. Er brachte meinen Körper erneut in Schwingungen. Da es das einzige Mal werden sollte, wollte ich es natürlich auch ausnutzen und freute mich diebisch über die Verlängerung.

»Milly! Ich bin empört! Was war denn das für ein merkwürdiger Traum? Ich wusste ja gar nicht, dass du so ängstlich bist!«, beschwerte sich Luzifer.

»Das war die ganz große Angst vor einem Drachen, der den schönen Prinzen bewacht«, wandte Aurora ein.

Das war in der Tat ein äußerst merkwürdiger Traum gewesen. Mit einer Mischung aus wilder Entschlossenheit, schwerem Herzen und leichter Angst vor brüsker Ablehnung streunerte ich nun auf Toms Arbeitsweg herum. Ich musste es einfach von ihm persönlich hören, dass er mich nicht wollte. Vorher war mein Kampfgeist nicht eliminiert.

»Was heißt hier ›Kampfgeist‹, Milly? Seit wann bin ich ein Geist«, beschwerte sich Luzifer.

»Menschen nennen das so, Luzifer. Dabei wissen sie ganz genau, dass wir eigentlich dahinter stecken«, versuchte Aurora 👑 ihren Gegenspieler zu beruhigen.

Plötzlich hielt ein Auto neben mir. »Hey Milly, bist du das? Was machst du denn hier?«
»Oh, hallo Tom! Ich wollte noch shoppen gehen, bevor ich zur Arbeit muss.« Ich lächelte schüchtern.
Tom blickte auf seine Armbanduhr. »Du bist tatsächlich in Hamburg. Ich dachte, Paul verarscht mich. Wie geht es dir?«
»Blendend. Ich habe Arbeit und ich bin in meiner Heimat.«

»Und endlich treffen wir ihn!«, warf Aurora 👑 ein.
»Oh ja, und er sieht wirklich sexy aus! Das schreit nach S…« 👿
»Luzifer! Leise!« 👑

»Ich bin heute etwas früh dran. Muss gleich die Kinder abholen. Hast du nicht Lust, noch ein Eis essen zu gehen?«
»Eis geht immer«, erwiderte ich und machte innerlich einen Freudensprung.
Tom öffnete die Beifahrertür. »Dann steig, schöne Lady!«
Das ließ ich mir nicht zweimal sagen.

»Hey, warum flirtet er schon wieder mit dir, Milly? Ich dachte, er will nix von dir!«, beschwerte sich Aurora 👑.
»Er ist eben ein Schürzenjäger!«, warf Luzifer 👿 ein und rieb sich vorfreudig die Hände.

»Du bist aber gut drauf heute«, bemerkte ich.
Tom zwinkerte mir zu. »Wie kann man schlecht drauf sein, wenn man so eine schöne Lady trifft und sie die Einladung zum Eis auch noch annimmt?«

»Muss ich das verstehen? Wo ist seine Vorsicht geblieben?«, fragte Aurora 👸 kopfschüttelnd.
»Sei still, Engelchen, er kann ihr halt nur widerstehen, wenn er sie nicht sieht. Aber heute hat sich Milly auch wirklich schick gemacht. Angriiiiiff, Milly!«, jubelte Luzifer 🐱.

Wir hielten an der nächstbesten Eisdiele und wanderten dann mit unserem Eis in den Wald hinein, der gleich angrenzte.
»Das ist echt das beste Eis der Stadt«, schwärmte Tom.
»Es ist wirklich lecker.«

Traumtagebuch

Wir gingen immer tiefer in den Wald, bis Tom einen Schlenker nach rechts machte und den Weg verließ. Er hielt mir eine Hand entgegen. »Komm!«
Ich ergriff seine Hand und ließ mich ins Gestrüpp ziehen. Wir kämpften uns vor, bis wir an eine Lichtung kamen. Wie ein verträumter Ort im Märchen erstreckte sich das Moos vor uns, die Bäume standen so weit auseinander, dass die Sonne durch das Blätterdach scheinen konnte.
Tom ließ sich auf dem Moos nieder und legte sich rücklings hin. Er schloss die Augen und hielt sein Gesicht in die Sonne.

Ich setzte mich zu ihm und bewunderte seine athletische Brust. Irgendwann bemerkte er, dass ich ihn beobachtete. Grinsend blinzelte er gegen die Sonne an, dann setzte er sich aufrecht hin.

»Ich habe nicht damit gerechnet, dich wiederzusehen.«

»Ich auch nicht. Dein Korb war ja recht groß und eindeutig.« Ich lächelte ihn an.

Tom ergriff meine Hände. Dann blickte er mir tief in die Augen. »Mein Verstand sagt mir auch, dass ich nichts mit dir anfangen sollte.«

»Okay, aber offensichtlich spricht da noch eine andere Stimme in dir.«

»Ja, sogar zwei Stimmen: die Stimme der Vernunft und die Stimme der Unvernunft. Ganz tief unten in meinem Bauch.«

»Das kenne ich! Solche Kandidaten habe ich auch«, erwiderte ich. »Ich nenne sie Luzifer und Aurora. Ständig streiten die beiden herum. Und jeder will der bessere Lebensberater sein. Ist gar nicht so einfach manchmal, was?«

»Du sagst es.« Tom setzte sich hin. »Und? Wie ist das Großstadtleben ohne Familie? Du bist ja jetzt quasi vogelfrei.«

»Ich vermisse die Kinder. Aber bei einem halben Jahr macht es keinen Sinn, sie hierherzuholen und aus ihrem gewohnten Umfeld herauszureißen. Ich habe mich noch nicht endgültig entschieden, ob ich wieder zurückziehe. Manchmal sage ich mir, ich muss zurück. Dann wiederum kommt die Angst in mir hoch, einen Fehler zu machen.«

»Angst ist gut. Sie hält uns davon ab, auf falschen Wegen zu stolpern«, sagte Tom und zwinkerte mir zu.

»Tja«, sagte ich und blickte mich um, »wir sind ja momentan weder auf einem Weg, noch stolpern wir. Was machen wir hier eigentlich?«

»Reden.« Er blickte mir lange in die Augen.

Ich nickte. »Mit den Augen?«

Tom grinste. »Mit den Augen.«

Ich wusste gar nicht, wo ich hingucken sollte. Ich wurde langsam nervös. »Ich glaube, meine Augen wissen gerade nicht, was sie noch sagen sollen.«

Tom lachte. »Genau das mag ich so an dir, Milly. Du hast einen tollen Humor.«

»Und was magst du noch an mir?«, forderte ich ihn heraus.

Tom blickte mich nachdenklich an.

»Hast du auch noch den Röntgenblick in petto, der mich jetzt abscannt? Soll ich mich vielleicht ausziehen, damit du es besser sehen kannst?«

Tom wackelte mit den Augenbrauen. »Ausziehen klingt immer gut. Aber da ich den Röntgenblick habe, ist das nicht erforderlich. Ich sehe auch so, dass du eine tolle Frau bist.«

»Warum willst du dich dann nicht mit mir treffen?« Ich hatte nichts zu verlieren. Also konnte ich ihn auch genauso gut damit konfrontieren.

Tom wurde ernst. Er ergriff meine Hände.

»Oh, du verfügst also auch über einen ausgeprägten Tastsinn? Können deine Hände auch sprechen?«

»Denken, sie können denken.« Tom grinste kurz.

»Schlaue Hände!«

»Milly, du bist die Frau meines Freundes, nicht irgendjemand. Außerdem habe ich eine Frau zuhause. Auch wenn wir uns nicht immer grün sind, so haben wir uns doch für ein gemeinsames Leben und eine Familie entschieden. Wenn ich mich mit dir treffe, weiß ich genau, wo das endet.«

»Ach! Und wo?« Nun blickte ich ihn herausfordernd an.

Tom hob eine Hand und streichelte mir über die Wange. Er zog mich zu sich und gab mir einen Kuss, der es in sich hatte.

Wie verzaubert schaute ich aus der Wäsche, als er sich von mir löste.

»Hier.«

»Ich finde das ›Hier‹ eigentlich ganz bezaubernd«, sagte ich heiser.

Tom lächelte. »Ich auch. Und genau das ist das Problem.«

»Dann findest du mich sexy?«

»Oh ja!« Tom streckte seinen Rücken durch. »Du bist eine echte Verlockung.«

»Als du mich abgelehnt hast, habe ich mich wie der letzte Mensch auf Erden gefühlt. Wie ein hässliches Kirchenmäuschen. Wie ein armes Rattenkind, ein Hamster...«

»Hast du noch mehr Nager auf Lager?« Tom ergriff erneut meine Hand. »Denk nicht so einen Müll über dich, Milly! Mach dich nicht selbst fertig! Und vor allem putze dich nicht selbst so herunter. Wer hat dir das bloß beigebracht?«

»Mein Vater.«

»Dann war er ein Schmock!«

»Oh ja, ein großer Schmock!«

Tom beugte sich vor und küsste mich erneut. Erst zärtlich, dann fordernder. »Wie kann man eine so schöne Tochter haben und sie klein halten? Er hätte dich auf Händen tragen müssen!«, sagte er zwischen den Berührungen unserer Lippen. Stöhnend löste ich meinen Schneidersitz und krabbelte auf seinen Schoß. Ich packte seinen Kopf und fuhr ihm durch die Haare, während ich mich ganz dem Kuss hingab.

Nach einer halben Ewigkeit stöhnte Tom und hielt meine Hände fest. »Stopp! Ich kann mich gleich nicht mehr beherrschen.«

Ich blickte ihm ganz tief in die Augen. »Dann müssen wir also wieder unsere Augen sprechen lassen?«

Tom erwiderte meinen Blick und schwieg.

»Schade, ich finde, unsere Lippen sind auch sehr sprachgewandt«, bedauerte ich, wagte aber nicht, mich seinem Mund erneut zu nähern.

»Unsere Lippen sind verdammt sprachgewandt. Das ist ja das Problem. Ich habe selten eine Frau erlebt, die so gut küssen kann wie du.«

»Wie groß ist denn die Gruppe der Probanden?«, feixte ich.

»Riesig.«

»Echt?« Überrascht zuckte ich zurück.

Tom grinste.

»Während deiner Ehe?«

»Nein. Davor. Während meiner Ehe ist mir das…ach egal.«

Wieder blickten wir uns schweigend an, ohne dass die Stille unangenehm wurde.

»Und du?«, fragte er plötzlich.

»Einer. Ich musste meine Hochzeitsreise alleine machen«, gab ich zu.

»Was? Ist Paul bescheuert? Was ist das denn?«, rief Tom fassungslos.

Ich zuckte mit den Schultern. »Er hat mich nicht geliebt. Er wollte bei den Kinder und seinen Eltern bleiben.«

»Und du? Was hast du gemacht?«

»Ich war in Spanien. Ich war auf einem großen Handballturnier und hätte dort zehn Männer auf einen Schlag haben können.«, erzählte ich.

»Vermutlich hast du so gestrahlt, dass alle ganz scharf auf dich waren.« Tom hob die Augenbrauen. »Kann ich verstehen.« Er streichelte mir mit einem Finger über die Lippen. »Und? Blieb es bei einem Kuss?«

»Ja. Ich hatte nie einen anderen Mann während meiner Ehe. Auch nicht, als wir das erste Mal getrennt waren.«

»Und jetzt? Was seid ihr jetzt?«, fragte Tom mit brüchiger Stimme nach. Er räusperte sich.

»Wir sind getrennt, Tom. Wir werden zwar immer durch die Kinder verbunden sein. Aber wir sind kein Paar mehr.«

Tom seufzte tief. »Armer Paul!«

Ich zuckte mit den Schultern. »Sein Bier. Er hat seine Chancen gehabt. Mehr als eine.«

»Harte Worte!«

»Es ist die reine Wahrheit.«

Unsere Stimmung kippte und eigentlich wollte ich den Moment noch etwas genießen. »Du hast doch bestimmt zehn Frauen an jedem Finger, oder? 100 Frauen sind kein schlechter Schnitt.«

Tom lachte laut auf. »Na klar. Aber es sind in Wirklichkeit 101 Frauen.«

»Ach, zählt deine Ehefrau extra?«, rutschte es mir heraus.

»Nein. Die 101. Frau sitzt gerade auf meinem Schoß und krault mein Haar.«

Ich zuckte zurück. »Entschuldige! Das war irgendwie ein Reflex. Deine Haare sind so faszinierend.«

Tom legte meine Hände zurück auf seinen Schopf. »Ich mag das.«

»Oh ja, wir waren ja da stehengeblieben, was du magst…« Ich wackelte mit den Augenbrauen. »Was magst du denn noch?«

Ich warf alle Vorsicht über Bord und fing an, an seinen Lippen zu knabbern. Tom ging darauf ein. Langsam schob ich meine Zunge in seinen Mund. Ganz zärtlich und mit Bedacht. Dabei fing ich an, seine Ohren zu kraulen.

Tom stöhnte.

Ich übernahm die Führung und ließ meiner Leidenschaft freien Lauf. Ich warf ihn zu Boden und rutschte mit dem Mund an seiner Brust herunter.

»Milly…«

Ich tauchte wieder auf und küsste ihn erneut, um ihn zum Schweigen zu bringen.

Stöhnend schloss Tom die Augen.

Ich rutschte wieder tiefer. Wenn ich schon schlechtes Karma sammelte, dann sollte es wenigstens Spaß machen.

Ich massierte seine Brust und wanderte mit den Händen über den Bauch. Dann schob ich sein T-Shirt hoch und bewunderte seinen Oberkörper. Hungrig stürzte ich mich auf sein Fleisch, während sich meine Hände selbständig machten. Ich öffnete seine Hose und legte sein pralles Glied frei.

»Was für ein Meisterstück!«

Tom lachte. »Kannst du eigentlich auch beim Sex ernst sein?«

Ich grinste. »Ja, kann ich, auch wenn mir das manchmal schwer fällt.«

»Milly…«

Ich tauchte ab und entlockte Tom ein tiefes Stöhnen. Als wollte ich mir beim Auspacken des Geschenkes Zeit lassen, wanderte ich mit meiner Zunge um seinen Schwanz herum, bis er langsam unruhig wurde. Dann nahm ich seine Schwanzspitze in den Mund. Seine Eichel schmeckte so süß und fühlte sich so weich an, dass ich gar nicht aufhören konnte, darauf herumzu-

lutschen. Immer tiefer verschlang ich sein bestes Stück und entlockte ihm eine Reihe von endlosen Stöhnern.
»Oh Gott, Milly! Das ist sooo gut. Hör nicht auf!«
Ich hörte nicht auf.
Ich rutschte tiefer, knabberte mich an seinen Innenschenkeln hoch, nahm seine festen Hoden in den Mund und spielte damit. Dann leckte ich an der Unterseite seines Schaftes entlang, bis ich seine zarte Eichel wieder erreichte. Ich nahm sie in den Mund und ließ sein Glied ganz tief in meine Mundhöhle tauchen, während meine Hände zusätzlich an seiner Vorhaut spielten.
Stöhnend krallte sich Tom in meinen Haaren fest.
Ich wechselte das Tempo von rasant bis quälend langsam, bis Tom um Gnade winselte. »Stopp, Milly! Warte!«
Ich hielt inne.
»Komm hoch! Bitte!« Flehend blickte er mich an.
Ich rutschte an ihm hoch und entblößte dabei meine Brüste.
»Oh Gott, du bist eine Nymphe! Oder nein, eher eine Sirene! Ich wusste es. Du bist kein Mensch. Du bist die nackte Verführung«, stöhnte Tom, bevor er meine Brüste gierig verschlang. Er packte mich gleichzeitig an meiner Hüfte und setzte mich auf seinen Schoß. Mit einer Hand schob er meinen Slip beiseite. »Darf ich?«
»Du darfst!«
Ich setzte mich auf sein Glied und ließ ihn in mich eindringen. Nun stöhnten wir beide leidenschaftlich und voller Vorfreude.

Während ich mein Becken auf und nieder bewegte, kam Tom mir entgegen, um die Stöße zu beschleunigen und zu vertiefen.
»Oh Gott, Milly, ich kann nicht mehr!«
»Dann spritz ab!«
Tom verzog das Gesicht und entließ ein letztes, endlos langes Stöhnen. »Oooooooh mein Gooooott!«
Atemlos blickte Tom mich an, was fast schon vorwurfsvoll aussah. »Siehst du?«
»Was sehe ich?«, fragte ich leise. Ich rutschte von ihm herunter und zog ihm die Hose hoch. Dann gab ich ihm einen kurzen Kuss.
»Wir können einander nicht widerstehen. Du bist eine Sexgöttin. Das wusste ich bereits aus Pauls Erzählungen. Allerdings habe ich nicht geahnt, dass du so gut im Blowjob bist.«
»Sekundärliteratur«, grinste ich.
Tom hob die Augenbrauen. »Ein Dank an den Autor!«
Ich lachte leise.
Tom richtete sich auf und fuhr sich durch die Haare. »So fühlt es sich also an, fremdzugehen.«
»Wie denn?«
»Eine Mischung aus Geilheit, schlechtem Gewissen und einer hungrigen Schlange der Leidenschaft, die noch immer im Bauch schlummert«, antwortete Tom.
Ich streichelte seinen Oberarm. »Entschuldige! Meine Schuld. Ich konnte einfach nicht widerstehen.«

Tom schüttelte den Kopf. »Nicht dein Fehler! Ich war genauso beteiligt.«

»Die hungrige Schlange könntest du allerdings nochmal freilassen…ich eigne mich hervorragend als Beute. Und ich bin noch nicht ganz fertig«, deutete ich wage an.

Tom lächelte. Dann warf er mich ohne Vorwarnung ins Moos. »Das können wir ändern.« Nun tauchte er ab und suchte unter meinem Rock nach meiner Lotusblüte. Genussvoll leckte er über meine Vulva, bis er meine Perle sanft anstupste. Er massierte meine Innenschenkel und knabberte sich hinunter bis zu meinen Füßen, nur um gleich wieder hochzugleiten. Er nahm meine Perle in den Mund und saugte leicht daran, dann fing er an, sie mit der Zunge nach links und rechts zu bewegen. Ich spürte meinen Höhepunkt kommen und streckte meine Oberschenkel durch, um den Lustpunkt besser treffen zu können.

Ich war so aufgeheizt, dass ich innerhalb kürzester Zeit kam. Kaum spürte Tom das Zucken in meiner Vagina an seinem Finger, rutschte er hoch und drang erneut in mich ein. Er hob meine Beine an und nahm mich voller Inbrunst und Leidenschaft.

Ich fühlte mich wie ein explodierendes Lustobjekt, das gar nicht genug kriegen konnte. Wir trieben es noch ein drittes Mal, bis wir endgültig befriedigt auf dem Waldboden lagen.

»Wie gut, dass keine Pilzsaison ist«, witzelte ich.

Tom stützte sich auf einen Ellenbogen. »Warum?«

»Sonst wären wir bestimmt nicht so ungestört gewesen.«

Tom streichelte mir übers Gesicht und gab mir einen letzten Kuss. »Ich habe total die Zeit vergessen. Ich muss jetzt leider los, Milly.«
»Dann lass uns gehen! Ich führe dich aus dem Wald heraus.« Grinsend streckte ich die Zunge heraus.
»Du bist eine Frau!«, sagte Tom kokett.
»Ach! Und dann habe ich keinen Orientierungssinn? Pustekuchen. Ich habe den besten Orientierungssinn aller Zeiten.« Ich nahm seine Hand und zog ihn durch das Unterholz. Wir liefen den Waldweg zurück, bis wir sein Auto erreichten.
»Ich nehme dich noch ein Stück mit. An der nächsten Bahnstation kann ich dich absetzen, wenn du magst«, bot Tom an.
»Sehr gerne. Danke!«
Fünf Minuten später winkte ich ihm nach mit einer Million Gedanken und Erinnerungen an einen explosiven Waldbesuch.

»Ich lade dich ein, was möchtest du essen?«, fragte Tom.
»Dich«, feixte ich, obwohl das eigentlich die Wahrheit war.
Tom lachte sein umwerfendes Prinz-Charming-Lachen und zwinkerte mir zu. »Das geht hier schlecht. Also?«

»HIER? Geil! Er hängt an deiner Angel, Milly! Mach ihn klar«, jubelte Luzifer 😈.
»Jetzt warte doch mal ab, Mr Ungeduld!«, beschwerte sich Aurora 👸.

»Schokolade und Erdbeere, bitte!«

Tom bestellte das Eis und überreichte es mir. »Lass es dir schmecken!«
»Vielen Dank für die Einladung!«
Wir verließen das Eiscafé und gingen Eis schleckend zu seinem Wagen. Dort lehnte er sich gegen die Beifahrertür.
»Und, wie fühlt es sich an, hier zu sein? So allein.«
»Gemischt. Aufregend, einsam, erfolgreich, erfüllend, beängstigend. Es ist, als ob es mein vorangegangenes Leben nicht gegeben hätte. Die Kinder sind weit weg, ich bin Single. Das ist nach knapp zwei Jahrzehnten verdammt neu für mich«, gab ich zu.
Tom hob beide Augenbrauen. »Single? Ihr habt euch tatsächlich getrennt?«
Ich nickte. »Ich habe mich getrennt. Und ich weiß, das war richtig. Viel zu lange habe ich auf Liebe verzichtet.«
»Paul liebt dich nicht? Das glaube ich aber nicht«, widersprach Tom.
Ich lächelte. »Paul hat mich nie geliebt. Aber seitdem ich vor fünf Jahren Schluss gemacht habe, ist ihm aufgefallen, dass er alleine sein könnte, wenn ich gehe. Und er kann alles, nur nicht alleine sein. Also hat er sich selbst eingeredet, dass er mich liebt.«
»Okay, das wusste ich nicht. Und was machst du jetzt?«, wollte Tom wissen.
»Vorerst gehe ich meiner Leidenschaft nach: dem Schreiben. Das erfüllt mich wirklich. Und dann denke ich auch nicht so intensiv darüber nach, dass ich vielleicht als einsame, alte Jungfer enden könnte. Ich bin jetzt erst einmal zufrieden, dass ich meine Fähigkeit zu lieben wiederentdeckt habe.«
Tom leckte an seinem Eis. »Du könntest dich mit Paul auch wieder versöhnen.«

»Nein. Da führt kein Weg mehr rein. Ich möchte das nicht mehr.« Hungrig verfolgte ich seine genussvolle Geste.
»Sieh mich nicht so an!«, sagte Tom mit fast ernster Miene.
»Wie sehe ich dich denn an?«, fragte ich ertappt.
»So lüstern!«
Ich grinste und blickte kurz auf den Boden. Als ich wieder aufblickte, trafen sich unsere Blicke. »Echt? Ist mir gar nicht aufgefallen. Verzeihung! Wenn du deine Zunge allerdings so genießerisch über dein Eis gleiten lässt, springt meine Denkmaschine an. Und die setzt wiederum ziemlich heiße Phantasien frei.«
»Geile Denkmaschine!«, feixte Tom lächelnd.
»Ich zeige dir jetzt mal was, und dann stellst du fest, was Denkmaschinen so alles können«, kündigte ich an. Ich leckte über mein Eis, und zwar erst von unten nach oben und dann über die obere Spitze. Ich umschloss die Eisspitze mit meinen Lippen und saugte daran. Dann öffnete ich den Mund wieder. Ich schloss die Augen und stöhnte leise. Als ich die Augen wieder öffnete, starrte Tom mich fasziniert an. Sein Eis hatte er längst vergessen.
»Und?«, unterbrach ich meine Vorführung. »Denkmaschine angesprungen?«
»Ja«, sagte Tom mit einer brüchigen Stimme.
»Man kann auch einem Eis einen blasen«, platzte ich heraus.
Tom lachte. Dann schüttelte er den Kopf. »Siehst du! Und genau deshalb können wir uns nicht verabreden. Ich würde dir erst beim Eisblasen zusehen und dir dann selbst etwas…« Tom brach ab.
»Banane reichen?«, forderte ich ihn heraus.
Tom fuhr sich seufzend durchs Haar. »Genau. Mit einem Unterschied…«

»Deine Banane ist gerade gewachsen und nicht krumm?«, vollendete ich seinen Satz grinsend.
Tom blickte mich lange an. »Milly, du brauchst echt einen Waffenschein. Herr im Himmel!«
»Warum?« Ich leckte wieder über mein Eis. »Weil ich jetzt leider den imaginären Schwanz abbeißen muss, um an den geilen Inhalt zu kommen?«
Gefesselt beobachtete Tom, wie ich an meinem Eis herumknabberte. »Unglaublich! Ich bin in deiner Nähe so was von aufgeladen. Du hast einen Sexappeal! Und du redest so offen über deine Gefühle und über Sex. Ich kenne kaum eine Frau, die so direkt ist.«
»Ich bin halt die Göttin der Lust«, feixte ich.
Tom wischte sich den Schweiß von der Stirn. »Ja, genau. Und deshalb bräuchtest du eigentlich einen Waffenschein, um auf die Straße gehen zu dürfen.«
»Ich bin total harmlos.«
»Nein. Bist du nicht. Und das weißt du auch. Du bist... einzigartig.«
»Ich weiß es nicht. Aber es tut gut zu hören.« Ich lächelte und steckte mir den letzten Rest Eis in den Mund. »Ich hatte gehofft, dich zu einem Date überreden zu können. Ein Essen. Ein Gespräch.«
»Das Gespräch würde keines bleiben«, fiel mir Tom ins Wort.
»Ach nein?«
»Nein, und das weißt du auch. Wir würden beide im Bett landen.«
»Im Bett? So schnöde? Nein, nein, das würden wir nicht. Du würdest mich überall nehmen, nur nicht in deinem Bett. Ich würde dich im Auto auf deinem Sitz vernaschen, im Wald von hinten, von vorne, unten, oben...Die Liste

wäre endlos. Aber wir würden es NICHT im Bett treiben.«
»Warum nicht?« Fasziniert starrte Tom mir auf die Lippen.
»Weil wir es gar nicht bis dahin schaffen würden. Dann bräuchten wir nämlich ein zweites Date.«

»Geil, Milly! Er zappelt ja so was von an deiner Angel! Schubs ihn ins Auto und nimm ihn! Reite auf ihm! Zeig ihm, was du kannst!«, feuerte mich Luzifer 😈 an.
»Luzifer! Jetzt halt doch mal die Klappe und lass endlich etwas Romantik aufkommen«, knurrte Aurora 👸.

Die Stimmung zwischen uns war elektrisch aufgeladen wie bei einem Ballon, den man über eine Handfläche rieb, um Reibungselektrizität zu erzeugen.
»Ach Milly, ich würde wirklich, wenn ich könnte. Aber es geht nicht. Ich würde dir vermutlich verfallen. Ich ahne, dass du eine Granate im Bett bist. Oder im Auto, auf dem Waldboden oder...sonstwo«, seufzte Tom.
»Ich danke dir sehr für die Einladung zum Eis.«
»Gern geschehen. Vielleicht sehen wir uns ja mal wieder.«
»Ja, vielleicht. Aber da wir uns ja nicht sonderlich grün sind, macht das vielleicht auch gar keinen Sinn«, sagte ich leise.
Tom lächelte und blickte gen Himmel. »Nicht grün? Nein, wir sind uns überhaupt nicht grün«, schlug er einen ironischen Tonfall an. »Die Stimmung zwischen uns ist auch überhaupt nicht sexuell aufgeladen. Nein. Und es fällt mir auch richtig leicht, dir zu widerstehen.«
»Ach, tut es das? Ich wünschte, die Stimmung zwischen uns wäre weniger als aufgeladen, aber stattdessen ist sie

hochexplosiv. Ich könnte dich augenblicklich anspringen und würde dich die nächsten Stunden nicht mehr loslassen. Ich würde dich dermaßen vernaschen, dass du nicht mehr gerade laufen könntest«, feixte ich.
Tom blickte mir lange in die Augen. »Komm her!« Er breitete die Arme aus. »Lass dich drücken!«
Ich ließ mich umarmen.
»Wenn ich könnte, würde ich sofort. Wirklich!«
»Dann bin ich also kein weiteres Flirthäschen in deinem Tagesablauf?«, wagte ich mich vor.
Tom blickte mich aus zehn Zentimetern Entfernung an. Seine Hände ruhten noch auf meiner Taille. »Nein, das bist du nicht. Ich flirte gerne. Das stimmt. Aber zwischen uns sind noch ganz andere Schwingungen. Darum werde ich das nicht vertiefen.«
»Du hast Angst.«
»Ja.«
Ich nickte. »Das verstehe ich gut. In der Angstphase stecke ich auch gerade. Aber ich respektiere das. Ich habe schon genug schlechtes Karma gesammelt, weil ich dich ständig anbaggere. Ich höre jetzt damit auf. Auch wenn ich dir gar nicht widerstehen möchte.«
»Ich möchte dir auch nicht widerstehen. Aber ich muss. Es tut mir leid, Milly. Ich mag dich wirklich. Aber ich mag mein Leben als Ehemann und Familienvater auch. Mehr sogar noch. Ich möchte das nicht durch ein Abenteuer riskieren.«
»Das verstehe ich. Auch wenn ich mehr als nur ein Abenteuer für dich sein möchte.« Ich streichelte über seine Wange und fuhr durch sein Haar. »Ich werde jetzt gehen, sonst versuche ich noch, dich zu küssen.«
Tom nickte. »Ja. Glaube mir, es ist besser so.«

»Ich muss das nicht glauben. Du musst es glauben, schließlich ist es nur für dich besser. Für mich wäre der Kuss die bessere Lösung.«
Tom schnitt eine Grimasse, löste aber seine Hände nicht von meiner Taille.
»Warum zögerst du?«, fragte ich leise.
Tom suchte nach Worten.
Ich stellte mich auf Zehenspitzen und drückte ihm einen leichten Kuss auf die Lippen. Tom blickte mich an, dann beugte er sich vor und gab mir einen intensiven Kuss, der mir die Schuhe auszog.
»Ciao!«, verabschiedete ich mich schließlich mit wild klopfendem Herzen. Ich war kurz vor einem Tränenausbruch. Ich warf ihm einen letzten Blick zu und machte schließlich auf dem Absatz kehrt.
Mir schlug das Herz bis zum Hals. Es ließ sich gar nicht beruhigen. Ich drehte mich noch einmal um und sah, wie er mir hinterherblickte. Am liebsten wäre ich zurückgerannt. Aber ich blieb tapfer und hob nur eine Hand zum Gruß.
Tom lächelte gequält und winkte zurück.
Ich wusste, er blickte mir nach, bis ich in der Bahnstation verschwunden war. Das war ein merkwürdiges Gefühl. Ich hatte weiche Knie, aber es half alles nichts.
Er wollte nicht und ich musste das respektieren.

»Milly, Milly, wo bleibt nur dein ›*Kampfgeist*‹? Von mir aus auch dein innerer Prinz? Ich dachte, du wolltest ihm helfen. Aber das tust du doch nicht, indem du das Objekt unserer Begierde laufen lässt!« Luzifer 👿 verdrehte genervt die Augen.
»Mir ist auch schon ganz schlecht«, jammerte Aurora 👑.
»So wird das nie was, Milly!«

»Sag ich doch!«

Eine Million Wege zu dir

Ich hielt das Buch in meinen Händen. Endlich war es fertig. Nun war das Buch ›Eine Million Wege zu dir‹ auf dem Markt.
Es war ordentlich Werbung geschaltet worden und bereits in den ersten zwei Wochen hatte es die Spiegel-Bestellerliste erklommen. Ich konnte es gar nicht fassen.
Ich hatte damit gerechnet, dass sich vielleicht zehn unglücklich verliebte Frauen für das Buch interessieren könnten. Aber nun waren es Tausende.
Und ich?
Ich konnte ihn einfach nicht vergessen.
Jeden Tag, wenn ich aufstand, überlegte ich, ob Tom gerade vor dem Spiegel stand, sich die Zähne putzte, sich anzog, frühstückte. Tagsüber dachte ich darüber nach, welche Arbeit er wohl gerade erledigte und ob er manchmal an mich dachte.

»I am wondering, if you cross my mind«, jodelte Luzifer 😈 mit schmerzverzerrtem Gesicht.
»Das würde mich auch interessieren. Ob Tom noch an Milly denkt?«, überlegte Aurora 👸.

Seit dem Eisessen war ein Monat vergangen.
Er hatte sich nicht gemeldet.
Ich hatte es nicht gewagt, mich zu melden.
Ich hoffte, die Sehnsucht würde irgendwann nachlassen.
Ich nahm das Buch und legte es in einen Karton, um es ihm zu schicken.
Was würde er wohl dazu sagen?

Was würde seine Frau dazu sagen, wenn sie mitkriegte, dass das eine Liebeserklärung an ihren Mann war?
Bei dem Gedanken schlug mir das Herz bis zum Hals.
Sollte ich es ihm wirklich nach Hause schicken?

Traumtagebuch

»Dieses Buch ist das Letzte! Du hast mit ihr geschlafen, gib es zu!« Wütend stand Tina Miller vor Tom und schlug ihm das Buch mit dem blauen Einband gegen die Brust.
»Tina, lass das! Es ist nichts zwischen uns gelaufen. Das steht doch auch so drin im Buch«, verteidigte sich Tom.
Seine Frau schnaufte entrüstet.»Pah, das soll ich doch bloß denken. Sieh dir nur all diese Phantasien an, diese Sexszenen! Das kann sie sich doch unmöglich alles ausgedacht haben.«
»Hat sie aber. Milly hat halt eine blühende Phantasie. Darum ist sie auch Schriftstellerin«, widersprach Tom.
»Du hättest mir das Buch nicht zeigen sollen. Es wäre mir lieber gewesen, ich hätte es nie gesehen. Es ist so unbekannt, da wäre mir dessen Existenz niemals aufgefallen. Jetzt habe ich ständig diese Szenen im Kopf, wenn ich dich ansehe und muss daran denken, wie sie dich vernascht.«
Tom rollte mit den Augen. »Schatz, dieses Buch ist eine Ausgeburt der Phantasie. Nichts darin stimmt.«
»›Nichts‹ stimmt jawohl nicht. Schließlich sind die normalen Szenen alle echt! Du hast sie getroffen, du hast mit ihr geflirtet und du hättest gerne mit ihr Sex gehabt«, warf Tina ihrem Mann vor.

Tom schluckte. »Ja, das hätte ich gerne. Aber ich habe es nicht getan.«

»Aber du hättest gerne und das ist schlimm genug.« Wütend verschränkte Tina die Arme vor der Brust.

Tom näherte sich ihr. »Wir zwei könnten doch mal wieder…wir hatten lange keinen heißen Sex mehr. So wie früher…«

Tina schnaufte. »Sorry, kein Bock. Ständig triffst du irgendwelche Frauen, die dich ins Bett kriegen wollen. Das nervt!«

»Milly will mich ja gar nicht ins Bett kriegen«, versuchte Tom einen Witz zu reißen.

Tina grunzte. »Nee, stimmt, sie treibt es überall mit dir. Dann treffe dich doch mit ihr! Hab Sex mit ihr! Meinen Segen hast du!«

»Wirklich?«

»Nein. Das war ein Scherz! Solange du mit mir verheiratet bist, werde ich dich auch nicht teilen.«

»Du willst mich nicht teilen, aber scharf auf Sex bist du auch nicht mehr«, warf Tom ihr vor.

Tina zuckte mit den Schultern. »Ist halt so. Seitdem die Kinder da sind, habe ich einfach keine Lust mehr. Ich kann auch nichts dafür, wenn mein Körper nicht will.«

»Will denn dein Geist?«, versuchte Tom seine Frau zu bezirzen.

»Nein. Warum ist dir Sex bloß so wichtig? Es ist doch viel wichtiger, dass wir unseren Alltag gemeinsam meistern«, beschwerte sich Tina.

»Ich finde, das gehört zu einer gut funktionierenden Partnerschaft dazu«, erklärte Tom.

»Und ich finde, es geht auch ohne.« Wütend warf Tina das Buch in den Papierkorb und verließ die Küche.

Erschrocken hielt ich inne. Ich wollte nicht, dass Tom Ärger bekam. Andererseits war die Wahrscheinlichkeit ziemlich gering, dass seine Frau das Buch überhaupt zu sehen bekam.

Ich entschied mich trotzdem, das Buch an seine Firmenadresse zu schicken. Vorsichtig verpackte ich es und schrieb einen Brief dazu:

Lieber Tom,

Wenn man liebt, ist man voll kreativer Energie und möchte etwas erschaffen. Liebe ist bedingungslos, sie fordert nicht. Dieses Buch ist eine Geschichte über dich und mich. Ich habe die Liebe für mich selbst wiederentdeckt und mich dadurch in dich verlieben können. Die Schmetterlinge in meinem Bauch erfüllen mich, ich habe das Gefühl zu leuchten und das ist einfach nur großartig. Seitdem ich die Liebe wiedergefunden habe, habe ich das Gefühl, Bäume ausreißen zu können. Ich habe endlich wieder zu mir selbst gefunden. Vor vielen Jahren habe ich mein inneres Dornröschen schlafen gelegt und auf Liebe

verzichtet. Die Begegnung mit dir hat meinen Prinzen geweckt, der sich durch meine emotionale Dornenhecke gekämpft hat, um meine innere Prinzessin zu wecken.
Darum habe ich dir das Buch gewidmet.
Ich entschuldige mich bei dir, dass ich dich aus meinem Gefühl heraus um ein Date gebeten habe. Damit habe ich dich in gedankliche Schwierigkeiten gebracht. Du bist ein verheirateter Mann und Familienvater und verdienst meinen höchsten Respekt, dass du so standhaft bist. Ich hätte auch Paul nichts erzählen sollen, um eure Freundschaft nicht zu belasten. Hinterher ist man immer schlauer.
Ich hoffe, du hasst mich nicht und kannst mir eines Tages verzeihen, dass ich meine Gefühle offenbart habe.
Ich würde mich sehr freuen, wenn du das Buch liest.

Liebe Grüße,
Milly Dreizack

Ich tütete den Brief ein, atmete noch einmal tief durch und legte ihn zu dem kleinen Päckchen, in dem mein Buch schlummerte. Es war natürlich gefährlich, ihm das Buch zu schicken, in dem ich ›*Sex, Action und Gewalt*‹ vereint hatte, um meine wildesten Phantasien von ihm festzuhalten. Aber ein letzter Hoffnungsschimmer schlummerte noch in mir, dass er sich mit mir verabreden würde.

»Was machen wir, wenn er sich nicht meldet?«, warf Luzifer 😈 in den Raum.

Aurora 👸 blinzelte eine Träne weg. »Dann kann Milly ihren inneren Prinzen in der Dornenhecke sterben lassen. Dann wird Dornröschen nie wieder aufwachen.«

Luzifer 😈 blickte pikiert zum Engelchen. »Aurora! Da draußen turnen Millionen von Männer herum. Da wird jawohl vielleicht ein einziger sein, der sich für unsere Milly interessiert, oder?«

»Meinst du?«, fragte Aurora 👸 schluchzend.

»Na klar! Hab Vertrauen, Engelchen«, sagte Luzifer 😈 fast schon liebevoll.

***

Ich blickte auf den Kalender.

Zehn Tage waren vergangen, seitdem ich Tom das Buch geschickt hatte. Zehn quälend lange Tage, in denen ich null Reaktionen bekommen hatte. War das Buch überhaupt angekommen? Hatte er das Päckchen geöffnet? War er gerührt über den Inhalt? Oder war er total angefressen, weil ich meine Gefühle dargelegt hatte? Vielleicht hasste er mich nun doch und ich konnte mich auf ein schreckliches Wiedersehen gefasst machen. Oder aber ich würde ihn nie wiedersehen, weil er mir die Buchveröffentlichung übel nahm.

Ich versuchte, nicht allzu viele Gedanken und Zweifel daran zu verschwenden, aber das war gar nicht so einfach. Manchmal hatte ich Schwierigkeiten, mich auf die Arbeit zu konzentrieren. Und dann fragte ich mich, was schlimmer war: eine knallharte Ablehnung oder eine zermürbende Nichtreaktion!

»Ablehnung, natürlich«, warf Luzifer 😈 ein.
»Nein, eine Nichtreaktion ist schlimmer, weil da immer ein letzter Hoffnungsschimmer bleibt, der einfach nicht sterben will«, widersprach Aurora 👸 seufzend.
»Natürlich nicht. Denn das Herz ist ein Hoffnungsträger und wenn dieser Funke verglimmt, lebt auch der Mensch nicht mehr«, mischte sich mein Prinz 🤴 ein.

Familienurlaub

»Mamaaaa!«
Sechs Monate Singledasein ohne Kinder an Bord waren schon eine lange Zeit. Natürlich war ich zwischendurch mal zuhause gewesen. Aber nun war meine Arbeit in Hamburg erst einmal beendet und ich musste mich neu bewerben.
Wie erschlagen war ich von dem Gewusel und dem Lärmpegel im Hause Dreizack. Ich war das Kindergeschrei gar nicht mehr gewohnt.
»Morgen fahren wir in den Urlaub, Mama!«, quakte mein Jüngster.
»Das ist toll, mein Schatz«, erwiderte ich. Mit schreckgeweiteten Augen fiel mir ein, dass der Familienurlaub von Paul und seinen M&Ms geplant war. Den ich aber eigentlich gar nicht hatte mitmachen wollen.
»Du kommst doch mit, oder?«, sagte Max und ergriff meine Hand. »Spielst du mit mir, Mama?«
»Klar, mein Schatz. Was immer du willst.«
»Echt? Du fährst mit?«, fragte Paul.
Lange schaute ich ihn an. »Meinst du, das ist so eine gute Idee?«
»Hast du Angst, du könntest dich nicht beherrschen?«, feixte Paul, aber ich wusste, dass es ihm das Herz brechen würde.
»Nein. Ich kann mich beherrschen. Ich bin doch schon groß.«
»Dann komm bitte mit! Die Kinder haben dich sehr, sehr doll vermisst«, flehte Paul förmlich. »Und ich auch.«
Ich seufzte. »Ach, Paul…«

»Mamaaa!« Meine Tochter flog mir in die Arme und warf mich fast zu Boden.
»Bist du groß geworden, mein Schatz! Hat Papa dir zu viel zu Essen gegeben?« Grinsend streckte ich die Zunge heraus.
»Ich habe dich fast eingeholt«, lachte Bella.
»Ja, das stelle ich mit Schrecken fest. Bald gehöre ich zu den Omas, der man auf den Kopf spucken kann. Dabei bin ich mit 1,70 m doch gar nicht so klein«, erwiderte ich.
»Mama?« Bella umarmte mich fest. »Du kommst doch morgen mit, oder? Papa meinte nämlich, du fährst nicht mit. Das finde ich doof.«
Ich stöhnte innerlich. Ein letzter Blick auf Paul und ich nickte ergeben. »Okay, ich komme mit.«
Bella erdrückte mich fast vor Freude. »Das ist sooo cool, Mama! Ohne dich ist ein Urlaub auch kein Urlaub. Ich habe dich so sehr vermisst!«
»Ich habe dich und deine Geschwister auch vermisst«, gab ich zu. »War manchmal ganz schön einsam ohne euch!«
»Wenn wir groß sind und ausziehen, dann wird es richtig einsam für dich«, sagte Bella grinsend.
Ich tätschelte ihre Wange. »Danke für die aufmunternde Aussicht, mein Schatz! Das sind ja tolle Jahre, die mir bevorstehen.«
»Du hast ja noch Papa«, mischte sich Emilian ein. »Und wir kommen euch besuchen.«
Ich blickte zu Paul.
Beide kniffen wir - es besser wissend - die Lippen zusammen. Wir hatten uns als Paar getrennt, auch wenn wir immer Eltern bleiben würden. Und bisher hatten wir noch nicht den Mut aufgebracht, es unseren Kindern zu beichten.

Ich wusste, Paul hätte den Zustand gerne rückgängig gemacht, aber ich konnte nicht. Ich konnte nicht einfach so tun, als wenn ich den Rest meines Lebens gemeinsam mit ihm als Liebhaber und Ehemann verbringen wollte. Er war mir zudem innerhalb kürzester Zeit fremd geworden. Nicht einmal sein Anblick regte irgendetwas in mir.
Ich hatte ihn zwar über die Jahre zutiefst lieb gewonnen, aber das reichte nicht für eine heiße, feurige Liebesbeziehung. Klar, als junger Hüpfer erwartete man, dass man im Alter das Thema ›*Sex*‹ und ›*Leidenschaft*‹ immer mehr ausblendete. Dann zählte vermutlich eher, dass man sich gut miteinander verstand und füreinander da war. Aber ich war noch nicht im Seniorenheim, wo es wichtig war, mit dem Partner Karten und Würfelspiele zu spielen. Ich befand mich jenseits der Lebensmitte und daher wollte ich mehr.
Vermessen?
Ich wusste es nicht, aber ich wollte auch keine Chance verpassen. So beängstigend der Zustand des plötzlichen Single-Daseins auch war, ich wollte kein Feigling sein und nur mit meinem Mann zusammenbleiben, weil sich das sicherer und bequemer anfühlte.
»Dann pack mal gleich noch deinen Koffer! Oder warte«, Paul schnappte sich meinen Koffer, »ich wasche deine dreckige Wäsche schnell durch, dann kannst du den Rest im Koffer lassen.«
Ich nickte und widmete mich Max, der schon wieder an mir herumzerrte. »Danke!«, rief ich Paul hinterher.
»Wir fahren in den Urlaub. Hier, Mama, das Auto ist für dich! Du musst mit dem Rennauto fahren. Wir fahren nach Italien«, erklärte Max.
»Da fahren wir morgen wirklich hin«, mischte sich Bella ein.

»Ich weiß, Schatz!« Lächelnd nahm ich das Spielzeugauto entgegen.
Wie würde es sich wohl anfühlen, morgen Tom gegenüber zu stehen? Bei dem Gedanken, ging mir ganz schön die Muffe.

»Du wirst ihn anschmachten«, prophezeite Aurora 👸.
»Quatsch! Sie wird ihn bei erstbester Gelegenheit anspringen und verführen«, widersprach Luzifer 😈.
»Oder sie wird ihn anschreien, weil er sich nicht einmal gezuckt hat, obwohl sie ihm mit dem Buch ihr Herz zu Füßen gelegt hat«, mutmaßte Aurora 👸.
»Nun, er hätte sich wirklich zumindest mal melden können«, überlegte Luzifer 😈.

Nein, dachte ich entschieden, das werde ich nicht. Ich werde ihn weder anmeckern, noch anschmachten. Ich werde total brav sein und meine Finger und Lippen ganz bei mir lassen. Vielleicht werde ich ihm auch einfach aus dem Weg gehen, denn tief in mir nahm ich es ihm übel, dass er sich zum Buch nicht geäußert hatte.

»Boah, Milly, wo bleibt dein Kampfgeist?«, quakte Luzifer 😈.
»Ich finde das sehr romantisch«, juchzte Aurora 👸.
»Romantisch? Drauf geschissen, Engelchen! Was soll daran romantisch sein, wenn Milly ihren Traummann links liegen lässt?«, fragte Luzifer 😈 genervt.
Aurora 👸 verdrehte die Augen. »Milly sammelt gutes Karma, das ist wichtig!«

»Papperlapapp! Ihr schlechtes Karma kann sie doch auch in meiner schönen Höllenunterkunft ausleben. Da ist es auch ganz nett«, widersprach Luzifer 😈.

Am Abend packte ich meinen Koffer und legte mich mit einem mulmigen Gefühl im Magen schlafen.

Traumtagebuch

Wie eine griechische Göttin war ich zurechtgemacht, um mich in der traumhaften Landschaft der Toskana ablichten zu lassen. Meine dunkelbraun gefärbten, mega-langen Haare waren zum Teil hochgesteckt und nur ein Schwung Engelslocken floss mir über die Schulter. Dazu trug ich ein umwerfendes weißes Kleid und posierte gerade vor der Fotografin, als eine Kolonne an Autos eintraf.

Sie waren da!

Endlich!

Seit einer Woche war ich schon mit meiner Familie in der riesigen Finka, in der locker sechs Familien Platz fanden. Ich war gerade von meiner USA-Reise zurück. Einer meiner Romane war verfilmt worden. Natürlich von Walt Disney und natürlich mit den beiden DC-Stars in der Hauptrolle, Stephen Amell, in seiner berühmten Rolle ›Oliver Queen‹, besser bekannt auch als ›Arrow‹ und Emily Bett Richards, die wir alle in ihrer Rolle als ›Felicity Smoke‹ in der Serie ›Arrow‹ so sehr liebten. Beide hatten sich bereit erklärt, in meinem Film die Hauptrollen, und damit das Liebespaar zu spielen. Ich war natürlich als Dreh-

buchautorin zwei Monate mit bei den Dreharbeiten gewesen und hatte mich ganz dicke mit beiden angefreundet. Ich war ein Star! Gott, was war die Traumwelt phantastisch!
Da blieben echt keine Wünsche offen.
Von weitem beobachtete ich, wie erst Mario mit seiner Freundin Chris, dann Mick mit seiner Frau Bettina und Kindern, Mathis mit seiner Frau Manu und Kindern und zu guter Letzt Tom mit seinen Kindern aus ihren Wagen stiegen.
Ich hob kurz die Hand und winkte ihnen zu.
Grinsend überquerte Mario die ausgestorbene Straße und betrat das Feld, auf dem ich mich ablichten ließ.
»Milly, bist du das?«, rief er mit großen Augen.
Ich grinste bis über beide Ohren. »Na logo! Wer sonst?«
Mario lachte. »Du siehst…wahnsinnig gut aus. Hast du eine Verjüngungskur gemacht?«
Entrüstet stemmte ich mir die Hände in die Hüften. »Sag bloß, ich sah vorher alt aus!«
Die Fotografin freute sich über meine verschiedenen Stimmungslagen und fing alles mit ihrer Kamera ein.
»Ich dachte, ich sehe auch so blutjung und bildschön aus«, konterte ich.
Mario lachte auf. »Natürlich, wie immer.« Er grüßte die Fotografin und umarmte mich. »Hallo Milly! Phantastisch, dass wir alle gemeinsam Urlaub machen. Das war eine richtig tolle Idee von dir. Aber wegen der Bezahlung reden wir nochmal, okay?«

Ich winkte ab und gab ihm einen Kuss auf die Wange. »Tun wir nicht! Ich habe einen Lauf. Das muss man ausnutzen.«

Auch Mick und Mathis kamen herbei und begrüßten mich. Sie stellten mir ihre Familien vor und machten sich dann auf den Weg ins Haus.

Chris unterhielt sich kurz mit der Fotografin. Da sie selbst als Fotografin arbeitete, gab es offensichtlich immer etwas, was man austauschen konnte.

Nur Tom ließ sich viel Zeit beim Aussteigen und Ausladen des Gepäcks, während seine Kinder aufgeregt um ihn herumsprangen.

Ich wusste, weshalb er nicht rüberkam.

Er wusste, dass ich ihn verliebt war und es hatte Paul ganz schön viel Überredungskünste gekostet, dass er überhaupt mitgekommen war. Seine Frau hatte nicht mitkommen wollen.

Nachdem ich das Fotoshooting beendet hatte, verabschiedete sich die Fotografin. Wir hatten alle Bilder im Kasten. Ich ging mit weichen Knien hinüber ins Haus und begrüßte alle.

Als ich Tom sah, wollte ich ihm die Hand reichen, doch er nahm mich kurzerhand in den Arm.

»Hallo Milly! Tolles Kostüm! Wolltest du zum Berg des Olymp?«

»Danke!«, sagte ich. »Ja, Apollo und Jupiter haben mich eingeladen. Ich bin mir nur nicht sicher, ob ich den Vater oder den Sohn vernaschen soll.« Ich grinste breit und streckte die Zunge heraus.

Ich bemerkte seinen bewundernden Blick, tat aber so, als würde ich ihn nicht bemerken. Ich drehte mich weg und ging in den großen Wohnbereich.

»Wir haben uns erlaubt, die Zimmer schon einzuteilen«, sagte ich und deutete auf die Türen, an denen die selbstgemalten Schilder meiner Kinder prangten.

»Na, dann packen wir doch mal aus«, rief Mathis schwungvoll.

Ich ging hinaus auf die Terrasse und legte mich für ein paar Minuten auf einen Liegestuhl, bis so nach und nach alle eintrudelten.

»Wer kocht?«, fragte Mathis gleich und leckte sich hungrig über die Lippen.

»Heute sind Valentin und ich dran«, sagte ich. »Wenn es euch schmeckt, dann kochen wir morgen nochmal. Speiseplan haben wir ja schon vorher ausgetüftelt mit euren Wünschen.«

»Was ist, wenn es uns nicht schmeckt?«, witzelte Mick.

Ich zuckte mit den Schulter und grinste. »Dann darfst du morgen kochen.«

Mick hob beide Hände. »Ich kann nicht kochen.«

»Tja, dann warten wir doch erstmal ab, wie euch unsere Pizza schmeckt«, sagte ich.

»Pizza?«, riefen die Kinder.

Jubel brach aus.

»Pizza«, sagte ich. »Das beste Essen, um sich in die Herzen der Kinder zu kochen.«

»So willst du Pizza machen?«, fragte Paul und deutete auf das weiße Kleid.

Ich schaute an mir herunter. »Nee, das ist nur für meine Sklaventreiberarbeit gedacht. Wenn ich selbst als Sklave schufte, muss ich mich umziehen.« Ich stand auf und ging ins Haus, um mich umzuziehen. Eilig zog ich mir einen Rock und ein schwarzes Wasserfallshirt über.

Dann ging ich mit Valentin in die Küche.

Wir drehten die Musik auf und schnippelten wie die Weltmeister.

»Wird noch Hilfe gebraucht?«, ertönte eine tiefe Stimme hinter mir.

Ich wirbelte herum, das Gesicht voller Mehl, die Hände voller Teig. »Tom! Klar, wenn du Käse reiben könntest, wäre das super.«

Tom nickte.

Valentin reichte ihm eine Schürze. »Aber erst Händewaschen!«

»Ey, ey, Sir!«, erwiderte Tom grinsend.

»Gut aufgepasst, Sprössling! Hygiene ist das A und O«, lobte ich Valentin.

»Ja, Mämski-no-Brämski, ich bin halt hellem.«

»Was ist er?«, fragte Tom verwirrt, während er sich Käse und Reibe schnappte.

»Hellem. Manchmal aber auch plätschmosi«, feixte ich.

»Nee, das ist mein Bruder«, widersprach Valentin.

Ich winkte ab. »Kein Grund zur Besorgnis. Die Jungs haben ihre eigene Sprache entwickelt. Ein bisschen wie bei Zwillingen.«
Tom grinste. »Na, dann...«
Wir fertigten alle Familien ab und kamen nur zwischendurch selbst zum Naschen. Als wir fertig waren, kamen Paul und Matze in die Küche.
»So, raus mit euch, wir räumen auf und waschen ab! Das Putzteam steht bereit!«, rief Mathis. Vorsichtig blinzelte er in die Küche. »Sieht schlimmer aus, als ich befürchtet hatte.«
Ich lachte. »Wo gehobelt wird, fallen auch Späne, mein Lieber! Los, keine Müdigkeit vortäuschen. Wir gehen dann mal!« Ich scheuchte Valentin aus der Küche.
»Duschen und dann ab in den Pool?«, schlug ich vor.
Valentin hob den Daumen. »Geile Idee, Mämski!«
Wir duschten uns kurz ab und sprangen dann laut kreischend in den Pool, während die anderen noch ganz brav auf der riesigen Terrasse saßen.
»Wir wollen auch«, riefen die Kinder und so wurde der frühe Abend planschend verbracht.

Am nächsten Morgen bereiteten Valentin, Paul und ich das Frühstück vor.
»Ich komme mir vor, als würde ich in einem Hotel arbeiten«, lachte ich leise stöhnend.
»Stimmt. Wie viele Personen sind wir?«, hakte Valentin nach.

»Neun Erwachsene und elf Kinder«, entgegnete ich.

Wir brachten alles auf die Terrasse und wurden mit einem großen Hallo begrüßt.

Kaum saß ich und hatte mein selbstgemachtes Müsli verspachtelt, tauchte mein Filmteam auf: Emily, Stephen, Regisseur und Kamerateam.

Erfreut sprang ich auf und begrüßte erst Emily mit einer fetten Umarmung, dann Stephen.

Natürlich redeten wir in feinstem Englisch, wie sich das gehörte, denn alle fünf kamen frisch eingeflogen aus den USA.

»Du musst arbeiten?«, fragte Paul überrascht.

Ich wiegte den Kopf hin und her. »Nur heute und vielleicht morgen. Wir haben noch ein paar Szenen hier in der wunderschönen Landschaft geplant.« Ich deutete auf die beiden Hauptdarsteller. »Darf ich vorstellen, Stephen und Emily, DC-Fans kennen sie auch als ›Olicity‹ oder ›Oliver Queen‹ und ›Felicity Smoke‹.«

Ich aalte mich in dem Staunen der anderen.

Nach einer kurzen Begrüßung flitzte ich ins Haus und zog mich um.

Ich hatte mir ein heißes Outfit zusammengestellt, obwohl ich nur nebenbei eine Minirolle als Verflossene von meinem Protagonisten spielen sollte.

»Milly, Milly, bald müssen wir dich siezen«, feixte Mathis.

»Genau.« Ich lachte. »Den Zustand könnt ihr nur noch beheben, indem wir gemeinsam Schafe hüten.«

»Wo kann man Schafe hüten, Mama?«, fragte Max neugierig.
Ich strubbelte durch sein Haar. »Ich werde das herausfinden, mein Süßer!«
Leise ließ Max seine Hand in meine schlüpfen. »Mama, ich komm auch mit arbeiten!«
Ich beugte mich hinunter. »Schatz, das geht nur, wenn der Papa mitkommt. Ich habe da nämlich gar keine Zeit für dich.«
»Papaaaa?«
»Nein, Max! Wir machen was mit den anderen Kindern. Wir gehen zum Strand«, erwiderte Paul.
Enttäuscht ließ Max den Kopf hängen.
»Ich lese heute Abend vor, okay?«
Max nickte und täuschte ein Schniefen vor.

Seufzend saß ich im Auto und fuhr mit meiner Familie und einer ordentlichen Portion Herzklopfen im Gepäck in den Urlaub. Die Kinder wussten noch immer nicht, dass ich mich von Paul getrennt hatte. Wir hielten nach außen hin den Schein einer heilen Familie aufrecht.
Wie würde es wohl sein, Tom wieder zu sehen?
Was würde das wohl werden, wenn Paul und Tom aufeinandertreffen und ich als Anhängsel dabei bin?

»Ich glaube, ich lege mich zum Dornröschen«, sagte Luzifer 😈 und hielt sich feige die Augen zu.
Aurora 👸 lachte leise. »Ich wusste gar nicht, dass du so ein mutloser Hund bist, Luzifer! Nun warte doch erstmal ab! Außerdem schläft Dornröschen nicht mehr.«

Vorlesestunde

»Tom, altes Haus! Schön, dass ihr da seid!«, begrüßte Paul seinen alten Freund. Er strubbelte Toms Kindern Niklas und Sophie durchs Haar und widmete sich den Koffern.
Er ließ sich nicht anmerken, dass ich mit ihm Schluss gemacht hatte, weil ich mich in Tom verliebt hatte. Er war auch schwer bemüht, die Freundschaft durch nichts zu belasten. Ich wollte das Thema auch nicht ansprechen. Es war unangenehm genug.
Ich hockte mich hin, um auf Niklas Höhe zu sein. »Hallo, du musst Niklas sein. Ich bin Milly.«
Er hatte dieselben schönen grünen Augen wie sein Vater. Mit einer Mischung aus Neugierde und Befangenheit musterte er mich, schließlich sahen wir uns zum ersten Mal. Ich blickte auf seinen Haarschopf. Er hatte auch dieselben schwarzen, dicken Haare wie Tom. Er war das perfekte Ebenbild seines Vaters.
Ich holte ein Dinosaurierbuch hinter meinem Rücken hervor. »Ich habe etwas zum Vorlesen mitgebracht. Und wenn es zum Schlafen geht, lese ich euch etwas vor.«
Mit strahlenden Augen betrachtete der Sechsjährige das Buch. »Cool, du liest vor?«
Ich nickte grinsend. »Ja. Ich liebe es, vorzulesen.«
»Liest du uns auch was zum Einschlafen vor?«, fragte Tom lächelnd.
Ich blickte auf meine Uhr. »In Ordnung. Aber dann müsst ihr großen Jungs auch pünktlich ins Bett. Sonst schlafe ich ja vor euch.
»Warum liest du Papa auch was vor?«, fragte Niklas. »Er ist doch schon groß.«

»Wenn die Papas leise sind, dürfen sie mit zuhören. Bücher haben nämlich etwas Magisches, weißt du?«, antwortete ich und wirbelte mit den Händen durch die Luft. »Wenn du Glück hast, verzaubern sie dich!«
Niklas blickte nun ehrfürchtig auf das Buch. »Das ist cool«, sprach er im Flüsterton. Vermutlich wollte er die Magie im Buch noch nicht wecken.
Sophie, Toms Tochter, blickte mich an. Sie war blond und hatte wunderschöne blaue Augen. »Hallo, ich bin Sophie!«
»Hallo«, sagte ich und richtete mich auf, um Toms Tochter lächelnd die Hand zu schütteln.
Sophie lächelte zurück. Nachdem sie mir die Hand geschüttelt hatte, zeigte sie auf meine Beine. »Was ist das unter deinem Rock?«, fragte sie wissbegierig.
Ich folgte ihrem Fingerzeig und wusste nicht so recht, was sie meinte. Dann hob ich meinen Rock an und entblößte die Strapse. »Das hier?«
Ich spürte die Blicke der Männer hinter mir.
»Diese Strümpfe…sind echt cool!« Sophies Augen strahlten. Keck wackelte sie mit den Augenbrauen. Bella lachte auch und hob den Daumen. »Ich will auch unbedingt solche Strümpfe haben. Die kaufe ich mir bald von meinem Taschengeld.«

»Oh jaaa, sind die halterlosen Strümpfe nicht geil! Sie riechen nach Sex und Abenteuer!«, schrie Luzifer 😈 begeistert.
»Ich finde ja eher, sie sehen elegant aus«, widersprach Aurora 👸.
»Elegant und sexy«, fügte Luzifer 😈 hinzu. »Etwas für heiße Damen!«

Ich grinste und ließ meinen knielangen Faltenrock wieder fallen. »Die halterlosen Strümpfe werden von Strapsen festgehalten. Eigentlich haben sie eine Gummierung, damit sie nicht rutschen, aber leider rutschen sie oft doch. Ich bin mir allerdings nicht so sicher, ob es die schon in eurer Größe gibt, Mädels!«
»Gibt es, ich habe deine alten schon anprobiert, Mama«, wandte Bella ein.
Sophies Augen wurden immer größer. »Darf ich das nochmal sehen?«
»Oh ja, wir auch bitte«, feixte Mathis.
Ich drehte mich um und grinste. Dann hob ich meinen Rock. Neugierig zog Sophie an einem Gummi der Strapse.
»Bella steht auch total auf die Dinger! Ihr werdet euch gut verstehen. Wenn du mir verrätst, wann du Geburtstag hast, schenke ich dir welche zum Geburtstag«, sagte ich verschwörerisch.
»Ich will auch welche, Mama!«, rief Bella fast empört.
»Du bekommst natürlich auch welche, mein Schatz!«, beruhigte ich meine Tochter.
Aus den Augenwinkeln sah ich, wie Tom grinsend die Augen verdrehte. »Bloß nicht! Sophie ist viel zu jung dafür. Das gibt nur Ärger mit meiner Frau.«
Ich lachte leise auf. »Deinem Papa scheint das nicht zu gefallen, aber wir verraten ihm einfach nichts, okay?«
»Okay.« Sophie konnte ihren Anblick kaum von meinem bestrumpften Bein wenden, ließ sich dann aber doch von Bella wegziehen. Beide Mädchen waren im gleichen Alter und ich hatte schon geahnt, dass sie sich gut verstehen würden.
Ein Jahr war es schon wieder her, dass ich an der Tankstelle die Idee rausgehauen hatte, dass sich Pauls ehemali-

ge Kollegen doch neben ihrer alljährlichen Motorradreise auch mal einen Urlaub mit uns Frauen und unseren Kindern gönnen könnten. Quasi als mega Familienurlaub.
Sechs Familien waren wir in der Finka in der phantastischen Landschaft der Toskana. Mick, Mathis, Mario und Stefan waren mit ihren Familien bereits angekommen, auf Tom hatten wir noch warten müssen.
»Und deine Frau wollte nicht mit?«, fragte Paul überflüssigerweise. Kaum war meine Idee in den Familienkreisen besprochen worden, hatte Toms Frau abgelehnt, mit uns in den Urlaub zu fahren.
Zunächst hatten Paul und ich uns zurückgewiesen gefühlt, aber Tom hatte uns schnell mitgeteilt, dass sie fremde Leute scheute - und wir waren fremd. Auch wenn Paul und Tom sich schon viele Jahre kannten.
Paul hatte mal erwähnt, dass man zwischen Tom und Tina keine Emotionen spüren konnte. Nicht einmal eine liebevolle Umarmung hätte er bei den beiden beobachtet.
Von einem Paartherapeuten wusste ich, dass dies ein sicheres Zeichen für eine ›tote‹ Ehe und schlechten Sex war, der meistens irgendwann zwangsläufig das Ende einer Beziehung einläutete.
Aber wenn ich mir Paul und mich so ansah, gab es zwischen uns auch keinen emotionalen Austausch mehr. Wir lebten eher wir Wohngemeinschaftspartner nebeneinander her und kümmerten uns um einen reibungslosen Alltag mit den Kindern. Nun ja, wir waren ja auch getrennt. Es gab keine Umarmungen, keine Küsse, keine Zärtlichkeiten, kein Sex. Für mich war der Zustand okay, für Paul eine Qual.
»Kommst du mit, Milly?«, fragte Niklas schüchtern.
»Vielleicht darf ich Milly auch erst noch begrüßen, Sohnemann?«, witzelte Tom.

Überrascht drehte ich mich um.
Tom wollte mir zur Begrüßung eine Umarmung schenken? Ich hatte gefühlt im letzten Leben von ihm gehört.
»Vielen Dank für dein Buch. Rezension folgt später«, sagte Tom leise. Er lächelte mich an, dass mir die Knie ganz weich wurden.
Mist! Dabei hatte ich mir fest vorgenommen, ihm aus dem Weg zu gehen. Nach seiner sehr herzlichen Umarmung folgte ich mit wild klopfendem Herzen den Kindern in den großen Wohnraum und ließ die Männer allein.
Das Haus in der Toskana war ein absoluter Glücksgriff, denn hier passten ernsthaft sechs Familien rein. Dazu war es noch erschwinglich gewesen.
Ich spielte den Rest des Nachmittages mit den Kindern, schließlich war ich lange genug Handballtrainerin gewesen. Ich hatte eine Menge alter Ballspiele rausgekramt, die nun auf dem herrlich großen Rasen super ankamen. Die Männer hatten Pause und saßen quatschend am Pool, während mir die anderen Ehefrauen etwas zur Hand gingen, froh, dass die Kinder so spaßig betüddelt wurden.
Nach dem Abendessen kam Toms kleines Ebenbild zu mir. »Milly, kommst du gleich vorlesen?«
Ich lächelte breit und hob das Dinobuch in die Höhe.
»Klar! Ich bin schon unterwegs. Ich habe auch noch andere Bücher mit.« Ich nahm Haltung an und marschierte an den Männern vorbei in den Aufenthaltsraum, wo sich alle Früchtchen unserer Lenden aufhielten, um sich wie in einem Ferienlager gegenseitig zu bespaßen.
Beim Abendessen hatten wir beschlossen, alle Kinder in einen Raum zu packen und wie in einem Ferienlager schlafen zu lassen. Die Begeisterung unter den Kindern war riesig.

Nun betrat ich also die heilige Schlafhalle und verschaffte mir einen Überblick.
Neun unter Zehnjährige schmissen sich nach dem Zähneputzen lachend in die Ferienbetten.
Meine Tochter Bella und Zoe hatten sich ein kleines Mädchenzimmer mit Doppelbett geangelt und meine beiden großen Jungs gegenüber ein kleines Zimmer mit Hochbett.
Ich pflanzte mich also im kurzen Faltenrock auf den Fußboden und schnappte mir das Buch über Dinosaurier, als plötzlich fünf ausgewachsene Männer leise - oder auch nur gedacht leise - hereintrampelten, um sich die Vorlesestunde nicht entgehen zu lassen.
»Was macht ihr denn hier?«, fragte ich grinsend.
»Glaubst du, wir lassen uns eine professionelle Vorlesestunde von dir entgehen?«, feixte Mathis.
Seine beiden Kinder winkten ihm erfreut zu.
Mathis winkte zurück.
»Ihr wollt auch zuhören?«, fragte ich daher, um Zeit zu gewinnen. Ich bemerkte den Blick, den Tom mir zuwarf. Er fing in Gesichtshöhe an und endete schließlich in meiner Rockzone.
Ich blickte auf das Buch hinunter und stellte fest, dass man meine Strapse sah.
Natürlich war ich gut erzogen. Und ich saß falsch. Ich überlegte also kurz, ob ich mich umsetzen sollte, entschied mich dann jedoch dagegen. Sollten die Jungs doch gucken, davon fiel niemand tot um.
Trotzdem merkte ich, wie meine Wangen heiß wurden. Ich pustete mir tapfer die Haare aus der Stirn, lächelte und begann vorzulesen.
Mit wachsender Begeisterung hörten die Kinder zu, bis ich nach drei Kapiteln das Buch zuschlug.

»So, ihr Lieben, nun wird geschlafen.«
»Wir auch?«, witzelte Mick und lehnte sich schnarchend an Stefans Schulter. Dieser reihte sich ein und plötzlich lagen alle fünf Männer theatralisch schnarchend auf dem Boden.
Die Kinder jauchzten.
Der beruhigende Vorleseeffekt war damit natürlich zunichte.
Ich stand auf und deckte Max zu. »Willst du noch einen Kuss?«
»Jaaaa«, rief Max begeistert und riss die kleinen Arme hoch. »Und kuscheln.«
»Ich auch«, rief Mathis und steckte sich einen Daumen in den viel zu großen Mund. »Ich will auch einen Kuss und kuscheln.«
Und plötzlich wollten alle kleinen - und großen - Kinder einen Kuss. Ich ging also lachend im Raum umher und verpasste jedem, der ein Küsschen wollte, einen Kuss.
Mathis hielt mir seine Wange entgegen, Stefan, der Kasper, gleich seinen zum Vogelschnabel gespitzten Mund.
Lachend gab ich ihm einen Kuss.
Auch Mick hielt mir die Wange hin.
Paul bekam einen Kuss auf die Wange und grunzte leise vor Enttäuschung.
Ich erreichte Tom, lächelte und machte auf dem Absatz kehrt. Ohne Kuss.
»Hey, Milly!«, rief Stefan empört. »Du hast Superman vergessen!«
Beim Jupiter!
Wussten die anderen etwa, dass Paul und ich Tom mit ›Superman‹ verglichen hatten?
Ich drehte mich um und stemmte die Hände in die Hüften.
»Tom möchte gar keinen Kuss von mir haben. Aber ich

schätze, DU wolltest noch einen Blick auf meine Rockzone werfen, kann das sein?«
»Wer sagt denn, dass ich keinen Kuss will? Alle haben einen bekommen! Ich werde gemobbt!«, rief Tom mit gespielter Verzweiflung.
Ich schnitt eine Grimasse, ging auf ihn zu und drehte Stefan meinen Hintern zu. Langsam beugte ich mich hinunter. Tom hielt mir sein Gesicht entgegen. Ich hatte die freie Wahl. Eigentlich hatte ich auf seine Wange küssen wollen, aber ich verlor plötzlich das Gleichgewicht und landete mit meinen Lippen auf seinem Mund.
»Verzeihung«, sagte ich erschrocken.
Tom lächelte. »Kein Problem.«
Ich wischte mir meine nassen Hände am Rock ab und scheuchte die Männer aus dem Raum. »Wollt ihr noch Wache schieben bei den Kindern oder draußen den Abend genießen?«
»Abend genießen!«, waren sich alle einig.
Emilian, mein großer Sohn, schaltete ein Hörspiel ein und hielt zur Taschengeldaufbesserung die Abendwache, bis alle kleinen Mäuse eingeschlafen waren, während wir auf die Terrasse gingen, um olle Kamellen herauszuholen und in Erinnerungen zu schwelgen.

***

Es gelang mir sehr gut, Tom links liegen zu lassen. Ich wollte mir keine weitere Blöße geben und ihn gleichzeitig auch nicht in Schwulitäten bringen. Ich schaffte es die Woche richtig gut, ihm aus dem Weg zu gehen, bis er am vorletzten Tag in der Küche auftauchte. Ich hörte gerade Musik und schnitt verträumt die Möhren für die Bolognese.
»Hallo Milly! Kann ich dir helfen?«

Ich blickte mich um. »Tom! Willst du nicht bei den Jungs sitzen? Ich komme schon klar hier.«
Tom schüttelte den Kopf und schloss die Tür. »Du gehst mir aus dem Weg.«
»Natürlich. Du hast klar und deutlich gesagt, dass du nichts von mir wissen willst. Wie charakterlos wäre ich bitte, wenn ich dich jetzt im Urlaub bedrängen würde? Außerdem warte ich noch immer auf die Rezension meines Buches. Du hättest dich wenigstens mal melden können. Ein klitzekleines Lebenszeichen. Stattdessen herrschte monatelang das große Schweigen im Walde.« Ich reichte ihm eine Reibe und überließ ihm Käse, damit er ihn reiben konnte. »Du darfst den Käse reiben. Da bin ich nicht wirklich gut drin.«
»Okay.« Tom schnitt den Käserand ab. Dann hielt er inne. »Ich wollte dich nicht verletzen und ich hasse dich nicht. Wofür auch? Weil du ein Buch über deine Gefühle mir gegenüber geschrieben hast? Noch nie hat jemand zuvor ein Buch ÜBER mich und FÜR mich geschrieben. Ich fühle mich sehr geehrt, Milly! Danke dafür!«
Ich blickte ihn an.
Mir schlug das Herz bis zum Hals. Mein Körper spielte verrückt. Eine Million Schmetterlinge machten sich auf den Weg, wenn er mich so ansah. Ich konnte nichts dagegen tun, so sehr ich mich auch bemühte. Ich musste tief durchatmen, damit mich weder ein Zittern in der Stimme verriet, noch sich lästige Tränen blicken ließen. »Das... freut mich, danke, Tom.« Ich lächelte tapfer. »Das mit dem Verletzen hat nur nicht ganz geklappt«, fügte ich leise hinzu, als ich mich wegdrehte.
Plötzlich spürte ich eine Hand an meinem Arm. Tom drehte mich zu sich. Er nahm mich einfach in den Arm und

überraschte mich derart, dass mir prompt die verräterischen Tränen kamen.

Ich schluckte und gluckste, verzweifelt um Fassung ringend.

Tom drückte mich an sich und küsste mir aufs Haar. »Ich mag dich wirklich, Milly. Du musst mich nicht meiden wie eine lästige Fliege.«

Ich versuchte mich von ihm zu lösen, was mir nur mäßig gelang, da Tom mich ziemlich stark festhielt. »Ich meide dich, weil ICH mich wie eine lästige Fliege fühle, nicht weil du eine sein könntest.«

Eilig wischte ich mir die Wangen trocken. Ich angelte nach einem Taschentuch und putzte mir die Nase. »Ich schäme mich so sehr. Ich habe dir mein Herz zu Füßen gelegt und du hattest es gar nicht haben wollen. Ich habe mein Innerstes vor dir aufgekrempelt und das nur, weil ich deine flirtive Art fehlinterpretiert hatte. Ich dachte, du hättest auch Interesse an mir gehabt. Eigentlich wollte ich zuerst auch gar nicht mitfahren, aber die Kinder haben mich überredet. Ich kann dir kaum in die Augen sehen.«

Tom zog mich wieder in seine Arme. »Ach Milly, es tut mir leid, dass ich dir falsche Hoffnungen gemacht habe. Du bist eine tolle Frau. Du musst dich nicht schämen. Für gar nichts. Du bist großartig, wie du bist. Und ich wünschte, ich könnte, aber ich kann nicht.«

Ich blickte ihn an. »Komisch, dass es sich trotzdem so blöd anfühlt. Ich fühle mich wie ein überflüssiges, ungewolltes, hässliches Entlein.«

Tom wischte mir die Tränen weg. »Quatsch! Das bist du nicht. Weine bitte nicht! Ich bin keine einzige Träne wert.«

Ich lachte hämisch auf. »Das hat meine Freundin auch gesagt. Aber mein Körper scheint das noch nicht verinnerlicht zu haben. Ich hatte das Thema die letzten Monate eisern vermieden und versucht, dich zu vergessen. Aber seitdem wir uns hier täglich sehen, merke ich, dass ich gar nichts davon verarbeitet habe. Wenn nur dieses lästige Gefühl aufhören würde, dass ich ein Niemand bin, den du ablehnst.«

Tom blickte mich erschrocken an. »Du bist doch kein Niemand! Wie kommst du nur auf so einen Blödsinn?«

Ich zuckte mit den Schultern. »Alte, schmerzhafte Fesseln. Ich dachte mir, ich gehe dir besser aus dem Weg. Dann kommen auch keine Gefühle mehr für dich hoch.«

»Hat es geklappt?«, fragte Tom einfühlsam.

Stirnrunzelnd blickte ich zu ihm auf. »Ob es geklappt hat? Willst du mich verarschen? Ich stehe hier in der Küche und heule dir etwas vor. Ich schätze, das lässt darauf schließen, dass es nicht so wirklich geklappt hat.«

Tom lächelte und zog mich wieder in seine Arme. »Ach Milly! Ich mag dich wirklich sehr. Bitte sei nicht mehr traurig.«

Gott, warum nur roch er so verdammt gut und fühlte sich so gut an?

»Du riechst seine Sexhormone, Milly. Er will dich. Ich spüre es. Schmeiß dich an ihn ran!«, rief Luzifer 😈 aufgeregt.

»Lass Milly in Ruhe, Luzifer! Siehst du nicht, dass ihr überhaupt nicht der Sinn nach Sex steht? Sie kämpft mit ihrer Fassung!«, schimpfte Aurora 👸.

Traumtagebuch

Tom schloss die Küchentür ab und nahm mich wieder in seine Arme. Er umklammerte mich, als müsste er ertrinken. Dann löste er sich von mir und fasste mir unters Kinn. Lange blickte er mir tief in die Augen, dann beugte er sich vor und küsste mich.

Ich schloss die Augen und genoss das Gefühl seiner warmen, weichen Lippen, seiner zärtlichen Zungenspitze.

Unser Kuss wurde leidenschaftlicher. Kurzerhand packte Tom mich und setzte mich auf die Arbeitsplatte. »Seit einer Woche versuche ich, dir zu widerstehen. Du lässt mich einfach links liegen, was es eigentlich einfacher für mich machen sollte«, flüsterte Tom atemlos und knabberte sich an meinem Hals hinunter zu meinen Brüsten. »Aber merkwürdigerweise bewirkt es genau das Gegenteil.«

Er entblößte meine Brüste und knetete sie bewundernd durch. Dann schob er meinen Rock hoch. Er beugte sich vor und küsste mich erneut, während er mir mit beiden Händen den Innenschenkel hochfuhr. Ich hatte das Gefühl, kurz vor einer Explosion zu stehen. Fahrig fummelte ich an seiner Hose herum, bis ich sie geöffnet hatte. Leise rauschend rutschte sie zu Boden. Ich robbte mit meinem Po an die Kante der Arbeitsplatte und holte sein erigiertes Glied hervor. Leise stöhnend massierte ich es und schob es mir unter den Rock.

Tom packte mich an den Hüften und drang in mich ein, ohne ein Wort zu verlieren.

Wir wussten beide, dass wir uns wollten.

So leise wie möglich gaben wir unseren Gefühlen Ausdruck. Ich wollte ihn spüren, ganz tief in mir drinnen.

Da Tom seine Hände auf meinen Hüften hatte, um fest und hart in meine angeschwollene, bereite Vagina hineinzustoßen, umfasste ich sein Gesicht mit beiden Händen und küsste ihn leidenschaftlich, bis er kurz innehielt.
Fragend blickte ich ihn an.
»Ich komme gleich schon, Milly!«
»Viel Vergnügen«, erwiderte ich grinsend.
Tom küsste mich und stieß zu, bis er sich leise stöhnend in mir ergoss, während die Musik aus meiner Musikbox dröhnte.
Hungrig schauten wir einander in die Augen.
»Ich bin noch nicht satt«, gab ich zu.
Tom lächelte und streichelte mir über die Wangen. »Ich auch nicht. Noch lange nicht.«
Es klopfte an der Tür.
Erschrocken lösten wir uns voneinander und rückten unsere Kleidung zurecht.

»Alles okay bei euch zwei Turteltauben?«, fragte Mathis durch die Tür.
Erschrocken löste Tom die Umarmung, als die Tür auch schon aufging.
»Na, ihr zwei! Habe ich euch erwischt?« Mathis kam grinsend in die Küche. »Das ist das erste Mal, dass ich euch zwei zusammen sehe. Milly, was ist los? Sonst flirtest du doch auf Deibel komm raus mit Tom! Aber diese Woche bist du regelrecht verschlossen und gehst ihm aus dem Weg. Alles in Ordnung bei dir?«

Lächelnd streichelte ich Mathis Oberarm. »Alles in Butter, Mathis. Danke!« Ich drehte mich weg. Meine Wangen brannten wie Feuer.
»Ich wollte euch helfen«, bot Mathis an. »Aber ich habe irgendwie das Gefühl, ich störe.«
»Du störst nicht«, wandte ich schnell ein. »Bleib ruhig, dann fallen wir wenigstens nicht übereinander her.«
Mathis machte große Augen, lachte dann aber. »Da ist ja die alte Milly wieder! Wo hattest du dich die ganze Woche über nur versteckt?«
Ich drehte mich um und versuchte zu lächeln. »Ich bin Tom absichtlich aus dem Weg gegangen, wenn du es genau wissen willst. Ich hatte mich in Tom verliebt und habe mich daraufhin im letzten Sommer von Paul getrennt. Ich wollte einfach nicht, dass hier im Urlaub wieder Gefühle in mir hochkommen. Hat nicht sonderlich gut geklappt.«
Tom rieb den Käse, als wollte er eine Weltmeisterschaft gewinnen.
Sprachlos stand Mathis in der Küche und starrte zwischen uns beiden hin und her. »Verstehe! Oha! Harter Tobak! Das wusste ich ja gar nicht.«
»Tom ist eben ein Gentleman. Er hat mich offenbar nicht verraten«, erwiderte ich lächelnd.
Tom unterbrach seine Arbeit und lächelte mich an. Dann zuckte er mit den Schultern. »Ich wollte dich nicht bloßstellen.«
»Danke!« Seufzend widmete ich mich der Soße. »Sehr umsichtig von dir.«
»Vielleicht muss ich doch noch was anderes erledigen und lasse euch beide lieber wieder alleine«, sagte Mathis und wandte sich zum Gehen.
Ich blickte zu ihm. »Du musst die Küche nicht verlassen. Wir sind doch schon groß. Tom hat klipp und klar gesagt,

dass er seine Frau liebt und nicht mich. Irgendwann habe ich Tom vergessen. Du kannst also gerne bleiben und die Zwiebeln schneiden.«

»Die schneidest du besser mal. Dann kannst du wenigstens Rotz und Wasser heulen, ohne dass das auffällt«, konterte Mathis.

Ich schnitt eine Grimasse. »Okay. Dann darfst du die Kräuter hacken.«

»Die hackst du besser auch«, warf Mathis ein. »Dann kannst du deine Wut loswerden, weil Tom dich nicht will. Ich würde dich wollen, Milly. Du bist eine tolle Frau. Lass den Kopf nicht hängen.«

Ich legte den Kochlöffel beiseite und ging zu ihm. Schweigend umarmte ich ihn. Dann klopfte ich ihm auf den Rücken. »Bist du lieb, Mathis! Danke für die charmante Lüge!«

»Tom kann auch charmant lügen«, witzelte Mathis. Er schnappte sich das Messer und schnitt die Möhren zuende.

»Oh ja, das kann er bestimmt«, sagte ich leise.

Tom protestierte. »Hey! Das stimmt überhaupt nicht. Ich meinte jedes Wort, das ich je zu Milly gesagt habe, und zwar so, wie ich es gesagt habe.« Er nahm den zweiten Käselaib. »Milly, ich finde dich wirklich heiß. Und wenn die Umstände anders wären, wäre ich der glücklichste Mann auf Erden, der in deine Arme sinken würde.«

»Du würdest mit mir schlafen, wenn ich nicht Pauls Ex-Frau wäre und du nicht verheiratet?«, fragte ich.

Tom nickte. »Ja. Mit Vergnügen sogar, Supergirl. Ganz so, wie du es in deinem Buch beschrieben hast.«

»Naja, zum Glück dürfen ja Cousin und Cousine«, erwiderte ich trocken.

(Jeder DC-Fan wusste, dass ›*Superman*‹ und ›*Supergirl*‹ Cousin und Cousine waren.)

»Wahnsinn! Das nenne ich mal ein Geständnis«, schniefte Luzifer 😈 ganz gerührt.

»Du weinst, Luzifer?«, hakte Aurora 👸 überrascht nach.

»Nee, du dummes Ding! Teufel weinen nicht. Ich…hatte nur was im Auge.« 😈

»Natürlich. Was sonst!« Aurora 👸 grinste.

»Kein Grund zum Grinsen, Aurora. Ich trauere nur«, gab Luzifer 😈 zu.

»Trauern? Warum? Tom hat Milly doch gerade gesagt, dass er sie toll findet. Aber die Umstände leider so sind, dass er sie nicht haben kann«, sagte Aurora 👸.

Luzifer 😈 grunzte. »Eben. So ein Feigling! Wie schön wäre es gewesen…«

»Milly is back!«, grinste Mathis und umarmte mich. »Wir haben deine Sprüche schon vermisst.«

Ich lächelte und nahm die Möhren entgegen. »Ja, Milly is back. Back in Town sozusagen.«

Umzug in die Heimat

»Milly, wie war der Urlaub? Du hast ihn überlebt!«, sagte Schneewittchen und umarmte mich herzlich.
Ich stöhnte leise. »Ja, ich habe ihn überlebt. Mit Ach und Krach. Fast wäre ich doch noch mit Tom in die Kiste gesprungen, aber ich hatte mir ja fest vorgenommen, mich nicht in so eine Lage zu bringen.«
»Du tapferes Ding! Ich bin sooo stolz auf dich!« Schneewittchen lächelte liebevoll.
»War gar nicht so einfach. Tom ist echt heiß!«
Schneewittchen streichelte mir über den Oberarm. »Braves Mädchen! Hast du fein gemacht! Da du schon so lange in ihn verliebt bist, war das bestimmt sehr schwer. Aber jetzt hast du gutes Karma gesammelt!«
»Ja«, seufzte ich theatralisch, »ich habe mir auch schon auf die Schulter geklopft. Mann, wie gerne hätte ich mit ihm geschlafen.«
Wir gingen die Treppe hinauf ins Wohnzimmer. Schneewittchen hatte mal wieder einen ihrer Kuchen gebacken sowie für eine Hundertschaft Pralinen gemacht.
»Willst du mich fett mästen?«, fragte ich beim Anblick der Küche.
Schneewittchen lachte leise. »Du bekommst nur ein Stück Kuchen. Du hast so viel abgenommen. Ich will nicht schuld sein, wenn ich deine Figur wieder ruiniere.«
»Du bist so aufmerksam. Wie soll ich das nur je wieder gutmachen?« Seufzend fiel ich auf einen Stuhl und fuhr mir übers Gesicht.
»Du siehst geschafft aus, Milly!« Schneewittchen reichte mir einen Schokoladenkuchen.

Dankend nahm ich ihn entgegen. »Ich bin geschafft. Beruflich muss ich auf hundert Hochzeiten tanzen, um als Freiberufler Geld zu verdienen und privat täuschen wir den Kindern eine heile Familie vor, während Paul mit irgendwelchen Frauen ausgeht und mich niemand haben will.«
Schneewittchen streichelte meine Wange. »Quatsch! Du hast nur noch nicht den Richtigen getroffen. Oder willst du von jedem Horst angegraben werden? Von irgendwelchen ekligen Typen mit Glatze und Schnurrbart oder von dicken Männern, die ihren Schniephahn nicht einmal mehr sehen können?«
Ich lachte leise auf. »Ich glaube, es gibt noch eine ganze Menge Juwelen dazwischen, Snow! Ach«, seufzte ich, »wenn ich ehrlich bin, hätte ich gerne einen Polizisten. Aber ich kann ja schlecht eine Annonce aufgeben: ›*Suche Polizist fürs Leben. Wohnort Hamburg und Umgebung. Zwischen 35 und 50. Kinderlieb, beziehungsfähig. Haare auf dem Kopf.*‹«
»Ich finde, das klingt gar nicht so schlecht«, sagte Schneewittchen grinsend. Sie schenkte mir Tee ein. »Aber, ehrlich gesagt, wüsste ich auch nicht, wo du eine solche Anzeige aufgeben könntest. Schick sie doch Tom und er soll sie verteilen.«
Ich lachte laut auf. »Oh Gott, was für eine Horrorvorstellung! Tom würde mir was husten.«
»Warum? Er will dich nicht. Dann kann er dir doch auch bei der Suche nach einem adäquaten Ersatz helfen. Ich finde die Idee super.«
»Sag das nicht, Snow! Sonst kommen meine Berater noch auf die Idee und setzen das in die Tat um«, sagte ich vorahnungsvoll. »Nee, nee, Tom wäre es, glaube ich, am liebsten, wenn ich wieder mit Paul zusammenkäme.«

Schneewittchen wackelte mit den Augenbrauen. »Engelchen und Teufelchen sind bei dir noch im Einsatz? Naja, manchmal haben die beiden eben auch Recht. Aber die Sache mit Paul ist vorbei, oder?«

»Manchmal? Wir haben IMMER Recht«, beschwerte sich Luzifer.
Grübelnd zupfte sich Aurora an der Lippe herum. »Schneewittchen hat Recht! Tom sollte bei seinen Polizeikollegen eine Anzeige für Milly aufgeben: Polizist gesucht! Das ist soooo romantisch!«
»Die sind zumindest heiß in ihrer Uniform«, lechzte Luzifer.
»Oh ja, das sind wahre Schmuckstücke!«, schwärmte Aurora.

»Ich werde dich bald verlassen, Snow«, platzte ich heraus.
»Was?« Vor Schreck ließ Schneewittchen fast ihre Teetasse fallen. »Warum? Hast du einen Job in Hamburg?«
Ich nickte. »Ich darf für verschiedene Magazine arbeiten. Das ist eine tolle Chance. Mein Buch läuft so gut, dass ich mir von den Einnahmen ein kleines Minihaus kaufen kann. Und dann mache ich es mir dort oben gemütlich.«
»Und die Kinder?« Mit großen Augen wartete Schneewittchen auf eine Antwort.
»Valentin ist bereits in Hamburg. Macht seine Ausbildung bei der Polizei. Emilian wird bald nachziehen und ebenfalls da oben studieren. Bella und Max sind noch klein. Die nehme ich einfach mit.«
»Ob das Bella so gefallen wird?«
»Nein, wird es nicht. Sie kann ja auch beim Papa bleiben.« Ich verdrehte die Augen. »Auch wenn mir das das Herz brechen würde.«

»Gott, du wirst mir fehlen! Was soll ich hier nur ohne dich machen?« Schneewittchen ließ sich neben mir auf eine Bank fallen.

Ich gab ihr einen Handkuss. »Du kommst mich ganz oft besuchen und dann bringen wir dich da oben beruflich vorwärts. Und natürlich besuche ich dich auch. Einmal im Jahr komme ich für eine Woche, wenn du magst. Vielleicht sagst du auch ganz schnell, ›diese lästige Milly-Fliege soll oben bleiben, wo der Sanddorn wächst‹.«

»Im Leben nicht. So etwas würde ich nie sagen. Du bist doch meine Freundin!« Schneewittchen guckte traurig. »Ich lasse dich nur gehen, wenn du ein schönes Zuhause findest und hoch und heilig versprichst, dass du mich besuchen kommst!«

Ich hob zwei Finger zum Schwur. »Versprochen!«

Traumtagebuch

Vor mir tat sich eine riesige Villa auf.

Ich war angekommen, endlich da!

Mit einer Mischung aus Angst, Verzweiflung und Aufregung schnappte ich meinen Koffer und ging mit weichen Knien auf das Haus zu.

Tom hatte meine Anzeige an seine Kollegen weitergereicht und nun hatte ich tatsächlich zehn Blinddates vor mir.

Ich war mir nicht sicher, ob mir die Aussicht gefiel.

Ich war aufgeregt wie ein Teenager. Andererseits musste ich komplett von vorne starten.

Kennlernphase, Zweifel, ob ER der Richtige war; Ängste, ob man gut, schön und makellos genug war; Aufregung, weil das

Herz hüpfte wie junges Gemüse; Sehnsucht, weil ER nicht bei einem war; Erinnerungen an vorherige Beziehungen.

Ich meine, ich war immerhin siebzehn lange Jahre mit Paul zusammen gewesen. Eine verdammt lange Zeit.

Gemeinsam mit den Kindern packte ich die letzten Taschen aus und ließ mich seufzend am Esstisch nieder.

»Alles okay, Mama?«, fragte Emilian, der sich gerade etwas zu Trinken holen wollte.

Ich grunzte. »Keine Ahnung. Ich glaube, ich habe Angst vor meiner eigenen Courage. Der weise Inder Osho sagte einst, ›mutig sein, bedeutet, vom Herzen her zu leben und dass das Herz von Zukünftigem träumt, während der Verstand über das Vergangene nachdenkt und alles berechnet. Er sagt, Mut bedeutet, auf gefährlichen Wegen zu gehen‹. Momentan habe ich das Gefühl, ich stolpere einem Leben in Ungewissheit entgegen.«

Mein Sohn setzte sich zu mir an den Tisch. »Du wolltest dich von Papa trennen. Das hast du nun davon.«

Mir rollte eine Träne aus den Augen. »Ich weiß. Wenn du älter bist, kannst du mich vielleicht verstehen. Manchmal trifft man Entscheidungen, weil der Bauch sagt, dass das besser so ist.«

»Mama, wein nicht! Wir sind doch auch noch da!«, tröstete Bella mich.

Ich streichelte ihre Hand. »Ach Süße, ich bin so froh, dass du auch mitgekommen bist. Ich wäre sehr traurig gewesen, wenn du bei Papa geblieben wärest.«

»Seine neue Freundin ist schrecklich. Und die lebt jetzt in unserem Haus!«, beschwerte sich Bella. »Aber auch so wäre ich mit dir mitgegangen.«

Ich zuckte mit den Schultern. »Es ist nur ein Haus, Schatz. Ich finde es nicht schlimm, dass sie dort wohnt.«

»Es war unser Zuhause, Mama«, widersprach Emilian verärgert. »Du hast alle Wände alleine angemalt und alles so schön eingerichtet. Und nun lebt Papa dort mit einer anderen Frau.«

Ich deutete auf das neue Esszimmer. »Tut mir leid, dass ich auch euretwegen nicht länger durchhalten konnte. Unsere Sachen haben wir aber doch mitgebracht.«

»Zum Glück!«

»Mama, Kopf hoch!«, sagte Bella. »Darf ich zu Katinka und Kiona?«

»Klar, sag schönen Gruß von mir! Ich muss noch auspacken.«

»Mach ich.«

Mein Handy piepte. Überrascht blickte ich auf die Nachricht.

›Milly, seid ihr gut angekommen? Hat alles geklappt mit dem Umzug? VG, Tom.‹

Ich seufzte innerlich.

Es war rührend, dass er sich sorgte, aber es zerriss mich innerlich. Ich brauchte dringend Abwechslung und musste auf andere Gedanken kommen. Nun wohnte ich auch noch in seiner Nähe! Er war fast zum Greifen nahe! Und ich wollte mich nicht verrückt machen.

›Ja, danke! Lieb, dass du an uns denkst. Viele Grüße zurück.‹

Ich packte meine Sachen aus und wartete auf meine Mutter, die heute zum Babysitten vorbeikommen wollte, auch wenn Max schon fast sechs war. Als sie kam, genossen wir noch ein Tässchen Tee, dann zog ich mich an und verließ das Haus. Ich fuhr zum Restaurant, in dem ich mich mit Kandidat Nummer Eins , einem ›Hauptkommissar‹, treffen wollte.
Leicht nervös betrat ich das edle Restaurant und suchte nach einer Rose.
Ich fand sie auch gleich.
Ein Mann um die Mitte Vierzig winkte mir entgegen.
Ich ging zu ihm, lächelte und reichte ihm höflich die Hand. Vom Hocker haute er mich nicht.
»Hallo, ich bin Milly!«
»Hallo, ich bin Torsten.«
Ich setzte mich und versuchte, ein Gespräch in Gang zu setzen, aber das war gar nicht so einfach, denn er hatte keine wirklichen Hobbys und so kamen wir immer wieder auf irgendwelche Polizeifälle zu sprechen.
Ich fragte mich, warum ich mich auf die Blinddates eingelassen hatte, wo wir doch im Zeitalter von Handys und WhatsApp

lebten, wo man sich vor einem Treffen schon austauschen konnte und nicht so blindlings in ein Date stolpern musste.
Nach einem Salat und einem Glas Apfelschorle verabschiedete ich mich.
»Sehen wir uns wieder, Milly?«
Ich blickte ihn an.
Ich fühlte mich zu alt, um ihn anzuschwindeln.
Höflichkeit war gestern.
Erste Falten und Zeitnot drohten bereits heute.
Ich schüttelte den Kopf. »Tut mir leid, Torsten, aber ich glaube, wir haben nicht denselben Nenner. Ich danke dir trotzdem für einen unterhaltsamen Abend.«
Wir trennten uns.
Ich ging zum Auto.
Und traute meinen Augen kaum.
Tom!
»Tom! Was machst du denn hier?«
»Glaubst du, ich lasse dich ins offene Messer laufen? Blinddates sind scheiße. Vielleicht hätte ich dich retten müssen.«
»Du kannst mich immer retten. Aber vielleicht hättest du lieber mit mir essen gehen sollen! Das Date war wirklich nicht gut.«
Ich lächelte verkrampft.
»Gehst du mit mir spazieren, Milly? Essen ablaufen?«, fügte Tom grinsend hinzu.
Ich klopfte mir auf den Bauch. »Unbedingt. Gerne.«
Wir liefen in den Wald und redeten über Gott und die Welt.

»Du hättest nicht kommen sollen«, sagte ich plötzlich.
Abrupt blieb Tom stehen. »Ich weiß.«
»Warum hast du es dann getan?«
»Das weiß ich wiederum nicht.«
Ich ergriff seine Hand. »Du kannst nicht aufhören, an mich zu denken, genauso wie ich nicht aufhören kann, an dich zu denken. Richtig?«
Tom grunzte. Stöhnend rollte er mit den Augen und fuhr sich übers Gesicht. »Ich hasse mich dafür, aber ich konnte einfach nicht widerstehen. Und, ehrlich gesagt, will ich dich gar nicht im Bett meiner Kollegen sehen.«
Ich lächelte. »Sondern?«
»Ehrlich gesagt, würde ich dich lieber in meinem Bett sehen.«
Spannung baute sich zwischen uns auf.
»Tom«, sagte ich lächelnd, »ich bin doch nur eine von vielen, die du anflirtest. Ich will aber nicht eine von vielen sein. Ich will DIEJENIGE für dich sein, die dich um deinen Verstand bringt, die sexuelle Schwingungen in dir auslöst und dich vor Sehnsucht vergehen lässt, wenn ich nicht da bin.«
Tom zog mich in seine Arme. »Ich dachte anfangs auch, dass Sie eine von vielen sind, mit der ich gerne flirte, Frau Dreizack. Aber mittlerweile befürchte ich, Ihre Täterbeschreibung trifft hundertprozentig auf mich zu. Woher hatten Sie Täterwissen, Frau Dreizack? Ich glaube, nun müssen Sie mich festnehmen!«
Ich lachte leise auf. »Genau. Ich muss dich festnehmen. Und in dem Haftraum leider verführen, richtig?«

Tom lachte. »Genau.«
Bevor ich mich versah, landeten seine Lippen auf meinen.

»Mamaaaa! Seid einer Viertelstunde starrst du die Wand an. Bist du okay?« Besorgt pflanzte sich Emilian auf einen Stuhl.
»Ja. Ich habe nur so vor mich hingeträumt«, gestand ich.
»Jetzt bricht eine etwas anstrengende Zeit an. Ich muss genug Geld nach Hause bringen, um euch hungrige Mäuler satt zu kriegen. Das Haus ist zwar abbezahlt. Aber die laufenden Kosten bleiben ja trotzdem.«
»Wir schaffen das schon, Mama! Notfalls gehe ich eben auch noch neben dem Studium arbeiten«, versuchte Emilian mich aufzumuntern.
»Mir wäre es lieber, du würdest dich aufs Studium konzentrieren und es so schnell wie möglich durchziehen«, gestand ich.
»Hast du eigentlich einen Freund? Papa hat ja eine Freundin«, fügte Emilian noch hinzu.
»Nein«, sagte ich kurz und trocken, »als ich noch mit Papa zusammen war, habe ich ständig irgendwelche Männer gehabt, die mir Avancen gemacht haben. Seitdem ich Single-Mama bin, guckt mich keiner mit dem Arsch mehr an.«
»Das glaube ich nicht. Du siehst nur nicht hin!«
Ich lachte höhnisch auf. »Es ist egal. Ich mag auch gerne mit mir alleine sein. Es ist wichtig, dass man auch gerne alleine ist. Ich liebe das Schreiben. Dein Papa kann nicht alleine sein. Darum hat er sich auch so schnell was Neues gesucht.«

»Warum ist es wichtig, gerne alleine zu sein? Der Mensch ist ein Herdentier. Niemand ist gerne einsam«, widersprach mein Sohn.
Ich lächelte sanft. »Ich rede auch nicht von Einsamkeit. Ich rede davon, dass man zuerst einmal gerne alleine ist, um sich mit sich selbst zu beschäftigen. Wenn man das nicht schafft, ist man auch kein guter Partner beziehungsweise keine gute Gesellschaft. Man weiß ja nie etwas mit sich anzufangen und hängt am anderen wie eine Klette.«
»Ja, das klingt logisch. Ich bin auch gerne alleine und mache mein Zeug.«
»Na, dann kannst du dir ja endlich mal eine Freundin suchen, was?« Ich zwinkerte ihm zu und erhob mich stöhnend. »Dann will ich mal weiter auspacken.«

Ein König kommt manchmal auch allein

Viele Monate waren seit meinem Umzug in die Heimat vergangen. Monate, in denen ich alleine durch die große, weite Welt turnte, immer auf der Suche nach Stoff für meine Artikel und Bücher, die ich leidenschaftlich gerne schrieb. Monate, in denen ich oft an Tom dachte und meinen Wunsch dann doch wieder verwarf, ihn zu kontaktieren. Was hätte das bringen sollen? Er hätte mich bloß wieder abgewimmelt. Meine Gefühle für Tom waren verblasst. Und trotzdem war ich unglaublich erfüllt von der Liebe, die mein Prinz und Dornröschen in mir ausgelöst hatten.

»Nun ja, sooo alleine bist du nun auch wieder nicht, Milly. Schließlich hast du ja noch die Kinder. Zwei haben in Hamburg ihre eigene Wohnung und zwei Kinder sind mit dir gemeinsam in das Haus nach Hamburg gezogen«, widersprach Aurora 👸.
»Darum findet unsere Milly auch keinen Typen, mit dem sie Sex haben könnte«, warf Luzifer 😈 ein und rollte genervt die Augen. »Da turnen zu viele Kinder herum.«
Aurora 👸 winkte ab. »Ach Luzifer, Milly musste ihr gebrochenes Herz flicken. Sie hat Paul verlassen und ihren Traummann nicht bekommen. Das muss man erst einmal verdauen.«
»Ich finde ja, sie hätte sich Tom an den Hals werfen und sich wenigstens eine Nacht stehlen sollen. Stattdessen ist sie ihm aus dem Weg gegangen«, beschwerte sich Luzifer 😈.
»Wie hätte sie das machen sollen? Ihn entführen?«, hakte Aurora 👸 naserümpfend nach.

»Oh ja, geil! In Handschellen bitte!« Aufreizend wackelte Luzifer mit den Augenbrauen.

Ich musste gestehen, es mangelte mir nicht an Möglichkeiten, einen Mann kennenzulernen, auch wenn mein Herz noch von keinem verzauberten Frosch berührt worden war. Irgendwo tief in mir steckte da auch noch ein Hauch Angst, als alte, vertrocknete Jungfer sterben zu müssen. Aber ich wollte nicht irgendjemanden, ich wartete dieses Mal auf meinen Traumprinzen, der auf dem weißen Schimmel dahergeritten kam und das Dornröschen in mir glücklich machte.
Heute jedoch wollte ich keinen Prinzen, sondern eine Freundin in der Europapassage treffen. Ich war spät dran und eilte die Stufen hoch zum Rathausmarkt. Doch kaum war ich oben angelangt, war ich von Menschenmassen umgeben. Ein Durchkommen war unmöglich.
»Oh Gott!«, entfuhr es mir. Mit immer größer werdenden Augen verfolgte ich die Demonstranten, die von einer riesigen Menge an Polizisten in Schach gehalten wurden.
»Was ist denn hier los?«
»Kurdendemonstration«, antwortete eine Frau neben mir angefressen und deutete auf die arabischen Transparente.
Ich schluckte.
Wie sollte ich nun auf die andere Seite des Rathausplatzes kommen?
Von unten kam plötzlich ein Schwung Menschen, die ebenfalls Transparente trugen, allerdings mit deutscher Aufschrift. Ihre entschlossenen Gesichter verursachten eine leichte Panik in mir.
»Scheiße! Schnell weg hier!«, rief die Frau neben mir erschrocken. Sie bahnte sich einen Weg durch die Leute. Ich

folgte ihr, schließlich wollte ich kein Prellbock der aufeinanderprallenden Parteien sein.

An einer Mauer aus Polizisten hielt sie an.

»Bitte treten Sie zurück, Fräulein«, sagte einer der Polizisten zu ihr. »Sie können hier nicht durch.«

»Ich bin aber kein Demonstrant, sondern ein Passant. Und von da unten kommen Hunderte von Gegendemonstranten aus dem U-Bahn-Schacht«, antwortete die Frau verzweifelt.

»Ich würde mich auch gerne von der Demo entfernen«, gab ich zu.

Durch die Mauer der Uniformierten ging ein Ruck. Schnell bemerkte man, dass die Frau Recht hatte. Zwei Polizisten lösten sich aus der Kette und packten uns am Oberarm.

Mir schlug das Herz bis zum Hals.

Hatte jetzt mein letztes Stündlein geschlagen?

Ich hatte doch gar nichts gemacht!

Vielleicht hätte ich mir die Haare nicht ganz so dunkelbraun färben sollen. Bestimmt hielten die mich jetzt auch für eine Kurdin, die nur die Polizei durcheinanderbringen wollte.

»Dumme Idee!«, krähte Luzifer 👾.

»Wo bleibt da die Gerechtigkeit? Milly hat nix getan!«, rief Aurora 👸 außer sich. »Wir warten nur auf Amor! Der Kerl hat sich irgendwo verschanzt.«

Ich wollte etwas zu dem Polizisten sagen, der mich recht grob durch die Menge schob. Sein Gesicht konnte ich unter dem großen Helm mit Plastikvisier kaum erkennen. Nur seine Augen blickten mich freundlich an. »Ich bringe Sie hier heraus, junge Dame! Keine Sorge!«

Wie ein Held bahnte er sich einen Weg durch die Menschenmassen, bis wir das riesige Eingangstor des Rathauses erreichten. Dort waren weitere Polizisten postiert, die abgestellt waren, um niemanden hereinzulassen.

Mein Retter redete kurz mit einem seiner Kollegen, der uns schließlich durchließ. Die schwere Tür wurde geöffnet und ich durfte die heiligen Hallen des 121-jährigen Rathauses betreten.

Der Polizist nahm den Helm ab und strubbelte sich durch die dunklen Haare. Seine blauen Augen blitzten mich schelmisch an. »Sind Sie okay, junge Dame?«

»Keine Ahnung. Ich glaube, ich bin gerade etwas durch den Wind. Eigentlich hatte ich mich mit einer Freundin in der Europapassage verabredet. Stattdessen gerate ich in einen gewaltbereiten Haufen von Demonstranten und muss mir den halben Arm abreißen lassen, um in Sicherheit zu gelangen.«

Mitleidvoll betrachtete mich der Polizist. »Entschuldigung, war ich zu grob?«

»Etwas vielleicht«, gab ich zu. »Und ich habe nicht einmal Schokolade an Bord. Die beste Medizin in schwierigen Lagen.«

»Warten Sie kurz hier!« Der Polizist machte auf dem Absatz kehrt und lief zum Empfang. Dort notierte er etwas auf einem Zettel und kam zurück.

Er drückte mir ein orangefarbenes Silberpäckchen mit Schokolade in die Hand, an der ein Zettel klebte. »Schokolade ist gut für die Nerven, sagt meine Oma immer.«

»Sie schenken mir ein Küsschen?«, fragte ich mit einem breiten Grinsen.

»Ja.« Seine blauen Augen strahlten mich an. »Guten Freunden schenkt man doch ein Küsschen, oder?«

Ich machte ein erstauntes Gesicht. »Oha! So schnell freunden Sie sich an? Bei anderen muss man erst Schafe hüten.«
Er lachte. »Nein. Normalerweise nicht. Aber Sie haben die schönsten Augen, die ich je gesehen habe. Und Augen lügen nicht, sagt meine Oma auch.«
»Eine kluge Oma haben Sie!«
»Die klügste.«
Ich beugte mich vor und drückte ihm einen echten Kuss auf die Wange.
»Wofür war der denn?«, fragte mein Gegenüber überrascht.
»Sie haben mir das Leben gerettet. Da, wo ich herkomme, bedankt man sich bei seinem Ritter«, erwiderte ich.
Der Polizist lächelte. »Und da, wo ich herkomme, muss man die Telefonnummer seines Ritters nicht nur gut verwahren, sondern sie auch nutzen. Denn schließlich steht man als Gerettete ewig in der Schuld des Retters.«
Ich lächelte und faltete den Zettel auseinander. Neben seiner Telefonnummer stand sein Name.

›Peer König‹

»Sie sind ja gar nicht nur ein Ritter. Sie sind ja ein König«, witzelte ich. »Aber vielleicht sollte ich mich auch erst einmal vorstellen: Ich bin Milly Dreizack.«
»Dreizack? Poseidons Tochter?« Interessiert blickte Peer König mich an.
Ich grinste. Dann zuckte ich entschuldigend mit den Schultern. »Nee, eher Poseidons Schwiegertochter. Der Name ist geklaut.«

Durch Peers Körper ging ein Ruck der Enttäuschung. »Dann sind Sie also verheiratet?«
»Nein. Schlimmer.«
»Was ist bitte schlimmer, als verheiratet zu sein?«, fragte Peer verwundert nach.
»Ich bin geschieden.«
»Kinder?«
»Ja. Aber Sie wollen nicht wissen, wie viele. Ich habe aufgehört sie zu zählen.«
Peer König lachte so laut auf, dass sich einige Rathausbesucher neugierig nach uns umdrehten. »Und damit werden Sie mit Abstand zur interessantesten Frau, die ich je getroffen habe. Rufen Sie mich an?«
»Natürlich. Ich muss doch meine Schulden abarbeiten«, feixte ich.
Peer warf mir einen langen, heißen Blick zu, dann reichte er mir lächelnd die Hand. Leise sagte er: »Es hat mich sehr gefreut, deine Bekanntschaft zu machen, Milly. Ich hoffe sehr, von dir zu hören.«
»Bis dahin kannst du ja von mir lesen«, erwiderte ich grinsend.
»Was, du schreibst? Was denn? Bücher? Zeitungsartikel?« Peer hing noch immer an meiner Hand.
»Beides. Ich rufe in den nächsten Tagen mal an, okay? Vielleicht hast du ja Lust auf ein Eis.«
»Das würde mich sehr freuen. Ein Kollege von mir wird dich hinten raus lassen. Dann kannst du außen herum zur Europapassage laufen. Aber pass bitte auf dich auf! Ich werde nicht in der Nähe sein, um dich erneut zu retten.«
»Schade«, sagte ich lächelnd.
Peer blieb für einen Augenblick stehen. »Dein Ex-Mann muss ein Dummkopf gewesen sein. Ich hätte dir die Sterne vom Himmel geholt, um dich zu halten.«

»Dann sattele schon mal dein Raumschiff, Herr König.«
Ich nickte ihm zu und drehte mich zu einem seiner Kollegen um.

Aus den Augenwinkeln sah ich, wie Peer sich durch die Menschen drängelte, um zurück an seinen Arbeitsplatz zu kommen.

Traumtagebuch

Ich verließ die U-Bahnstation und steuerte auf den großen Bus zu. Demonstranten hatten sich bereits versammelt. Ich musste mir einen Weg zu den Organisatoren der Demonstranten bahnen.

Als ich die Leiterin endlich am Aufnahmegerät hatte, ertönten plötzlich laute Schreie.

Erstaunt blickten wir uns um.

Etwas war passiert.

Einige Menschen flitzten an uns vorbei, die Polizisten, die eben noch teilweise einzeln gestanden hatten, schlossen sich zusammen.

»Eine Bombe!«, schrie jemand und rannte vom Bus weg.

»Was?« Meine Interviewpartnerin sah mich mit scheckgeweiteten Augen an. Ich wartete nicht lange. Ich machte auf dem Absatz kehrt und rannte durch die sich auflösende Menschenmenge vom Bus weg, so schnell ich konnte. Ich legte noch einen Zahn zu und sprintete, um den Rathausmarkt zu verlassen.

Von links näherte sich ein Polizist mit Helm, Knüppel und riesigem Schutzschild.

Ich rannte weiter und hörte im selben Augenblick eine heftige Explosion.

Ich blickte mich beim Laufen um und sah, wie der Bus in die Luft flog.

Metallteile flogen über den Platz, krachten in die Fensterscheiben des Rathauses und trafen schreiende Menschen. Ich holte tief Luft und wollte weiterrennen, als sich der Polizist auf mich schmiss und das Schutzschild über unsere Köpfe warf.

Stechend spürte ich den Schmerz in beiden Handflächen und Knien. Ich war der Länge nach auf den Asphalt gestürzt.

»Sind Sie okay?«, hörte ich den Polizisten auf mir durch den mächtigen Helm fragen.

Ich konnte gar nicht antworten. Er erdrückte mich fast mit seinem Gewicht. Ich versuchte, den Kopf ein Stück weit zu heben und blickte auf das Chaos, das auf dem sonst so ruhigen Rathausplatz herrschte. Der Bus brannte lichterloh. Ich nahm an, dass die meisten, die nicht weggelaufen waren, der Explosion zum Opfer gefallen waren.

Im Schutzschild, welches noch immer auf mir lag, steckte ein spitzer, dreieckiger Stachel aus Metall, den der Bus mir hinterhergespuckt hatte.

Langsam rollte sich der uniformierte Polizist von meinem Körper. Er nahm den Helm und die Maske ab und zeigte zwei wunderschöne Augen, eine gerade Nase und einen leichten

Dreitagebart. »Da haben Sie aber nochmal Schwein gehabt, junge Dame!«

»Sie haben mir das Leben gerettet«, sagte ich gequält lächelnd.

»Es war mir eine Ehre.«

»Sie sind so zielstrebig auf mich zugerannt«, sagte ich verwundert. »Warum?« Ich versuchte mich zu rühren, aber meine Beine antworteten nicht. Ich spürte nur den stechenden Schmerz im rechten Knie.

Der Polizist zwinkerte mir zu und versuchte, ebenfalls zu lächeln. »Ich hatte Sie schon die ganze Zeit über im Auge. Sie haben mir gefallen. Ich habe gar nicht nachgedacht. Als der Bus in die Luft flog, wollte ich einfach nur noch das schöne Geschöpf vor mir retten.«

»Das ›schöne Geschöpf‹?«, wiederholte ich grinsend. Ich wollte mich aufrappeln, doch meine Hände bluteten und ich konnte mich nicht aufstützen. »Gott, ich sehe aus! Dabei hatte ich mich extra schick gemacht!«

Der Polizist folgte meinem Blick. »Da steckt ein Metallsplitter in Ihrem Stiefel.«

»Ich kaufe nie wieder etwas von Fließband! Dieses handgenähten Lederstiefel haben mir quasi die Haut gerettet. Ich werde dem Designer einen Dankesbrief schreiben«, sagte ich ächzend.

Ich rollte mich auf die Seite und sah, dass dem Polizisten etwas im Oberschenkel steckte. »Aber Sie hat es erwischt, befürchte ich.«

»Das befürchte ich auch«, sagte er mit zusammengebissenen Zähnen. »Ich würde mich trotzdem gerne erst einmal vorstellen. Jetzt, wo ich keinen Ehering sehe.«

Ich schnitt eine Grimasse. »Ich bin geschieden.«

Mein Gegenüber hob beide Augenbrauen. »Willkommen im Club!«

Ich setzte mich hin, um sein Bein zu betrachten. »Das sieht aber übel aus. Steckt ziemlich tief.« Ich zog kurzerhand meinen geliebten schwarzen Mantel aus und zerriss das Innenfutter.

»Ich bin Peer. Peer König«, stellte sich mein Held vor.

Ich hielt ihm die Hand hin, sah das Blut und zog sie wieder zurück. »Milly. Milly Dreizack.«

»Cooler Name! Wenn wir heiraten würden, könnte man einen ›König Dreizack‹ drausmachen«, lachte Peer leise.

»Stimmt. Cooler Name. Auf jeden Fall besser als König Drosselbart.« Ich robbte mit meinem Hintern vor, aufstehen konnte ich nicht. »Still liegenbleiben! Ich muss das Bein abbinden, sonst verlierst du zu viel Blut.«

Ich band den Oberschenkel fachmännisch ab, als ein paar Polizisten angerannt kamen. »Peer, alles in Ordnung bei dir?«

»Er ist verletzt«, sagte ich und zeigte mit meinen blutigen Händen auf den Oberschenkel.

»Sie aber auch. Komm, Jan, wir bringen beide zum RTW.« Sie hoben Peer hoch, der leise aufjaulte.

»Können Sie laufen?«, sprach mich ein weiterer Polizist an.

Ich versuchte aufzustehen, aber ich kam nicht hoch. Mein Knie war sozusagen out of order.

Zwei weitere Polizisten packten mich unter dem Hintern und nahmen mich im Sitzen mit zum nächsten Rettungswagen. Ich wurde gemeinsam mit Peer in einen Wagen verfrachtet, der auch gleich mit Martinshorn losbrauste.

Nur wenige Minuten später kamen wir in der Notaufnahme der Klinik in St. Georg an.

»Gehören Sie zusammen?«, fragte mich die Krankenschwester und deutete auf Peer, der mittlerweile bewusstlos war.

»Ja«, log ich, ohne rot zu werden. »Das ist Peer König. Ich bin Milly Dreizack.«

»Coole Namen«, grinste die Krankenschwester. Sie winkte Personal herbei und trennte uns. »Das wäre ein genialer Doppelname!«

»Das stimmt«, erwiderte ich höflich lächelnd.

Ich wurde an den Händen versorgt und am Knie geröntgt. Mit einer kaputten Kniescheibe und einer leichten Verletzung an der Wade von dem Splitter wurde ich auf ein Zimmer gebracht. Ich schlief vollkommen erschöpft ein, nachdem ich meiner Mutter eine Nachricht hatte zukommen lassen, dass sie sich um die Kinder kümmern möge.

Als ich wieder erwachte, lag jemand neben mir.

Eine Krankenschwester betrat das Zimmer. »Möchten Sie etwas zum Abendessen haben?«

Mir knurrte der Magen, also stimmte ich zu. »Gerne. Low carb, bitte, wenn es geht.«

»Geht.« Sie verschwand und kam mit einem Tablett wieder rein. »Ihr Verlobter darf noch nichts essen.«

»Wie bitte?«

»Ihr Verlobter«, die Schwester zeigte auf mein Nachbarbett, »darf noch nichts essen. Geben Sie ihm also bitte noch nichts ab, wenn er aufwachen sollte.«

Ich fuhr die obere Hälfte vom Bett hoch und setzte mich aufrecht hin. Dann linste ich über die Bettdecke und erkannte Peers Gesicht.

Ich wollte mich fragend an die Schwester wenden, als diese lachend abwinkte. »Durch die Explosion haben wir so viele Opfer aufnehmen müssen, dass wir uns dachten, Sie hätten bestimmt nichts dagegen, mit Ihrem Verlobten ein Zimmer zu teilen. Soll ich die Betten dichter aneinander stellen?«

»Gerne, danke.« Ich lächelte.

Die Schwester löste eine Bremse und fuhr die Betten zusammen. Dann verabschiedete sie sich.

Ich hatte kaum meinen Salat verdrückt, als sich neben mir etwas regte.

»Gott, wo bin ich? Hat mich ein Zug überrollt?«

»Nein, Glück gehabt. Aber ein böser Metallsplitter hat Fangen mit dir gespielt«, konterte ich. »Und du hast gewonnen.«

Peer öffnete ein Auge. »Milly?«

Ich nickte. »Du erinnerst dich an meinen Namen?«

»Klar. Ich erinnere mich an alles. Nur nicht daran, wer jetzt wen gerettet hat«, nuschelte Peer. Er versuchte sich aufzurichten, aber er kam nicht hoch.

»Bleib lieber liegen, sonst gibt's Ärger vom Drachen.«

»Warum liege ich auf dem Bauch? Das ist ätzend. Ich muss super dringend pinkeln.«

Ich verkniff mir ein Grinsen. »Ich klingele für dich.«

Eine Schwester kam herein. »Ah, Herr König, Sie sind aufgewacht. Wie schön! Heute dürfen Sie noch nicht aufstehen. Zwei, drei Tage müssen Sie schon noch warten.«

»Und wie soll ich bitte pinkeln?«

Die Schwester schmunzelte. »Sie haben eigentlich einen Katheter dran. Aber ich mache den gerne ab und hole eine Bettpfanne, wenn Ihnen das lieber ist. Wenn der Arzt dann aber mit uns schimpft, weil Sie Ihr Bein belastet haben beim Pinkeln, müssen Sie das ausbaden.«

»Klingt verlockend. Dann lassen Sie mal den blöden Katheter dran. Ich fühle mich gerne wie ein alter Mann.« Peer drückte sein Gesicht ins Kissen.

»Ich drehe mich mal weg!«

»Haben Sie Ihren Verlobten etwa noch nie pinkeln gesehen?«, fragte mich die Schwester fassungslos.

»Verlobter?« Peer hob den Kopf. »Du hast einen Verlobten, Milly?«

Die Schwester tätschelte das gesunde Bein von Peer. »Keine Sorge, Sie waren gemeint, Herr König.«

Peer blinzelte mich fragend an.

»Ich drehe mich mal weg. Selbst wenn ich ihn bereits pinkeln gesehen hätte, würde ich ihm diese Scham gerne ersparen.«

»Sie wollen heiraten! Da teilt man doch alles miteinander, oder?«, platzte die Schwester heraus. Sie verabschiedete sich. »Bis später, meine Turteltäubchen.«

Ich blickte zu Peer. »Ich habe keine Ahnung, wie die hier darauf kommen, dass wir zwei verlobt sind. Als ich vorhin eingeschlafen und wieder aufgewacht bin, warst du bereits da.«

Peer grinste frech. »Dabei haben wir noch nicht einmal zusammen Schafe gehütet.«

»Nee, das stimmt allerdings. Sollten wir dringend nachholen.«

»Echt jetzt?«

»Klaro. Ich bin zu allen Schandtaten bereit.«

Peer lächelte ins Kissen. »Was habe ich nur für ein Glück, dass ich mir mit dir ein Zimmer teilen darf. Fragt sich nur, wo ich pupsen soll, wenn's meinen Bauch auftreibt.«

Ich lachte leise auf. »Das habe ich mich auch schon gefragt. Aber bisher ging ich davon aus, dass so heiße Polizisten wie du niemals pupsen.«

»Echt? Das hast du gedacht? Naja, so heiße Ladys wie du dürfen auch nicht pupsen. Nur, dass du Bescheid weißt«, konterte Peer.

»Vielleicht sollte ich dir doch lieber einen alten Griesgram aufs Zimmer legen lassen«, überlegte ich laut. Ich versuchte aufzustehen, was natürlich ein totaler Bluff war. Im Leben hätte ich nicht aufstehen können.

Peer ergriff meine Hand. »Geh bitte nicht! Es ist mir total schnuppe, ob du pupsen musst oder nicht. Ich finde dich klasse. Ich glaube, die nächsten Tage werden nicht langweilig.«

»Das glaube ich auch.«

Am nächsten Tag kaperten meine Kinder das Zimmer und brachten eine Menge Unruhe rein. »Mama, wieso bist du verletzt?«, fragte Max. »Und warum liegt der Mann da auf dem Bauch?«

Ich lächelte tapfer. »Ich bin hingefallen, als ich vor der Explosion weggelaufen bin. Der ganze Bus ist mit einem lauten Krachen in die Luft geflogen«, erzählte ich. »Und der Mann neben mir heißt Peer. Er hat mich gerettet, sonst wäre ich jetzt tot. Durch sein Schutzschild habe ich nämlich keinen Splitter in den Kopf bekommen. Aber Peer hatte einen Splitter hinten im Bein. Darum muss er noch auf dem Bauch liegen.«

»Geil«, entfuhr es Max. »Waren da auch Piraten?«

»So was Ähnliches, Schatz.«

Kaum hatten meine Mutter und meine drei Kinder uns wieder verlassen, wandte sich Peer an mich. »Deine Kinder sind klasse.«

»Hast du etwas anderes erwartet?«, feixte ich.

Peer blickte mich an. »Nein, hatte ich nicht.«

»Hast du Kinder?«

»Sie waren der Scheidungsgrund.«

»Deine Kinder?«, fragte ich verwirrt.

Peer grunzte. »Eher die Tatsache, dass ich keine Kinder zeugen kann.«

»Wie praktisch. Du musst nicht verhüten! Meine Oma hat immer gesagt, ich werde schon schwanger, wenn man eine Unterhose an mein Bett hängt.«

Peer lachte leise. »Ja. Praktisch ist das schon. Aber wenn man zehn Jahre lang versucht, Kinder zu machen und dann wird einem gesagt, dass man keine machen kann, ist das nicht mehr so praktisch. Meine Ex-Frau war erst geschockt, dann traurig und dann zu allem entschlossen. Sie hat mich gegen einen potenten Mann ausgetauscht und schwups war ich geschieden.«

»Du Ärmster! Bei mir war es genau umgedreht. Mein erster Freund hat mich verlassen, weil ich schwanger von ihm war.« Ich schnitt eine Grimasse.

Peer hob den Kopf. »Was für ein Arschloch!«

Ich zuckte mit den Schultern. »Ich habe lange gebraucht, um das zu verstehen und darüber hinwegzukommen. Drei Jahre später hat er seine Entscheidung bereut, ist aber nie wieder bei mir aufgekreuzt.«

»Feigling!«, schnaufte Peer.

»Ja, ich glaube, davon gibt es einige auf diesem Erdball.«

»Drei Kinder hast du also?«, hakte Peer nach.

Ich schüttelte den Kopf. »Vier. Der Große war heute nicht dabei.«

»Respekt!«

»Und?«

»Was und?« Peer blinzelte. »Gott, es nervt, dass ich auf dem Bauch liegen muss. Ich muss mir ständig den Hals verdrehen, um dich angucken zu können.«

»Bin ich mit vier Kindern nun eine schlechte Partie oder immer noch die interessanteste Frau, die du je gerettet hast.«

»Ich will dir den Zahn ja nicht ziehen, Milly, aber du bist die einzige Frau, die ich je gerettet habe.«

»Oh.«

»War ein Scherz! Ja, du bist die interessanteste Frau, die ich je retten wollte. Warum solltest du eine schlechte Partie sein? Deine Kinder sind phantastisch. Und da ich ohnehin keine eigenen Kinder bekommen kann, bin ich umso entschlossener, dich auf mein Schloss zu entführen«, feixte Peer.

»Du edler Ritter«, erwiderte ich leise. »Du hast ein Schloss?«

Peer angelte nach meiner Hand. Er robbte vor und gab mir einen Handkuss. »Du, meine holde Prinzessin! Ich bin ganz wild darauf, dich näher kennenzulernen. Ich mag deine offene, humorvolle Art. Du wirkst so optimistisch und lebensbejahend. Das gefällt mir.«

»Dann haben wir ja Glück, dass wir hier quasi ein Doppelzimmer als Dauerdate gebucht haben«, witzelte ich.

Peer lachte ins Kissen. »Ja, das haben wir. Allerdings hätte ich dich lieber vernascht, als hier wie eine Krücke bäuchlings herumzuliegen.«

»Heute ist leider kein Naschtag«, sagte ich mit ernster Miene. Ich schnappte mir mein Handy und blickte darauf. »Der nächste Naschtag kommt in frühestens...warte! Was hat der Arzt heute bei der Visite gesagt? Du darfst erst in zwei Wochen wieder über Sex NACHDENKEN.«

»Naja, das Nachdenken wird schon nicht strafbar sein«, grunzte Peer. »Nur die Durchführung muss leider noch warten.«

»Für die Durchführung hast du ja noch die nächsten Jahrzehnte Zeit«, rutschte es mir heraus.

Peer blinzelte mich an. »Wie meinst du das?«

»Nun, du bist ja noch jung und knackig. Sehr knackig, was ich da heute gesehen habe. Durchtrainiert bis in den letzten Muskel. Nicht schlecht, Herr Specht!«

»König. Ich heiße König, Madame, nicht Specht. Und wenn du noch einmal linst, bevor ich was zu sehen gekriegt habe, wird der Naschtag vorverlegt«, warnte Peer mit einem fetten Grinsen im Gesicht.

Ich hob beide Augenbrauen. »Was? Da muss ich erst gucken, ob ich noch etwas im Kalender frei habe.« Ich schnappte mir meinen Laptop und öffnete ihn. »Und ich muss dringend arbeiten, sonst müssen meine Kinder im nächsten Monat trockenes Brot und Wasser zu sich nehmen.«

»Ich werde dich retten!«

»Noch einmal?«

»Jederzeit.«

»Du bist ein Held!«

»Ich weiß, einer ohne Shorts mit Loch im Bein.«

»Lieber im Bein, als im Kopf. Und die Shorts werden überbewertet. Mir gefällt dein nackter Po.« Ich wackelte aufreizend mit den Augenbrauen. »Leider sind wir hier in einem Krankenhaus, aber in den nächsten Nächten könnte ich das ja mal ausblenden. Vielleicht gesundest du ja besser, wenn du eine Ganzkörpermassage von mir bekommst.«

»Würdest du bitte keine Versprechen machen, die du nicht einhalten kannst? Mir wächst jetzt schon was vor lauter Vorfreude. Was soll die Schwester denken, wenn sie die Bettpfanne bringt?«

Ich kicherte leise. »Zum Glück hast du ja einen Katheter. Ansonsten denkt sie natürlich, dass ich ein ganz heißer Feger bin.« Ich rutschte vom Bett und versuchte, auf einem Bein zum Schrank zu hüpfen.

»Was hast du vor?«

»BH ausziehen und Schlafoberteil anziehen.«

»Darf ich linsen?«

Ich drehte mich grinsend zu ihm um. »Wir sind verlobt, Schatz! Schon vergessen? Natürlich darfst du das NICHT tun.«

Peer lachte leise. »Ich sehe schon, es werden spannende Zeiten mit dir, Milly Dreizack. Und jetzt wirf endlich deine überflüssigen Klamotten über Bord!«

Ich lächelte aufreizend und zog mir mein T-Shirt über den Kopf.

»Schicker BH«, lobte Peer.

Ich löste die Häkchen und ließ meinen BH in den Schrank fallen.

»Alter! Du machst das wirklich?«

»Ja, wieso nicht? Wirst du blind von meinem Anblick?«

Peer lachte ins Kissen. »Nein, ich hoffe nicht. Obwohl es fast schon erblindend schön ist, was du zu bieten hast.« Er blinzelte. »Schade, du ziehst dich ja schon wieder an.«

»Ist ja auch kein Naschtag.« Ich holte mir anderes T-Shirt aus dem Schrank und hüpfte zum Bett zurück. »Meine Hose kann ich leider noch nicht wechseln. Knie ist im Arsch.«

Peer hob den Kopf. »Echt? Für mich sieht es eher so aus, als wenn dein bezauberndes Knie an der richtigen Stelle sitzt.«

Ich gluckste. »Tut es auch. Ich wollte dich nur testen. Hätte ja sein können, dass du nur bluffst und in Wirklichkeit gar nichts sehen kannst.«

»Meine Augen funktionieren einwandfrei. Um ehrlich zu sein, funktioniert alles an mir einwandfrei.«

»DAS ist jawohl gelogen«, platzte ich heraus.

Peers Lächeln verschwand.

»Ich rede nicht von deiner Zeugungsfähigkeit«, warf ich schnell ein. »Darüber macht man keine Witze. Ich rede von deinem Oberschenkel. Der ist ja wohl so was von im Arsch, dass du vermutlich deinen ersten Naschtag im Sitzen verbringen musst.«

Peers Lächeln kehrte zurück. »Im Sitzen? Mmmh, nette Vorstellung. Aber du hast Recht, das befürchte ich auch.« Er streckte die Zunge raus. »Egal, wann Naschtag ist, Milly, ich genieße jede Minute mit dir. Es wird nie langweilig. Und ich will hier mal was klarstellen!«

»Oha! Was kommt jetzt?«

Peer kam ächzend vom Bett hoch, um mich mit beiden Augen ansehen zu können. »DU hast mir das Leben gerettet. Nicht umgekehrt.«

»Das werde ich dir beim nächstbesten Naschtag mit auf dein Butterbrot schmieren«, sagte ich lachend. »Dafür gibt es doch bestimmt eine extra Massage.«

»Ich kann es kaum erwarten. Ich möchte…mmh…« Peer legte sich wieder flach auf den Bauch. »Alles. Ich werde alles massieren, Milly. Von Kopf bis Fuß.«

»Klingt sehr verlockend.« Ich beugte mich über die Bettkante und blickte ihm ins rechte Auge. »Dann war ich wohl zum richtigen Zeitpunkt am richtigen Ort, um genau den richtigen Masseur zu treffen, was?«

»Ja, das warst du.«

»Hatte ich erwähnt, dass ich total auf Polizisten stehe?«

»Nein. Im Ernst?«

»Aber so was von! Diese Uniform ist der Hammer!«

»Dann weiß ich ja, was ich zum ersten Naschtag anziehen werde«, feixte Peer.

»Davon kann ich dir nur abraten! Sonst wird daraus kein Naschtag, sondern ein ganzes Naschwochenende.«

»Wow! Was für Aussichten!«

»Milly, was für ein Held! Du musst ihn unbedingt anrufen. Er hat sogar Humor!«, schwärmte Aurora 👸.
»Das war ein Traum, du dummes Ding! Wir wissen doch noch gar nicht, ob dieser Typ nett und humorvoll ist. Und ob er Millys Dornröschen glücklich macht«, fügte Luzifer 👿 hinzu.
»Egal. Ruf ihn an, dann finden wir das heraus!«

Seufzend legte ich Peers Telefonnummer auf den Flurschrank. Ich würde ihn ganz bestimmt in den nächsten Tagen anrufen.

***

»König.«
»Hallo, hier ist Milly Dreizack.« Nervös zuppelte ich an meiner Halskette herum, während ich mit der anderen Hand mein Telefon festhielt.
»Poseidons Schwiegertochter?«, erinnerte sich Peer.
Ich lachte leise. »Genau die.«
»Dann ist jawohl heute mein Glückstag, was? Wie lange ist es her, dass ich dich gerettet habe?«
Ich schluckte.
Ich hatte den Zettel gedankenlos auf den Flurschrank gelegt und mein jüngster Spross hatte ihn zum Malen benutzt. Natürlich hatte er ihn in seine Höhle verschleppt, die ich als viel beschäftigte Mutter erst heute aufgeräumt hatte.
»Zwei Wochen?«, formulierte ich meine Antwort als Frage, obwohl ich ganz genau wusste, wie viel Zeit verstrichen war.

»Da haben Sie mich aber lange zappeln lassen, Milly Dreizack. Ich dachte schon, Ihr Ex-Mann hat Ihnen doch noch die Sterne vom Himmel geholt«, sagte Peer.

»Nein. Mein jüngster Sohn hatte den königlichen Brief verschleppt. Er ist nämlich Robin Hood und brauchte dringend etwas Malpapier. Ich habe den Zettel heute zufällig beim Aufräumen in seinem Tippi gefunden.«

»Und ich dachte, ich habe nicht genug Eindruck auf dich gemacht…«

»Doch, doch. Die Rettungsaktion war schon legendär. Vielen Dank nochmal«, lächelte ich durchs Telefon.

»Das ist mein Job, Frau Dreizack. Und bei so charmanten, hübschen Damen macht die Arbeit ganz besonders viel Spaß«, entgegnete Peer leise lachend.

»Ich war, ehrlich gesagt, ganz froh, dass ich den Zettel wiedergefunden habe. Ich hatte schon geglaubt, dich nie wiederzusehen.«

»Notfalls hättest du mich ja polizeilich suchen lassen können«, witzelte Peer.

Ich lachte leise. »Stimmt. An die Möglichkeit habe ich gar nicht gedacht.«

»Nun ja, dafür ist die Polizei doch da! Dein Retter, Freund und Helfer in jeder Lebenslage. Der Tipp war übrigens kostenlos, aber hoffentlich nicht umsonst.«

»Ganz bestimmt nicht. Notfalls hättest du allerdings auch meinen Namen über meine Website googeln können«, konterte ich.

»Du wirst lachen, aber das habe ich getan. Ich habe dein Buch sogar schon bestellt. Es ist gestern bei mir eingetroffen und heute nach Dienstschluss werde ich es lesen. Sofern ich nichts anderes vorhabe«, warf Peer noch schnell ein.

»Oh, na, dann nimm dir lieber etwas Anderes vor«, winkte ich ab. Ich war gar nicht sooo scharf darauf, dass er meine Phantasien mit Tom nachlas.
»Wieso das denn? Willst du mich zum Abendessen einladen?«

»Ooooh ja, Milly! Ran an den Speck! Ich rieche S...«
»Nicht schon wieder, Luzifer! Nun gib Milly eine Chance, Romantik pur zu erleben«, unterbrach Aurora Luzifer. Dieser grunzte übellaunig. »Ich bin ausgehungert, Aurora! Da wird man ungeduldig!«

»Gute Idee. Ich habe heute allerdings noch einen Elternabend hinter mich zu bringen. Wie wäre es mit morgen Abend?«
»Moment...« Es raschelte am Telefon. »Perfekt. Wann und wo?«
»Am liebsten in einem Steakhouse. Fleisch und Salat am Abend sind leichter zu verdauen als Pizza, Pasta und Co.«, erwiderte ich.
»Okay, dann also morgen Abend um 18.30 Uhr im Steakhouse beim Rathaus?«
»Sehr gerne.«

Ein Ständchen für ein Sahneschnittchen

»Wie geht es dir, Snow?«, fragte ich, meine Aufregung mühsam unterdrückend.
»Du fehlst mir«, antwortete Schneewittchen traurig.
»Aber du kommst ja bald zu Besuch.«
»Ja, genau. Bald bin ich bei dir. Snow, du glaubst nicht, was mir passiert ist!«, platzte ich am Telefon heraus.
»Was? Was? Was? Erzähl schon! Hast du endlich jemanden kennengelernt?«, fragte Schneewittchen aufgeregt nach.
Ich lachte leise. »Nein, leider nicht. Aber ich habe einen Job an Land gezogen.«
»Oh, wie schade«, ließ Schneewittchen durchs Telefon den Kopf hängen.
»Reingelegt!«, rief ich laut lachend.
»Was? Wie? Oh Mann, bist du gemein! Nun spann mich nicht länger auf die Folter! Wie heißt er, was macht er, wie alt ist er...? Erzähl schon!«
Ich setzte mich auf die Fensterbank und schaute nach draußen. »Er heißt Peer und ist ein Jahr jünger als ich. Er ist Polizist und hat mir vor zwei Wochen das Leben gerettet, als ich in eine Demonstration geplatzt bin, bei der auch noch Gegendemonstranten aufgetaucht sind«, erzählte ich.
»Boah! Du hättest nicht in die Großstadt zurückziehen sollen, Milly! Viel zu gefährlich. Was für ein Glück! War er als Polizist dort?«
»Ja. Er hat mich da rausgeholt und mir dann auch noch ein Küsschen mit Telefonnummer geschenkt«, schwärmte ich.

»Ein Küsschen?«, hakte Schneewittchen nach. »Im Dienst?«
»Ein Küsschen aus Schokolade.«
»Ahaaaa! Wie süß ist das denn?«, schmunzelte Schneewittchen durchs Telefon. »Und hast du ihn angerufen?«
»Ja. Nachdem Max den Zettel vor zwei Wochen verschleppt hatte, um darauf zu malen, habe ich ihn vorgestern beim Aufräumen wiedergefunden und gleich angerufen. Und gestern waren wir abends essen«, platzte ich heraus.
»Nein, wie cool ist das denn! Und? Wie ist er so?«
Ich verdrehte die Augen.

»Er ist ein Held«, schwärmte Aurora 👸. »Er sieht gut aus, ist charmant, interessiert und er hat Humor!«
»Sexappeal! Du hast Sexappeal vergessen. Peer hat Sexappeal«, fügte Luzifer 😈 hinzu und wackelte vielsagend mit den Augenbrauen.

»Phantastisch. Er hat Humor, sieht gut aus und in seiner Uniform ist er ein absolutes Sahneschnittchen«, freute ich mich. »Wir hätten uns noch die ganze Nacht unterhalten können. Wir sind absolut auf einer Wellenlänge.«
»Weiß er, dass du geschieden bist und Kinder hast?«, fragte Schneewittchen und ich konnte ihr ernstes, besorgtes Gesicht vor mir sehen.
»Weiß er. Und er freut sich sehr darüber. Er hatte als Kind Mumps und kann keine Kinder zeugen. Darum ist er auch geschieden.«
»Der Ärmste! Aber jetzt hat er ja dich. Wie praktisch, dass du schon Kinder hast und keine weiteren mehr haben willst«, sagte Schneewittchen erleichtert. »Mann, Milly, ich bin echt froh, dass du endlich jemanden kennengelernt

hast. Ich drücke dir die Daumen, dass er auch weiterhin so ein toller Mann ist. Und dass eure Liebe riesengroß sein wird. Gut, dass du dir Tom endlich aus dem Kopf geschlagen hast.«

»Notgedrungen. Die Zeit war hier eindeutig meine Freundin! Wenn du ihn nicht erwähnt hättest, hätte ich jetzt gar nicht an ihn gedacht.«

»Oh Mist! Ja, naja, nicht umsonst sagt man, Zeit heilt alle Wunden.« Schneewittchen wurde kurzzeitig von ihrer Tochter abgelenkt, dann kam sie an den Apparat zurück. »Wann siehst du ihn wieder?«

»Wir gehen am Wochenende mit den Kindern in den Zoo«, antwortete ich.

»Dann wünsche ich euch viel Spaß dabei!«

»Danke, Snow! Danke, dass du immer ein Ohr für mich hast.

»Du doch auch! Dafür sind Freunde doch da!«

***

»Wohin wollen Sie denn, junge Dame?«, fragte ein älterer Herr an der Brücke der Polizeiwache.

Ich straffte meine Schultern und räusperte mich. »Ich möchte gerne zu Peer König.«

Der Herr nickte und nahm den Telefonhörer in die Hand. »Ich rufe den Glücklichen mal an!«

Ich streckte meine Hand aus und legte sie auf seine. »Nein, warten Sie bitte! Es soll eine Überraschung sein. Wäre es möglich, dass Sie mich ohne Anmeldung zu ihm gehen lassen?« Ich legte mein charmantestes Lächeln auf.

Der Herr zögerte. »Ich weiß nicht…«

Ich zückte mein Portemonnaie. »Ich lasse Ihnen meinen Personalausweis hier. Und meinen Wintermantel.« Ich deutete nach draußen. Wir hatten Ende November und es war bitterkalt.

Seufzend nickte der Polizist. «In Ordnung. Aber erzählen Sie es nicht weiter!«

Ich fuhr mir mit den Fingern über die Lippen. »Ich schweige!«

Ich reichte ihm meinen Personalausweis und meinen Mantel, ohne den ich draußen wirklich aufgeschmissen war. Dann machte ich mich auf den Weg zur Glastür.

Mein Herz schlug mir bis zum Hals. Ich hatte lange geübt, um dieses Ständchen bringen zu können.

»Ach, das ist sooo romantisch«, hauchte Aurora 👸.
»Bäh! Romantisch! Das ist idiotisch! So kriegt man doch keinen Kerl ins Bett!«, knurrte Luzifer 😈 missgestimmt.

Als ich die Glastür durchschritten hatte, musterten mich bereits ein paar Polizisten. Aufregung machte sich in mir breit. Ich musste dringend meinen Puls runterkriegen. Mein innere Prinz rieb sich bereits die Hände und mein Dornröschen saß auf ihrer Schaukel und lächelte verträumt.

»Milly, das ist so romantisch! Trau dich!«, feuerte Aurora 👸 mich an.
»Na gut, ich muss zugeben, das ist ein kluger Schachzug. Nach ein paar Dates bezirzt du einfach das Objekt unserer Begierde«, gab Luzifer 😈 zu.
»›*Unserer*‹ Begierde? Du begehrst Peer auch?«, hakte Aurora 👸 nach. Verschmitzt zwinkerte sie Luzifer zu.

»Ich stecke zumindest mit Milly unter einer Decke. Quasi. Also ist Peer auch das Objekt ›unserer‹ Begierde«, verteidigte sich Luzifer.

»Guten Tag, kann ich Ihnen helfen?« Ein Polizist um die Dreißig blickte mich fragend an.
Ich schluckte. »Ich möchte zu Herrn König.«
Der freundliche Herr deutete auf eine Tür, nicht weit von mir. »Der ist dort drüben in dem kleinen Büro. Erledigt irgendeinen Aktenberg.«
»Dankeschön!«
Kopfschüttelnd betrachtete der Mann meine Gitarre und entfernte sich dann.
Ich atmete ein letztes Mal durch und betrat dann das Büro von Peer. Ich stellte meine Tasche an der Schrankseite ab und rückte meine Gitarre zurecht. Peer war in seine Arbeit vertieft und erschrak fast, als ich die ersten Saiten zupfte.
Seine Kollegin, die ihm direkt gegenübersaß, schmunzelte. Sie hatte mich bereits beim Betreten des Büros bemerkt.
Aufmunternd lächelte sie mir zu.
»Ich kann dein Herz hören, wie es schlägt und richtig laut auf die Pauke haut. Heute kann uns nix stören, wir lächeln uns durch die Welt, das haben wir uns beim Dalai Lama abgeschaut....«
Tagelang hatte ich mit meiner Tochter Gitarrespielen und Gesang geübt und den Song von Johannes Oerding einstudiert. Nun sang ich, als müsste ich um mein Leben singen. Ich spürte, wie immer mehr Zuschauer in den Raum kamen und lauschten. Es machte mich ziemlich nervös, noch nervöser aber hätte es mich gemacht, Peers Gesichtsausdruck zu analysieren. Also sang ich und blickte ihm einfach nur in die Augen.

Als ich geendet hatte, war es für einen Moment lang still. Dann johlten und klatschten Peers Kollegen.
Lächelnd legte ich die Gitarre beiseite und holte ein kleines Päckchen aus meiner Tasche.
»Kann man Sie buchen? Für Geburtstage, Hochzeiten oder so?«, fragte jemand zu meiner Überraschung.
Ich lachte leise. »Na klar, wenn ich Zeit habe«, sagte ich grinsend. Dann wandte ich mich an Peers Kollegin. »Ob ich vielleicht fünf Minuten mit Peer…alleine reden könnte?«
Einige Männer gaben blöde Kommentare ab, doch alle verließen nach und nach das Büro.
Peer saß grinsend auf seinem Stuhl und rührte sich nicht. Ich wusste nicht, was ich davon halten sollte, aber ich wartete brav ab, bis seine Kollegin die Tür hinter sich geschlossen hatte.
Peer schien durch das Klacken des Türschlosses aufzuwachen. Er streckte seine Glieder und erhob sich.
»Hallo«, sagte ich tapfer.
»Hallo«, erwiderte Peer. Ein noch breiteres Lächeln zeichnete sich auf seinen Lippen ab. »Das war wundervoll! Danke!«
»Ich dachte mir, ich arbeite meine Schulden ab. Ein Ständchen für den edlen Retter«, sagte ich leise, ohne ihn auch nur eine Sekunde aus den Augen zu lassen.

»Milly, das machst du prima! Du hast ihn fast in der Tasche!«, meldete sich Luzifer 💀 zu Wort.
»Sieh ihn dir doch mal genau an! Sie hat ihn bereits in der Tasche«, seufzte Aurora 👸.

»Und ich wollte mich bei dir für das Schokoküsschen bedanken. Du hast mir ja quasi vor vier Wochen das Leben

gerettet«, sagte ich mit tierischen Herzklopfen. »Ich habe hier etwas für dich.«
Hatte ich mich blamiert?
Hatte ich schief gesungen?
Mochte er Besuche im Dienst?
Gott, ich fühlte mich wie ein Teenager auf Glatteis.

»Blamiert? Kreisch! Milly! Ran an den Feind! Wo bleibt dein Sinn für Sex und Abenteuer?« Luzifer 😈 raufte sich verzweifelt die Haare.
Aurora 👸 lachte leise. »Sei still, du Dummian!«

»Du musst dich nicht bedanken. Küsschen verschenkt man doch gerne«, sagte Peer. »Und in Wirklichkeit hast du mein Leben gerettet. Ich genieße jeden Moment mit dir. Mit dir und deinen Kindern.«
Gott, er sah umwerfend aus in seiner Polizeiuniform.
Peer kam mir entgegen und streckte eine Hand nach mir aus. »Komm her!«
Ohne weiter darüber nachzudenken, ließ ich mich in seine Arme ziehen.

»Ja! Ich rieche Sex! Wahnsinn! Endlich, Milly!« 😈
»Sei still! Das ist romantisch! Du versaust den ganzen Moment!« 👸

Ich genoss Peers Umarmung und stahl mir einen Kuss.
Peer atmete in mein Haar hinein und seufzte. »Du riechst so gut! Meine kleine Halbgöttin! Wie findest du eigentlich den Doppelnamen ›König Dreizack‹? Ich finde, das klingt richtig gut.«

»Das klingt mega cool. Dann wirst du dich auch weiterhin mit mir treffen, auch wenn ich meine Rettungsschulden längst abgearbeitet habe?«
Peer stutzte. »DIE arbeitest du NIEMALS ab. Du stehst EWIG in meiner Schuld.« Er gab mir einen Kuss, der mir fast die Stiefel auszog. »Ich habe übrigens dein Buch zuende gelesen!«
»Echt? Du kannst lesen?«, feixte ich nervös.
Peer lachte leise. »Ja. Und weil ich das so gut kann, habe ich das ganze Buch gelesen.«
»Ehrlich? Das ganze Buch?«, fragte ich mit großen Augen.
Peer grinste. »Ja, das ganze Buch. Es ist toll geschrieben. Aber ich hoffe doch, dass es diesen Tom nicht wirklich gibt! Sonst muss ich ihn leider duellieren.«
Ich wand mich ein wenig.
Was sollte ich sagen?

»Milly, leugne!« 👿
»Nein, lüg ihn nicht an!«, rief Aurora 👸.

»Ja, es gibt ihn wirklich. Er ist ein Kollege von dir. Aber ich habe ihn jetzt ein Jahr lang nicht mehr gesehen«, antwortete ich wahrheitsgemäß.
Peer schluckte. »Das muss aber ein toller Hengst sein. Komme ich überhaupt gegen ihn an?«
»Keine Ahnung«, sagte ich grinsend. »Du könntest es ausprobieren. Ich hatte ja in Wirklichkeit nie Sex mit ihm.«
»Das erleichtert die Sache etwas.« Peer wischte sich den imaginären Schweiß von der Stirn. »Denn in dem Buch sind ganz schön heiße Szenen drin, mein lieber Scholli!«
»Alles reine Phantasie!«, winkte ich ab.

Peer grinste. Beim Schlucken hüpfte sein Adamsapfel auf und nieder. »Nette Phantasien! Vielleicht könnten wir die eine oder andere ja mal ausleben? Wenn Naschtag ist.«
Ich reichte ihm die kleine Schachtel. »Apropos, Naschtag. Das ist für dich. Für den Naschtag!«
»Was ist das?« Neugierig drehte Peer die Box in seinen Händen, dann linste er hinein. »Ein Schlüssel aus Schokolade? Was schließe ich denn damit auf?«
»Wenn du dieses Wochenende Zeit hast, zeige ich es dir. Ich habe noch Platz im Herzen und in tieferen Regionen.«
»Das ist der Schlüssel für deinen Keuschheitsgürtel UND für dein Herz? Ein Universalschlüssel?« Peer fielen fast die Augen aus dem Kopf. »Wahnsinn!«
Ich nickte. »Meine Kinder sind für eine Woche beim Papa. Ich habe sturmfreie Bude.«
»Gott, jaaa! Ich nehme mir Urlaub. Jetzt. Sofort.« Peer suchte nach einem Zettel. »Ehrlich? Du hättest EINE GANZE Woche Zeit für mich?«
Ich nickte.
Peer schnappte sich das Telefon. »Chef?« Er lauschte, dann redete er. »Ich brauche nächste Woche dringend frei. Sonderurlaub. Lebenswichtig. Ja. Von Samstag bis Samstag. Echt? Tausend Dank!« Er legte den Telefonhörer auf und kam zu mir zurück. Liebevoll zog er mich in seine Arme. »Gott, ich kann es kaum erwarten, in deinen Armen zu liegen. Ich werde gleich heute noch eiweißhaltige Speisen zu mir nehmen.«
Ich lachte leise auf. »Ich sehe, wir verstehen uns blendend.«
Peer gab mir einen zärtlichen Kuss auf den Mund. »Allerdings ist das Ende von deinem Buch nicht ganz richtig und dein Traumtagebuch könntest du bitte nochmal umschreiben.«

»Ach so? Warum das denn?« Ich schnitt eine Grimasse.
»Milly bekommt ihren Helden, aber der heißt nicht Tom, sondern Peer.« Peers Lächeln verschwand. Er beugte sich vor und gab mir einen weiteren Kuss. »Du glaubst gar nicht, wie sehr ich mich auf die Naschwoche freue! Wahnsinn! Und das, obwohl ich bei unserem ersten Zusammentreffen leider nur ein Küsschen aus Schokolade dabei hatte.«
Ich lächelte. »Dein unverhofftes Schokoladenküsschen hat mein Herz erobert.« Ich stellte mich leicht auf die Zehenspitzen und holte mir noch einen Kuss. »Und wenn du diese Uniform nicht gleich auszieht, muss ich sie dir leider vom Leib reißen! Diese Phantasien aus meinem Buch sind nämlich ständig in meinem Kopf. Und Polizisten in Uniform sind so wahnsinnig, so unglaublich sexy.«
Peer lachte laut auf. »Sexy? Du findest mich in dem Ding wirklich sexy? Ich dachte, das war ein Scherz von dir. Soll ich sie vielleicht nächste Woche anbehalten?«
Ich nickte lachend. »Wenn du damit leben kannst, dass ich dann nicht mehr genug von dir bekomme, gerne.«
»Was für Aussichten!« Peer grinste von einem Ohr zum anderen.

»Oh ja, geile Aussichten! Endlich Sex nonstop!«, lechzte Luzifer.
»Und Romantik«, fügte Aurora hinzu.

»Eigentlich müssten dir am Tag zehn Frauen an der Uniform hängen. Wo hast du die gelassen?« Demonstrativ blickte ich mich um.
Peer lächelte, dann streichelte er mir über die Wangen. »Ich habe mein *Supergirl* schon gefunden. Darum werden

die anderen automatisch von meiner kryptonischen Waffe getäuscht.«
Ich lachte leise. »Getäuscht? Ich dachte, Kryptonit schwächt nur die kryptonischen Angreifer.«
»Das stimmt. Aber die Erdlinge denken, sie stehen einem alten, hässlichen Typen gegenüber. Die sehen gar nicht, dass ich in Wirklichkeit jung bin und phantastisch aussehe. In meiner Uniform«, fügte Peer grinsend hinzu.
»Ach! Du bist also getarnt? So gut siehst du aus?«, gab ich den Ball zurück.
Peer blickte zur Zimmerdecke. »Hoffentlich gut genug, um dich festnehmen zu können.«
»Du willst mich in Gewahrsam nehmen?«

»Jaaaa! Milly, du bist großartig. Ich rieche Sex und Abenteuer!«, rief Luzifer 😈 begeistert.
Aurora 👸 schlug die Hände zusammen. »Davon verstehst du nix, Luzifer. Das riecht nach Liebe und Romantik.«
»Egal, Hauptsache, die zwei kommen bald mal zur Sache.« 😈
»Geduld! Jetzt kriegt Milly erst einmal einen Kuss, der uns die Schuhe auszieht«, schwärmte Aurora 👸.
»Ich habe keine Schuhe an«, grunzte Luzifer 😈.
»Dein Pech!« Aurora 👸 zwinkerte Luzifer triumphierend zu.

»Ja, hiermit bist du festgenommen. Leider musst du ab Samstag für eine Woche in Königsarrest.« Peer zwinkerte mir zu.
»Oha! Ab Samstag. Na, dann kann ich ja jetzt nochmal in die Freiheit entlassen werden. Du musst doch bestimmt weiterarbeiten, oder?« Aufreizend klimperte ich mit meinen Wimpern.

Peer grinste. »Ich habe gleich Schichtwechsel. Gehst du mit mir ein Eis essen?«
»Liebend gerne.«
»Was bin ich für ein Glückskönig!«, feixte Peer.

»Und wir erst«, stimmte Aurora 👑 zu.
»Genau. Jetzt kehrt endlich Aufregung ein!« 😊

Mein innerer Prinz reichte Dornröschen die Hand und forderte sie zum Tanz auf. Überglücklich sank meine Prinzessin in seine Arme.

Wie hatte Osho einst gesagt? ›*Liebe ist so ein wunderbares Phänomen, dass du sie bereits genießen kannst, wenn du liebst.*‹

ENDE

Über die Autorin

Schon mit 9 Jahren schrieb Nicole Schwalbe ihr erstes Buch. Als sich nach ihrem Jurastudium ihr bester Freund outete, schrieb sie mit seiner Geschichte ihr erstes Gay-Book als Liebes- und Erotikkomödie. Mit dem Buch 'Körpertausch' folgte eine weitere Erotikkomödie, allerdings für Frauen und Männer. Schreiben und Bücher sind ihre große Leidenschaft und so wird sie auch noch viele Jahre ein Bücherwurm bleiben.

Mehr erfährst du unter www.nicole-schwalbe.de

Übrigens, unter dem Pseudonym **Lilly Fröhlich** schreibt Nicole Schwalbe Komödien und kindgerecht aufklärende Kinderbücher. Mehr erfährst du unter www.lilly-froehlich.de

Ebenso als Taschenbuch und eBook im Handel erhältlich

Körpertausch - sei vorsichtig mit deinen Wünschen…

Lea Hasenfleck hat eigentlich alles zum Leben, was man braucht: Einen Ehemann, zwei gesunde Kinder, ein Haus und einen langweiligen Teilzeitjob. Trotz Hamsterrad des Lebens hat sie allerdings noch etwas ganz anderes: zu viel Speck auf den Rippen. Und obwohl sie sich dafür schämt, hat sie weder Zeit noch Disziplin, ein paar Pfunde abzutrainieren.

Maja-Lena Marie hat fast alles, was sie zum Leben braucht: Einen heißen Verlobten, einen traumhaften Körper und mit ihrer Firma ›Modetipp‹ ist sie einer der erfolgreichsten Online-Versandhändler der Neuzeit.

Doch was passiert, wenn sich zwei so ungleiche Frauen begegnen und plötzlich den Körper tauschen?

Eine romantische, ehrliche und erotische Komödie zum Thema Körperideale.

ISBN 978-3-740-73483-1

Ebenfalls im Handel erhältlich als eBook und Taschenbuch

Antonio Hexenmacher, 36, Single, ist weder Zauberer noch Hexer. Eines Tages ist er es leid, von einem Bett ins nächste zu hüpfen. Er beschließt, den Hafen der Ehe anzusteuern. Doch Antonio will nicht irgendeine Frau. Er will eine Hexe. Als er Johanna auf dem mittelalterlichen Spektakulum zum ersten Mal begegnet, weiß er: Das ist sie! Johanna Orlando, 31, Single, ist eine freie und unabhängige - Hexe. Sie liebt und lebt die Traditionen der Wiccas im Kreise ihrer Familie nach den Regeln von Lady Gwen Thompson: ›Und schadet es niemand, tue, was du willst‹. Doch bevor die beiden endlich den Bund fürs Leben schließen können, bedarf es mehr als nur weiße Magie, um den schwarzmagischen Attacken von Tante Adelheide Mechthild Gardner auszuweichen, denn die alte Dame hat sich in den Kopf gesetzt, die Hochzeit ihrer Großnichte mit einem nichtmagischen Mann mit allen Mitteln zu verhindern.

Band 1 - Suche Hexe fürs Leben
(ISBN 978-1518715235)

Band 2 - Finde Hexe fürs Leben
(ISBN 978-1518715280)

Als Taschenbuch und E-Book im Handel erhältlich

Susannah-Bücher (Autorin: Lilly Fröhlich)

Band 1 - Bänker sind vom Schnöselplaneten - Echt!
(ISBN: 978-3-740733261)

Band 2 - Und Clowns sind aus dem All - Echt!
(ISBN: 978-3-74074309)

Band 3 - Kinder sind vom Mars - Echt!
(ISBN: 978-3-740743604)

Susannah Johnson hat eine Pferdemähne wie ein Haflinger, einen Hintern so groß wie ein Mini-Ufo-Landeplatz und als Tochter einer wirklich biestigen Mutter nimmt sie so ziemlich jedes Fettnäpfchen mit. Sie glaubt fest an das (australische) Rumpelstilzchen und natürlich an (verschlafene) Sachbearbeiter im Universum, die ihr ständig die falschen Typen vor die Nase setzen.
Aber dann endlich findet sie ihren Traummann und natürlich macht auch das Familienglück vor diversen Pannen kein Halt.

Urkomische Bücher für alle, die mal wieder so richtig lachen wollen.